을 유 세 계 문 학 전 집 · 14

라이겐

라이겐

Reigen

아르투어 슈니츨러 지음 · 홍진호 옮김

❖을유문화사

옮긴이 홍진호

서울대학교 독어독문학과를 졸업했다. 동 대학원에서 「서술 상황의 이론과 작품 분석의 실례: 토마스 만의 두 단편 소설을 중심으로」라는 논문으로 석사 학위를 받았고, 독일 베를린 훔볼트 대학에서 「자연주의의 자연 과학적 문학 컨셉과 에두아르트 폰 카이절링의 "성(城) 이야기"」로 박사 학위를 받았다. 현재 서울대학교 인문대학 독어독문학과 조교수로 재직하고 있다.

을유세계문학전집 14

라이겐

발행일·2008년 11월 25일 초판 1쇄 | 2017년 11월 20일 초판 2쇄
지은이·아르투어 슈니츨러 | 옮긴이·홍진호
펴낸이·정무영 | 펴낸곳·(주)을유문화사
창립일·1945년 12월 1일 | 주소·서울시 마포구 월드컵로16길 52-7
전화·02-733-8153 | FAX·02-732-9154 | 홈페이지·www.eulyoo.co.kr
ISBN 978-89-324-0344-1 04850 978-89-324-0330-4(세트)

• 값은 뒤표지에 표시되어 있습니다.
• 옮긴이와의 협의하에 인지를 붙이지 않습니다.

차례

라이겐*

열 개의 대화

등장 인물

창녀
군인
하녀
젊은 주인
젊은 부인
남편
귀여운 아가씨
시인
여배우
백작

창녀와 군인

늦은 밤. 아우가르텐 다리 옆.

군인 (휘파람을 불면서 온다. 집으로 가는 길.)

창녀 나의 아름다운 천사님, 이리 오세요.

군인 (뒤를 돌아보고는 가던 길을 계속 간다.)

창녀 나랑 같이 가지 않겠어요?

군인 아, 아름다운 천사가 날 말하는 거였어?

창녀 당연하죠. 그럼 누구겠어요? 자, 우리 집으로 가요. 난 바로 이 근처에 살아요.

군인 시간 없어. 병영으로 돌아가야 해!

창녀 병영으로 돌아가는 건 어떻게든 될 거예요. 우리 집이 더 나아요.

군인 (그녀에게 다가서서) 그럴 수도 있을 것 같군.

창녀 쉿. 언제 야경꾼이 나타날지 모른다고요.

군인 웃기는군! 야경꾼? 내게도 총검이 있어!

창녀 자, 함께 가요.

군인 날 그냥 내버려 둬. 돈도 없다고.

창녀 난 돈 같은 거 필요 없어요.

군인 (멈춰 선다. 두 사람은 가로등 아래 서 있다.) 돈이 필요 없다고? 나중에 뭘 요구하려고 그러는 거야?

창녀 돈은 민간인들이 낸다고요. 당신 같은 사람들은 항상 공짜예요.

군인 네가 그러니까 후버가 말하던 바로 그 애구나.

창녀 난 후버라는 사람 몰라요.

군인 아마 네가 맞을 거야. 그러니까 쉬프가세*에 있는 카페에서 말이야. 거기에서 그 친구가 너와 함께 네 집으로 갔던 거야.

창녀 그 카페에서 만나 우리 집으로 간 사람이 하나 둘이 아닌 걸요…… 아! 아! —

군인 그러니까 가자, 가자.

창녀 어, 이제 서두르시네?

군인 나 참, 기다릴 게 뭐가 있겠어? 게다가 난 열 시까지 병영으로 돌아가야 해.

창녀 군대에서 근무한 지 얼마나 됐는데요?

군인 네가 알아서 뭐 하게? 멀어?

창녀 걸어서 십 분.

군인 나에겐 너무 멀어. 키스 한번 해 봐.

창녀 (군인에게 키스를 한다.) 사랑을 할 때 가장 좋은 건 바로 이거라니까!

군인 난 아니야. 아니야, 안 갈래. 너무 멀어.

창녀 그럼 내일 오후에 올래요?

군인 좋아. 주소를 줘.

창녀 하지만 결국엔 안 올 거잖아요.

군인 간다고 하잖아!

창녀 그러니까 말이야, 자기야. 오늘 밤 우리 집까지 가는 게 너무 멀면 ― 저기…… 저기서……. (도나우 강 쪽을 가리킨다.)

군인 뭐?

창녀 저기도 조용해요…… 지금 시간엔 아무도 없고요.

군인 에이, 적당한 곳이 아니야.

창녀 내겐 항상 적당한 곳이에요. 그러니까 오늘 나랑 있어요. 내일 무슨 일이 벌어질지 어떻게 알겠어요?

군인 그래, 가자 ― 하지만 서둘러야 해!

창녀 조심해요, 굉장히 어두워요. 미끄러지면 그대로 도나우 강에 빠진다고요.

군인 그러는 게 제일 좋을지도 모르겠군.

창녀 쉿, 잠깐만 기다려요. 이제 곧 벤치가 하나 나와요.

군인 너무 잘 아시는군.

창녀 전 당신 같은 사람이 제 남자 친구였으면 좋겠어요.

군인 질투 나는 일이 많을 텐데.

창녀 그 버릇을 고쳐 드리고 싶군요.

군인 하 ―.

창녀 그렇게 큰 소리 내지 말아요. 가끔씩 야경꾼이 길을 잃고 여기까지 오는 일도 있어요. 우리가 저기 빈 시내 한복판에 있는 줄 알아요?

군인 그러니까 이리 와, 그러니까.

창녀 대체 무슨 생각을 하고 있는 거예요? 여기서 미끄러지면 물에 빠진다고요.

군인 (창녀를 끌어안는다.) 아, 너 —.

창녀 꼭 붙잡아요.

군인 걱정하지 마…….

창녀 역시 벤치에서였다면 더 좋았을 거예요.

군인 여기나 거기나…… 자, 올라가.

창녀 왜 그렇게 빨리 가는 거예요 —.

군인 병영으로 돌아가야 해. 벌써 너무 늦었어.

창녀 가요, 그런데 이름이 뭐예요?

군인 내 이름이 뭔지 왜 관심이 있는데?

창녀 나는 레오카디아예요.

군인 하! 그런 이름은 들어 본 적도 없어.

창녀 이봐요!

군인 그래, 원하는 게 뭔데?

창녀 됐어요, 집 관리인에게 줄 5크로네 동전이라도 줘요! —

군인 하!…… 내가 네 마음대로 이용해 먹을 수 있는 사람인 줄 아나 보지? 안녕! 레오카디아…….

창녀 나쁜 자식! 사기꾼 같은 놈! ―

(군인 사라진다.)

군인과 하녀

프라터.* 토요일.

부르스텔프라터*에서 어두운 가로수 길로 이어지는 길. 여기까지는 아직 부르스텔프라터의 어수선한 음악이 들린다. 관악기들로 연주되는 퓐프크로이처탄츠 ― 저급한 폴카 ― 의 소리도 들린다.

군인, 하녀.

하녀 아니, 왜 벌써 가야만 하는 건지 얘기 좀 해 보세요.

군인 (당황해서 웃는다. 아무 말 하지 않는다.)

하녀 하지만 정말 좋았잖아요. 난 춤추는 게 좋다고요.

군인 (그녀의 허리를 끌어안는다.)

하녀 (하는 대로 내버려 둔다.) 이제 우린 전혀 춤을 추지 않는군요. 왜 그렇게 꼭 끌어안는 거예요?

군인 이름이 뭐지요? 카티?

하녀 당신 머릿속에는 항상 카티라는 여자가 있는 모양이군요.

군인 아, 알겠어요. 알겠어…… 마리.

하녀 보세요, 저기는 정말 어두워요. 무섭다고요.

군인 내가 옆에 있는 동안에는 아무것도 무서워할 것이 없어요. 다행히도 난 아주 힘이 세거든요!

하녀 그런데 우리 도대체 어디로 가는 거죠? 저기엔 사람이 한 명도 없잖아요. 자, 이제 돌아가요! ─ 게다가 이렇게 어두운데!

군인 (버지니아 시가*를 입에 물고 연기를 빨아 마시자 시가 끝의 불이 빨갛게 빛난다.) 곧 밝아질 거예요! 하하! 아, 내 사랑!

하녀 아, 뭐 하는 거예요? 이럴 줄 알았더라면!

군인 내 장담하건대 오늘 스보보다*에서 당신보다 더 풍만한 아가씨는 없었어요, 마리 양.

하녀 모든 여자들을 다 이렇게 시험해 본 모양이죠?

군인 춤을 추다 보면 다 알게 되지요. 아주 많은 걸! 하하!

하녀 하지만 그 얼굴 비뚤어진 금발머리 여자와 춤을 더 많이 췄 잖아요.

군인 그 애는 내 친구가 오래전부터 알고 지내는 여자예요.

하녀 그 뾰족한 콧수염을 한 하사관요?

군인 아, 아니요. 처음부터 나하고 같은 탁자에 앉아서 쉰 목소리로 떠들어 대던 그 민간인 말이에요.

하녀 아, 누군지 알겠어요. 징그러운 사람이더군요.

군인 그놈이 무슨 수작을 걸었나요? 혼내 줘야겠네! 무슨 짓을 했어요?

하녀 아니요, 아무 짓도 안 했어요 ─ 그냥 다른 여자들과 있는 걸 본 것뿐이에요.

군인 마리 양, 한번 말해 봐요…….

하녀 이러다 담배에 데겠어요.

군인 미안해요! ─마리 양. 우리 말 놓죠.

하녀 우리는 아직 서로 잘 아는 사이가 아니잖아요.

군인 서로 좋아하지 않으면서 말을 놓는 사람들도 많아요.

하녀 다음에요. 우리가…… 하지만, 프란츠 씨─.

군인 내 이름을 아는군요?

하녀 하지만, 프란츠 씨…….

군인 그냥 프란츠라고 불러요, 마리 양.

하녀 그렇게 징그럽게 굴지 마세요─쉿, 누가 오기라도 하면!

군인 누가 오더라도 두 발자국 앞도 보지 못해요.

하녀 어머나, 그런데 지금 우리 어디로 가고 있는 거예요?

군인 보여요? 저기 우리 같은 사람이 또 둘 있잖아요.

하녀 대체 어디요? 아무것도 안 보여요.

군인 저기…… 우리 앞에요.

하녀 그런데 왜 "우리 같은 사람 둘"이라고 하는 거예요?

군인 뭐, 그러니까 저 사람들도 서로 좋아한다는 거죠.

하녀 하지만 조심해요. 이게 뭐야. 하마터면 넘어질 뻔했잖아요.

군인 아, 그건 그냥 풀밭에 쳐진 울타리예요.

하녀 그렇게 밀지 마세요. 넘어지겠어요.

군인 쉿, 그렇게 큰 소리 내지 말아요.

하녀 이거 보세요. 이제 진짜로 소리를 지를 거예요─뭐 하는 거예요…… 하지만 ―.

군인 이제 이 주변엔 아무도 없어요.

하녀 그러니까 사람들 있는 데로 돌아가요.

군인 우리에겐 사람들이 필요 없어요. 안 그래요? 마리. 그걸 하는 데는…… 필요가…… 하하.

하녀 하지만, 프란츠 씨, 제발, 맙소사, 이거 보세요. 이럴 줄 미리…… 알았더라면…… 아…… 아…… 어서요!……

군인 (행복에 가득 차서) 맙소사…… 아…… .

하녀 …… 자기 얼굴이 전혀 보이질 않아.

군인 뭐 ― 얼굴이라고…… .

군인 자, 마리 양. 거기 잔디 위에 그렇게 마냥 누워 있을 수는 없어.

하녀 그만둬, 프란츠. 좀 도와줘.

군인 자, 일어나.

하녀 맙소사, 프란츠.

군인 뭐, 프란츠가 대체 어쨌다는 거야.

하녀 자긴 아주 나쁜 사람이야, 프란츠.

군인 그래, 그래. 잠깐 좀 기다려 봐.

하녀 날 내버려 둘 거야?

군인 자, 자, 시가에 불을 붙이는 정도는 해도 되잖아.

하녀 너무 어두워.

군인 내일 아침이면 다시 밝아질 거야.

하녀 말 좀 해 봐, 나 사랑해?

군인 나 참, 직접 느꼈을 거 아니야, 마리 양, 하하!

하녀 이제 어디 가지?

군인 뭐, 돌아가야지.

하녀 잠깐, 그렇게 빨리 가지 좀 마!

군인 나 참, 뭐야? 난 어두운 데서 걷는 걸 좋아하지 않는다고!

하녀 말해 줘, 프란츠, 날 사랑해?

군인 조금 전에 좋아한다고 했잖아!

하녀 그만둬, 키스나 한번 해 주지 않을래?

군인 (친절하게) 저기…… 들어 봐 — 이제 다시 음악이 들려.

하녀 결국엔 그럼 다시 춤추러 가겠다는 거야?

군인 당연하지. 무슨 문제라도 있어?

하녀 그래, 프란츠. 봐봐, 난 집에 가야 한다고. 그 인간들은 분명히 욕을 퍼부을 거야. 주인 여자는 완전…… 그 여자는 아예 외출하지 않길 바란단 말이야.

군인 나 참, 그럼 집으로 가.

하녀 프란츠 씨, 당신이 집에 데려다 줄 거라고 생각했는데.

군인 뭐, 집에 데려다 준다고?

하녀 그만둬. 집에 혼자 가는 건 너무 슬프다고.

군인 집이 어딘데?

하녀 전혀 멀지 않아 — 포르첼란가세*야.

군인 그래? 음, 그럼 같은 길이긴 하군…… 하지만 지금은 너무 일러…… 아직 놀고들 있을 텐데. 오늘 난 야근을 했으니……
12시까지 병영으로 돌아가지 않아도 된단 말이야. 난 더 춤추러
가겠어.

하녀   당연하겠지. 이제 그 비뚤어진 얼굴의 금발머리 여자 차례
라는 걸 일찌감치 알고 있었어!

군인   뭐! ―그 여자 얼굴은 전혀 비뚤어지지 않았어.

하녀   맙소사, 남자들은 정말 못됐어. 당신은 분명 아무하고나 그
러고 돌아다니겠지.

군인   함부로 말하지 마! ―

하녀   프란츠, 제발, 오늘은 그러지 마 ―오늘은 나랑 있어, 나 좀
봐 ―

군인   그래, 그래, 알았어. 하지만 난 오늘 더 춤을 춰도 되는 거지?

하녀   나는 오늘 아무하고도 더 춤추지 않을 거야!

군인   벌써 저기다…….

하녀   뭐가?

군인   스보보다라고! 정말 빨리 돌아왔군. 아직 저걸 연주하고 있어.
타다라다 타다라다…… (따라 부른다.)…… 기다리고 싶으면 기
다려, 그러면 집에 바래다줄게…… 그렇지 않다면…… 안녕 ―.

하녀   그래, 기다릴게.

(둘은 사람들이 춤을 추고 있는 강당으로 들어간다).

군인   자, 마리 양, 맥주 한 잔 시켜. (이제 막 한 사내와 춤을 추
며 지나간 금발의 여자에게 돌아서면서, 똑똑한 표준말로) 아가
씨, 저와 한번 추실까요?

하녀와 젊은 주인

뜨거운 여름날 오후. ─ 부모는 이미 시골로 떠남 ─ 요리사는 외출을 나감 ─ 하녀는 부엌에서 그녀의 애인인 군인에게 편지를 쓰고 있다. 젊은 주인의 방에서 하녀를 부르는 종이 울린다. 하녀는 일어나서 젊은 주인의 방으로 간다. 젊은 주인은 안락의자에 누워 담배를 피우며 프랑스 소설을 읽고 있다.

하녀　부르셨어요, 주인님?

젊은 주인　아, 그래요, 마리, 그래요, 내가 종을 울렸어요. 그러니까…… 내가 뭘…… 아 그래요, 블라인드를 좀 내려 줘요, 마리…… 블라인드가 내려져 있으면 더 시원해요…… 그래요……. (하녀는 창가로 가서 블라인드를 내린다.)

젊은 주인　(계속해서 소설책을 읽는다.) 뭐 하고 있어요, 마리? 아 그렇지. 그런데 이제 너무 어두워서 전혀 읽을 수가 없군.

하녀　주인님은 항상 이렇게 열심이시네요.

젊은 주인 (우아하게 못 들은 척한다.) 그 정도면 됐어요.

   (마리가 방을 나간다.)

젊은 주인 (다시 책을 읽으려다가 곧 책을 내려놓고 다시 종을 울린다.)

하녀 (등장한다.)

젊은 주인 마리…… 그래, 내가 말하려고 했던 건…… 그러니까…… 집에 혹시 코냑이 있어요?

하녀 예, 하지만 아마 찬장이 잠겨 있을 거예요.

젊은 주인 그래요, 그러면 열쇠는 누가 가지고 있죠?

하녀 열쇠는 리니가 가지고 있어요.

젊은 주인 리니가 누구지요?

하녀 요리사예요. 알프레트 씨.

젊은 주인 그렇군요, 그러면 리니에게 얘기해 보도록 하세요.

하녀 예, 그런데 오늘은 리니가 외출하는 날이거든요.

젊은 주인 그래요…….

하녀 그럼 카페에서 가져올까요?

젊은 주인 아, 아니에요…… 벌써 너무 더워졌어. 코냑은 필요 없어요. 알겠어요, 마리? 물이나 한 잔 가져와요. 잠깐, 마리 ― 하지만 찬물이 제대로 나오도록 수돗물을 일단 좀 흘려보내요 ―.

   (하녀 퇴장. 젊은 주인은 하녀가 사라지는 모습을 바라본다. 문 옆에서 하녀가 몸을 젊은 주인 쪽으로 돌린다. 젊은 주인은 허공을 바라본다 ― 하녀는 수도꼭지를 돌린다. 손을 씻고, 거울 앞에서 자신의 곱슬머리를 다듬는다. 그러고는 젊은 주인에게

물 한 잔을 가지고 간다. 안락의자 앞으로 다가선다.)

젊은 주인   (반쯤 일어나 앉는다. 하녀가 그의 손에 잔을 쥐어 준다. 하녀의 손가락이 젊은 주인의 손가락에 닿는다.) 됐어요, 고마워요 — 어, 뭐야? — 조심해요. 잔을 다시 쟁반 위에 놓아요……. (눕는다. 기지개를 켠다.) 그런데 지금 몇 시죠?

하녀   다섯 시예요, 주인님.

젊은 주인   그렇군, 다섯 시로군 — 좋아 — .

하녀   (퇴장한다. 문 옆에서 뒤돌아본다. 젊은 주인은 그녀를 바라보고 있다. 하녀는 이를 눈치 채고 미소 짓는다.)

젊은 주인   (잠시 동안 누워 있다가 갑자기 일어난다. 문까지 갔다가 다시 돌아온다. 안락의자에 눕는다. 다시 책을 읽으려고 한다. 몇 분 뒤 다시 종을 울린다.)

하녀   (나타난다. 미소를 숨기지 못한다.)

젊은 주인   마리, 내가 물어보려는 건…… 오늘 오전에 쉴러 박사가 왔었나요?

하녀   아니요, 오늘 오전엔 아무도 안 왔어요.

젊은 주인   그래요? 그거 이상하군. 그러니까 쉴러 박사가 오지 않았다는 거지요? 그런데 쉴러 박사가 누군지는 알아요?

하녀   당연하죠. 얼굴에 온통 검은 수염을 기른 키 큰 분이요.

젊은 주인   맞아요. 혹시 그 사람이 왔었나요?

하녀   아니요, 아무도 안 왔어요. 주인님.

젊은 주인   (단호하게) 이리 와 봐요. 마리.

하녀   (약간 가까이 다가선다.) 예.

젊은 주인 더 가까이…… 그래요…… 아…… 내 생각에는…….

하녀 무슨 할 말이 있으세요, 주인님?

젊은 주인 내 생각에는…… 내 생각에는 말이야― 그냥 당신 블라우스 때문인데…… 이 얼마나…… 자, 좀 더 가까이 와 봐요. 내가 깨무는 것도 아니니까.

하녀 (그에게 다가선다.) 제 블라우스가 어때서요? 마음에 들지 않으세요?

젊은 주인 (블라우스를 만지면서 하녀를 자기 쪽으로 잡아당긴다.) 파란색? 아주 예쁜 파란색이로군요. (무덤덤하게) 아주 멋지게 차려입었군요, 마리.

하녀 하지만, 주인님…….

젊은 주인 자, 왜 그래요?…… (블라우스의 단추를 푼다. 사무적으로) 피부가 예쁘고 하얗군요, 마리.

하녀 주인님께서 제게 듣기 좋은 말을 하시는군요.

젊은 주인 (마리의 가슴에 키스를 한다.) 하지만 그게 기분 나쁠 리는 없겠지.

하녀 아! 아니에요.

젊은 주인 그렇게 한숨을 쉬니까! 대체 왜 한숨을 쉬는 거죠?―

하녀 아, 알프레트 씨…….

젊은 주인 게다가 얼마나 예쁜 슬리퍼를 신고 있는지…….

하녀 …… 하지만…… 주인님…… 밖에서 벨이라도 울리면…….

젊은 주인 대체 지금 누가 벨을 울린다는 거야?

하녀 하지만 주인님…… 보세요…… 이렇게 밝은데…….

젊은 주인 내 앞에선 부끄러워할 필요 없어요. 당신처럼 예쁘면…… 그 누구 앞에서도 부끄러워할 필요가 없는 거예요. 그래, 맙소사. 마리, 당신은…… 그거 알아요? 당신의 머리에서는 편안한 향기가 나기까지 하는군요.

하녀 알프레트 씨…….

젊은 주인 얌전한 체하지 말아요, 마리…… 난 이미 당신의 또 다른 모습도 봤어요. 얼마 전 내가 한밤중에 집에 돌아왔을 때 물을 가지러 갔다가. 그때 당신 방 문이 열려 있었지…… 알았어요……?

하녀 (얼굴을 가린다.) 맙소사, 저는 알프레트 씨가 그렇게 나쁜 사람인 줄 전혀 몰랐어요.

젊은 주인 그때 아주 많은 걸 봤지요…… 이것…… 그리고 저것…… 그리고 이것…… 그리고 또 ─ .

하녀 하지만, 알프레트 씨!

젊은 주인 자, 이리 와요, 이리 와…… 그러니까…… 그렇게, 그래 그렇게…….

하녀 하지만 지금 누가 벨이라도 울리면 ─ .

젊은 주인 이제 좀 그만 해요…… 그래 봤자 안 열어 주면 그만이지…….

(벨이 울린다.)

젊은 주인 제기랄…… 어떤 놈이 이렇게 시끄럽게 구는 거야 ─ 그러니까 아까도 울렸는데 우리가 듣지 못한 거로군.

하녀 아, 제가 계속해서 주의하고 있었어요.

젊은 주인 자, 그럼 이제 가서 한번 살펴봐요 — 문구멍으로.

하녀 알프레트 씨…… 당신 정말…… 아니야…… 정말 나빠요.

젊은 주인 자 부탁할게, 이제 한번 살펴봐요.

하녀 (퇴장)

젊은 주인 (재빨리 블라인드를 연다.)

하녀 (다시 나타난다.) 벨을 누른 사람은 어쨌든 이미 가 버렸
어요. 이제 더 이상 아무도 없어요. 아마 쉴러 박사였던 모양이
에요.

젊은 주인 (마음이 상해서) 됐어요.

하녀 (젊은 주인에게 다가선다.)

젊은 주인 (그녀에게서 몸을 피한다.) 마리 — 나는 이제 카페에
갑니다.

하녀 (부드럽게) 벌써요…… 알프레트 씨.

젊은 주인 (엄하게) 나는 이제 카페에 갑니다. 만약 쉴러 박사가
오면 — .

하녀 오늘은 오지 않아요.

젊은 주인 (더욱 엄하게) 쉴러 박사가 오면, 나는…… 나는 — 카
페에 있다고 전해요 — .(다른 방으로 들어간다.)

(하녀, 담배 탁자에서 시가를 하나 꺼내 주머니에 넣고는 퇴장.)

젊은 주인과 젊은 부인

저녁 — 슈빈트가세*에 있는 한 집. 우아하지만 진부한 가구들로 장식되어 있는 응접실. 젊은 주인이 막 들어선다. 아직 모자를 쓰고 외투도 벗지 않은 채 촛불을 켠다. 그러고는 옆방으로 통하는 문을 열고 안을 들여다본다. 응접실에 켜진 촛불에서 나온 불빛이 나무 마루를 지나 제일 끝 벽에 닿게 놓여 있는 커튼 달린 침대에까지 비친다. 침실의 한구석에 있는 벽난로에서 퍼져 나온 붉은 불빛이 침대의 커튼에 비친다 — 젊은 주인은 침실도 들여다본다. 트뤼모*에서 제비꽃 향수가 들어 있는 분무기를 집어 들어 침대에 뿌린다. 그러고는 두 방을 돌아다니면서 끊임없이 분무기에 달린 고무공*을 누른다. 그러자 곧 사방에서 제비꽃 냄새가 난다. 그러고 나서 젊은 주인은 외투와 모자를 벗는다. 파란색 벨벳으로 된 안락의자에 앉아 담배에 불을 붙이고 담배를 피운다. 잠시 후 다시 일어나 초록색 블라인드가 제대로 닫혀 있는지 확인한다. 갑자기 다시 침실로 가서 침대 옆 서랍장의 서랍을 열고 손으로 더듬어 거북 등껍질로 만든 머리핀을 찾아낸다. 그는 머리핀을 숨길 장소를 찾다가 결국에는 자기 외투의 주머니에 넣는다. 그러고는 응접실에 있는 장식장을 열고 은으로 된 쟁반과 코냑 한 병, 리큐르 술잔을 꺼내 모두 탁자에 올려놓는다. 그는 다시 자기 외투가 있는 곳으로 가서 흰색 작은 포장을 주머니에서 꺼낸다. 그는 포장을 열어서 코냑 옆에 놓고는 다시 장식장으로 가서 접시 두 개와 식기를 꺼낸다. 작은 상자에서 설탕을 입힌 밤을 하나 꺼내 먹는다. 그러고는 잔에 코냑을 한 잔 따라 단숨에 마셔 버린다. 그러고는 시계를 본다. 방안을 왔다 갔다 한다―커다란 벽걸이 거울 앞에 서서 휴대용 빗으로 머리와 작은 턱수염을 가다듬는다―이제 현관 문 앞으로 가서 밖에서 무슨 소리가 들리는지 귀를 기울인다. 아무 소리도 들리지 않는다. 벨이 울린다. 젊은 주인은 약간 놀란다. 그러고는 안락의자에 앉았다가 문이 열리고 한 젊은 부인이 들어오고 나서야 일어선다. 여인 들어선다.

젊은 부인 (두꺼운 베일로 얼굴을 가리고 있다. 뒤로 문을 닫고, 엄청난 흥분을 가라앉혀야만 한다는 듯 왼손을 가슴에 얹고 잠시 서 있다.)

젊은 주인 (젊은 부인에게 다가서서 그녀의 왼쪽 손을 쥐고 흰색과 검은색 자수가 놓인 장갑에 키스를 한다. 조용히 말한다.) 감사합니다.

젊은 부인 알프레트―알프레트!

젊은 주인 들어오세요, 부인⋯⋯ 들어오세요, 엠마 씨⋯⋯.

젊은 부인　저를 잠깐만 — 제발요…… 아 제발, 알프레트! (여전히 문에 기대 서 있다.)

젊은 주인　(그녀의 앞에 손을 마주 잡고 서 있다.)

젊은 부인　그런데 제가 지금 도대체 어디에 와 있는 거죠?

젊은 주인　제 곁에 와 있지요.

젊은 부인　이 집은 끔찍해요, 알프레트.

젊은 주인　왜요? 여긴 아주 고급스런 저택인데요.

젊은 부인　계단을 올라오면서 남자를 두 명 만났어요.

젊은 주인　아는 사람이었나요?

젊은 부인　모르겠어요. 그럴 수도 있겠죠.

젊은 주인　죄송합니다, 부인 — 하지만 아는 분이라면 분명히 알아보셨을 텐데요.

젊은 부인　전 쳐다보지도 않았어요.

젊은 주인　하지만 설령 그 사람들이 당신의 가장 절친한 친구들이었다 하더라도 — 당신을 알아볼 수는 없었을 거예요. 저도…… 당신이라는 사실을 몰랐다면…… 이 베일 하나가 — .

젊은 부인　두 겹이에요.

젊은 주인　좀 가까이 오지 않겠어요?…… 그래도 최소한 모자 정도는 벗으셔야죠.

젊은 부인　무슨 생각을 하고 있는 거예요, 알프레트? 제가 말했잖아요. 5분이라고요…… 아니, 더는 안 돼요…… 맹세해요 — .

젊은 주인　그럼 베일 하나라도 — .

젊은 부인　두 겹이에요.

젊은 주인 그래 좋아요. 그 베일 두 겹이라도 벗어요 — 당신을 눈으로 보는 것 정도는 괜찮겠지요.

젊은 부인 저를 사랑하세요, 알프레트?

젊은 주인 (심하게 기분이 상해서) 엠마 — 당신 질문은…….

젊은 부인 여기는 너무 더워요.

젊은 주인 가죽 외투를 입고 있으니 그렇죠 — 진짜 감기 들기 딱좋겠어요.

젊은 부인 (마침내 방으로 들어선다. 안락의자 위에 털썩 앉는다.) 전 너무 피곤해요.

젊은 주인 제가 해 드릴게요. (베일을 걷어 내고 모자에서 머리핀을 떼어 낸다. 모자와 머리핀, 베일을 치워 놓는다.)

젊은 부인 (하는 대로 내버려 둔다.)

젊은 주인 (그녀의 앞에 서서 고개를 흔든다.)

젊은 부인 왜 그래요?

젊은 주인 당신이 이렇게 아름다운 적은 없었어요.

젊은 부인 왜요?

젊은 주인 단둘이서…… 당신과 단둘이서 — 엠마 — . (엠마가 앉은 안락의자 옆에 한쪽 무릎을 댄 채 쪼그리고 앉는다. 그녀의 두 손을 잡고 키스한다.)

젊은 부인 이제 그럼…… 저를 보내 주세요. 전 당신이 요구하신 것을 들어 드렸어요.

젊은 주인 (머리를 그녀의 무릎 위에 올려놓는다.)

젊은 부인 신사답게 굴기로 약속하셨지요.

젊은 주인 그래요.

젊은 부인 이 방에선 질식할 것 같아요.

젊은 주인 (일어선다.) 아직도 외투를 입고 계시는군요.

젊은 부인 외투를 모자 옆에 놓아 주세요.

젊은 주인 (젊은 부인의 외투를 벗겨 바로 안락의자에 놓는다.)

젊은 부인 그럼 이제 ― 안녕히 ―.

젊은 주인 엠마! ― 엠마! ―

젊은 부인 오래전에 5분이 지났어요.

젊은 주인 아직 1분도 지나지 않았어요! ―

젊은 부인 알프레트, 지금이 몇 시인지 한번 정확하게 말해 줘요.

젊은 주인 정확하게 6시 15분이에요.

젊은 부인 지금쯤 저는 이미 언니 집에 도착해 있어야 해요.

젊은 주인 당신 언니는 자주 볼 수 있잖아요…….

젊은 부인 맙소사, 알프레트, 왜 저를 이런 길로 끌어들이셨어요.

젊은 주인 그건 제가 당신을…… 너무나 사랑하기 때문이에요, 엠마.

젊은 부인 얼마나 많은 여자들에게 그런 말을 했나요?

젊은 주인 당신을 만난 이후로는 아무에게도 한 적 없어요.

젊은 부인 난 얼마나 경솔한 사람인지! 누가 미리 알려 주기만 했더라도…… 일주일 전에라도…… 어제라도…….

젊은 주인 하지만 당신은 그저께 이미 제게 약속했잖아요…….

젊은 부인 그 문제로 당신이 저를 너무 괴롭혔잖아요. 저는 사실은 그러고 싶지 않았다고요. 신께서 증인이 되어 주실 거예요—그러고 싶지 않았어요…… 어제만 해도 확실하게 결정했는데…… 어젯밤엔 당신에게 긴 편지까지 썼다는 걸 아세요?

젊은 주인 전 못 받았는데요.

젊은 부인 다시 찢어 버렸거든요. 아, 그 편지를 보내는 게 나을 뻔했어요.

젊은 주인 하지만 보내지 않은 게 더 잘한 일이에요.

젊은 부인 아, 아니에요. 이건 치욕적인 일이에요…… 나 자신에게 말이에요. 나도 나 자신을 이해하지 못하겠어요. 안녕, 알프레트, 가게 내버려 두세요.

젊은 주인 (그녀를 포옹하고 얼굴에 뜨거운 키스를 한다.)

젊은 부인 자…… 약속을 지키세요…….

젊은 주인 키스 한 번만 더요—한 번만 더.

젊은 부인 마지막이에요. (남자가 키스를 한다. 여인은 키스에 응한다. 그들의 입술은 오랫동안 맞닿아 있다.)

젊은 주인 제가 무슨 얘기 좀 해 줄까요, 엠마? 전 행복이 무언지 이제야 비로소 알겠어요.

젊은 부인 (안락의자에 눕듯이 깊이 앉는다.)

젊은 주인 (팔걸이에 걸터앉아 팔로 그녀의 목덜미를 가볍게 감싸안는다.)

젊은 부인 (깊이 한숨을 쉰다.)

젊은 주인 (다시 그녀에게 키스를 한다.)

젊은 부인 알프레트, 알프레트, 저를 도대체 어떤 여자로 만드는 거예요!

젊은 주인   안 그래요? ─ 여기가 그렇게 불편한 장소는 아니지
　요……? 그리고 여기는 너무나 안전해요! 밖에서 만나는 것보
　다 여기가 천 배는 더 낫다고요…….

젊은 부인   아, 밖에서 만났던 일은 제발 생각나게 하지 마세요.

젊은 주인   저는 언제라도 아주 즐거운 마음으로 그때를 생각할
　거예요. 저에게는 당신 옆에서 보냈던 모든 시간이 달콤한 기억
　이에요.

젊은 부인   산업 협회 무도회*도 아직 기억하세요?

젊은 주인   그 무도회를 기억하느냐고요……? 저녁 만찬 때 제가
　당신 옆에 앉았지요. 당신 옆 아주 가까이에. 당신 남편은 샴페
　인을…….

젊은 부인   (비난의 눈초리로 남자를 바라본다.)

젊은 주인   저는 그냥 샴페인에 대해 얘기하려 했던 것뿐이에요.
　말해 봐요, 엠마, 코냑 한 잔 하지 않을래요?

젊은 부인   아주 조금만요. 하지만 우선 물을 한 잔 주세요.

젊은 주인   그러죠…… 그런데 물이 어디에 있더라 ─ 아 그
　래……. (현관 커튼을 닫고 침실로 들어간다.)

젊은 부인   (그의 뒷모습을 바라본다.)

젊은 주인   (물이 담긴 유리병과 유리컵 두 개를 가지고 돌아온다.)

젊은 부인   어디 있었어요?

젊은 주인   옆방……에요. (컵에 물을 따른다.)

젊은 부인   이제 뭘 좀 물어볼게요, 알프레트─ 진실만을 말하겠
　다고 맹세하세요.

젊은 주인 맹세하지요.

젊은 부인 이곳에 언제 다른 여자가 온 적이 있나요?

젊은 주인 하지만 엠마 — 이 집은 지은 지 이미 20년이나 되었어요.

젊은 부인 무슨 말인지 알잖아요, 알프레트…… 당신과 함께요! 당신 곁에요!

젊은 주인 저와 함께 — 여기서요—엠마! — 그런 생각을 하는 건 좋지 않아요.

젊은 부인 그러니까 당신은…… 뭐라 해야 하나…… 아니에요, 차라리 묻지 않을래요. 묻지 않는 편이 더 낫겠어요. 뭐 제 잘못이지요. 인과응보예요.

젊은 주인 아니, 왜 그래요? 뭐가 문제예요? 뭐가 인과응보라는 말이에요?

젊은 부인 아니에요, 아니에요, 아니에요. 제정신을 차려서는 안 돼요…… 그렇지 않으면 난 부끄러워서 땅속으로 꺼져 버리고 말 거예요.

젊은 주인 (물병을 손에 든 채 슬픈 표정으로 고개를 흔든다.) 엠마, 당신이 제 마음을 얼마나 아프게 하는지 아신다면.

젊은 부인 (코냑을 한 잔 따른다.)

젊은 주인 당신에게 할 말이 있어요, 엠마. 만약 당신이 여기에 있는 걸 부끄러워한다면 — 그러니까 제가 당신에게 아무래도 좋은 존재라면 — 당신이 내게 이 세상 최고의 행복을 뜻한다는 사실을 느끼지 못한다면 — — 그러면 차라리 가세요.

젊은 부인 그래요, 저도 바로 그러려던 참이에요.

젊은 주인 (그녀의 손을 잡으며) 그렇지만 당신 없이 제가 살 수 없다는 걸, 당신 손에 하는 키스 한 번이 이 세상 모든 여인들, 모든 애정보다 더 많은 걸 의미한다는 사실을 당신이 아신다면…… 엠마, 저는 구애하는 데 재주가 있는 다른 젊은 사람들과는 달라요 — 저는 아마도 너무 순진한…… 저는…….

젊은 부인 그래도 당신이 다른 젊은 사람들과 똑같다면요?

젊은 주인 그랬다면 당신이 오늘 이 자리에 없었겠지요 — 왜냐하면 당신은 다른 여자들과 다르거든요.

젊은 부인 그걸 어떻게 아세요?

젊은 주인 (젊은 부인을 소파로 데려간다. 그녀 옆에 앉는다.) 전 당신에 대해서 많이 생각해 봤어요. 전 당신이 불행하다는 걸 알아요.

젊은 부인 (기뻐한다.)

젊은 주인 인생은 너무나 텅 비어 있고, 너무나 공허해요 — 게다가 — 너무 짧지요 — 끔찍할 만큼 짧아요! 오로지 단 하나의 행복만이 있을 수 있어요…… 나를 사랑해 줄 수 있는 한 사람을 찾는 것 — .

젊은 부인 (설탕에 절인 배를 탁자에서 집어 입으로 가져간다.)

젊은 주인 반은 나에게 줘요. (여자는 입으로 설탕에 절인 배를 건네준다.)

젊은 부인 (제멋대로 움직이려고 하는 남자의 두 손을 잡는다.) 뭐 하는 거예요, 알프레트…… 이게 당신이 약속한 건가요?

젊은 주인 (배를 삼키면서, 그러고는 약간 냉정하게) 인생은 너무 짧아요.

젊은 부인 (약해져서) 하지만 그게 이유가 되지는 않아요 — .

젊은 주인 아. 그렇지요.

젊은 부인 (더 약해져서) 이봐요, 알프레트, 당신 약속했잖아요, 신사적으로…… 그리고 여긴 너무 밝아요…….

젊은 주인 이리 와요, 이리 와요, 나의 하나뿐인, 하나뿐인……. (여자를 소파에서 일으켜 세운다.)

젊은 부인 대체 뭐 하는 거예요?

젊은 주인 저 안은 전혀 밝지 않아요.

젊은 부인 방이 하나 더 있다는 말이에요?

젊은 주인 (그녀를 끌고 가면서) 아주 멋진 방이에요…… 그리고 아주 어두워요.

젊은 부인 우리 차라리 여기에 있어요.

젊은 주인 (이미 그녀와 함께 문에 달린 커튼을 지나 침실에 들어와 있다. 여자 옷 허리 위쪽 부분의 끈을 푼다.)

젊은 부인 당신은 정말…… 맙소사, 대체 날 얼마나 타락한 여자로 만들려는 거예요! — 알프레트!

젊은 주인 당신을 너무나 사랑해요, 엠마!

젊은 부인 기다려, 최소한 기다려 주기라도 해요……. (약해져서) 나가 있어요…… 그러면 내가 부를게요.

젊은 주인 당신을 내가 — 당신이 나를 — (말이 잘못 나온다.)…… 내가…… 당신을 — 도와 — 줄게요.

젊은 부인　당신 내 옷을 전부 찢어 버리겠어요.

젊은 주인　코르셋 안 입고 다녀요?

젊은 부인　난 코르셋을 안 입어요. 오딜론*도 안 입잖아요. 하지만 신발의 단추는 풀어도 좋아요.

젊은 주인　(신발의 단추를 풀고 그녀의 발에 키스한다.)

젊은 부인　(침대 안으로 미끄러지듯 들어간다.) 아, 추워.

젊은 주인　곧 따듯해질 거예요.

젊은 부인　(살짝 웃으면서) 그렇게 생각해요?

젊은 주인　(기분이 상해서, 혼잣말로) 그런 말은 하지 않는 편이 좋았는데. (어둠 속에서 옷을 벗는다.)

젊은 부인　(애정 어린 목소리로) 어서 와요, 어서, 어서!

젊은 주인　(여자의 목소리에 기분이 나아져서) 금방 갈게요——.

젊은 부인　여기선 제비꽃 냄새가 나요.

젊은 주인　제비꽃은 바로 자기야…… 그래—(그녀에게)—바로 자기.

젊은 부인　알프레트…… 알프레트!!!!

젊은 주인　엠마…….

젊은 주인　나는 분명 자기를 너무 사랑하나 봐…… 그래…… 나 제정신이 아닌가 봐.

젊은 부인　…….

젊은 주인　하루 종일 난 꼭 미친 것 같았어. 내 이럴 줄 알았다니까.

젊은 부인 화 내지 마.

젊은 주인 아, 화를 내다니 천만의 말씀. 그건 당연한 거라고. 이렇게 사람이…….

젊은 부인 아니야…… 아니야…… 자기는 지금 신경이 날카로워져 있어. 일단 진정해 봐…….

젊은 주인 스탕달이 누군지 알아?

젊은 부인 스탕달?

젊은 주인 『연애론』.

젊은 부인 몰라, 왜 그런 걸 물어?

젊은 주인 거기에 아주 특이한 이야기가 나와.

젊은 부인 무슨 얘기?

젊은 주인 여기 기병 장교들이 잔뜩 모여 있어.

젊은 부인 응.

젊은 주인 그러고는 각자 자기의 사랑 이야기를 무용담처럼 늘어놓는 거야. 그런데 그 장교들은 누구나 자기가 제일 사랑했던 여자 곁에 있을 때, 그러니까, 가장 정열적으로 사랑했던 여자 곁에 있을 때면…… 그녀가 그를, 그가 그녀를ㅡ그러니까 간단히 말하자면, 모두가 자기가 가장 사랑하는 여자들 곁에 있을 때는 지금 나와 같았다는 거야.

젊은 부인 응.

젊은 주인 그건 정말 전형적인 현상이라니까.

젊은 부인 그래.

젊은 주인 아직 안 끝났어. 딱 한 사람이 주장하기를…… 자신에게는 일생 동안 그런 일이 한 번도 벌어지지 않았다는 거야. 하지만 — 스탕달이 덧붙이기를 — 그자는 악명 높은 허풍쟁이였대.

젊은 부인 그렇구나 —.

젊은 주인 그렇지만 그게 기분을 상하게 한다고. 그게 바로 문제야. 원래는 대수롭지 않은 일인데도 말이지.

젊은 부인 당연하지. 그런데 자기 알아……? 내게 신사적으로 행동하겠다고 약속했잖아.

젊은 주인 그만둬. 웃지 마. 그런다고 상황이 나아지진 않아.

젊은 부인 아니야, 웃지 않아. 스탕달 얘기는 정말 재미있어. 나는 나이 든…… 아니면 아주…… 그러니까 오래 산 사람들 말이야, 그런 사람들…….

젊은 주인 무슨 생각을 하고 있는 거야. 그런 거와는 전혀 상관없다고. 그런데 스탕달 얘기 중 가장 멋진 부분을 잊어버리고 있었어. 그러니까 거기엔 이렇게까지 얘기하는 장교도 있었다는 거야. 그 사람은 사흘 밤인지, 아니면 엿새 밤인지, 이제 기억도 잘 나지 않지만, 어쨌든 몇 주 동안이나 갈망했던 한 여자와 보냈는데…… 알겠어? 두 사람은 사흘 밤인지 엿새 밤인지 동안 행복에 겨워 울기만 했다는 거야…… 두 사람 모두…….

젊은 부인 둘 다?

젊은 주인 그래. 놀랐어? 나는 이해할 수 있는 일이라고 생각해 — 정말 사랑한다면 말이야.

젊은 부인 하지만 울지 않는 사람도 분명 많을 걸.

젊은 주인 (짜증이 나서) 분명하지…… 그것 역시 예외적인 경우야.

젊은 부인   아—난 또 스탕달이 "모든 기마 장교들은 그런 일이 있을 때 운다"고 말했다는 줄 알았어.

젊은 주인   봐, 이젠 날 놀리고 있잖아.

젊은 부인   무슨 소리야! 어린애처럼 굴지 마, 알프레트!

젊은 주인   이런 일은 사람을 예민하게 만든다고…… 게다가 난 자기가 끊임없이 그런 생각을 하고 있다는 느낌을 받는단 말이야. 그거야말로 진짜 기분이 나빠.

젊은 부인   난 절대로 그런 생각을 하고 있지 않아.

젊은 주인   아, 그래. 자기가 나를 사랑한다고 확신할 수만 있다면.

젊은 부인   더 확실한 증거를 원하는 거야?

젊은 주인   봐…… 자기는 항상 날 놀리잖아.

젊은 부인   내가 왜 그러겠어? 자, 달콤한 머리 좀 이리 줘 봐.

젊은 주인   아, 기분 좋다.

젊은 부인   날 사랑해?

젊은 주인   아, 난 정말 행복해.

젊은 부인   하지만 울기까지 할 필요는 없어.

젊은 주인   (그녀로부터 떨어지면서, 극도로 화가 나서) 또, 또. 그렇게 부탁했는데도…….

젊은 부인   울지 말라고 내가 얘기한 건…….

젊은 주인   자기는 "울기까지 할"이라고 말했어.

젊은 부인   자기야, 자기는 너무 예민해져 있어.

젊은 주인   알고 있어.

젊은 부인 하지만 그러지 마. 난 그게 차라리 더 나아. 그게……
우리가 말하자면 좋은 친구처럼…….

젊은 주인 또 시작이군.

젊은 부인 기억 못하는 거야! 그게 바로 우리가 처음 한 대화 내
용 중 하나였잖아. 좋은 친구가 되길 바란다고. 그 이상은 아니
라고. 아, 그때가 좋았어…… 우리 언니 집에서였지. 1월, 커다
란 무도회에서, 카드리유*를 추는 중이었어…… 맙소사, 난 벌
써 오래전에 출발해야 했어…… 언니가 날 기다리고 있다고 —
언니에게 뭐라고 말하지…… 안녕, 알프레트—.

젊은 주인 엠마—! 이렇게 날 떠나려는 거야!

젊은 부인 그래 — 이렇게! —

젊은 주인 5분만 더…….

젊은 부인 좋아. 5분만 더. 하지만 아무 짓도 안 하겠다고…… 나
와 약속해야 해…… 알았지?…… 작별의 키스만 해 줄 테니
까…… 쉿…… 조용히…… 움직이지 마. 말했잖아. 안 그러면
바로 일어날 거야. 나의 사랑스런…… 사랑스런…….

젊은 주인 엠마…… 나의 천사…….

젊은 부인 나의 알프레트—.

젊은 주인 아, 자기 곁에 있으면 천국에 있는 것 같아.

젊은 부인 하지만 이제 정말 가야 해.

젊은 주인 에이, 언니는 그냥 기다리라고 해.

젊은 부인 집으로 가야 해. 언니에게 가기엔 이미 너무 늦었어.

대체 지금 몇 시야?

젊은 주인　내가 그걸 어떻게 알겠어?

젊은 부인　그러니까 시계를 보면 되잖아.

젊은 주인　내 시계는 조끼 주머니에 들어 있어.

젊은 부인　가서 가져와.

젊은 주인　(힘차게 일어난다.) 8시.

젊은 부인　(재빨리 일어난다.) 맙소사…… 빨리, 알프레트, 양말을 줘. 뭐라고 해야 하지? 집에선 벌써 나를 기다릴 텐데…… 8시…….

젊은 주인　우리 언제 또 만날 수 있을까?

젊은 부인　다시는 못 만나.

젊은 주인　엠마! 더 이상 날 사랑하지 않는 거야?

젊은 부인　바로 사랑하기 때문이야. 신발 줘.

젊은 주인　다시는 못 만난다고? 여기 신발.

젊은 부인　내 주머니에 구두 단추걸이가 있어. 부탁해, 빨리…….

젊은 주인　여기 있어.

젊은 부인　알프레트, 그랬다간 우리 둘 다 목이 날아가는 수가 있어.

젊은 주인　(매우 기분이 상해서) 무엇 때문에?

젊은 부인　그래, 남편이 "대체 어디 갔다 오는 거야?" 하고 물어보면 뭐라고 대답하지?

젊은 주인　언니네 집.

젊은 부인　그래, 내가 거짓말하는 재주가 있다면.

젊은 주인　글쎄, 그래야만 할 걸.

젊은 부인　당신 같은 사람을 위해 그렇게까지 해야 한다는 거지. 자, 이리 와 봐…… 키스 한 번 더 해 줘. (남자를 포옹한다.) ― 그리고 이제 ― ― 날 혼자 두고 다른 방으로 가. 자기가 옆에 있으면 옷을 입을 수가 없어.

젊은 주인　(응접실로 가서 옷을 입는다. 빵을 조금 먹고 코냑 한 잔을 마신다.)

젊은 부인　(잠시 뒤에 부른다.) 알프레트!

젊은 주인　그래, 자기야.

젊은 부인　그런데 우리가 울지 않아서 더 좋았어.

젊은 주인　(약간의 뿌듯함과 함께 미소 지으면서) 어떻게 그렇게 경박하게 말할 수 있지 ― .

젊은 부인　만일 사람들 모임에서 우리 우연히 다시 한 번 만나면 어떨까?

젊은 주인　우연히 ― 한 번…… 자기 내일 분명 롭하이머 부부 집에 갈 거지?

젊은 부인　응. 자기도?

젊은 주인　당연하지. 코티용* 때 자기에게 춤을 청해도 될까?

젊은 부인　아, 안 갈래. 도대체 무슨 생각을 하고 있는 거야? ― 난 말이야…… (옷을 완전히 차려입은 채 응접실로 나온다. 초콜릿이 입혀진 과자 하나를 집는다.)…… 땅속으로 꺼져 버릴 것만 같아.

젊은 주인　그러니까 내일 롭하이머 집에서, 그거 좋군.

젊은 부인   아니, 아니…… 거절하겠어. 확실히 ─.

젊은 주인   그럼 모레…… 여기서.

젊은 부인   무슨 소리야?

젊은 주인   6시에…….

젊은 부인   저기 모퉁이에 마차가 서 있지, 응? ─

젊은 주인   응, 아주 많아. 그러니까 모레 여기서 6시에. 그러지 말고 "그래"라고 대답해 봐, 사랑하는 자기야.

젊은 부인   …… 그건 내일 코티용을 추면서 얘기해.

젊은 주인   (젊은 부인을 포옹한다.) 나의 천사.

젊은 부인   내 머리를 다시 망치면 안 돼.

젊은 주인   그럼 내일 롭하이머 부부 집에서, 그리고 모레는 내 품 안에서.

젊은 부인   잘 있어…….

젊은 주인   (갑자기 걱정스러워져서) 그런데 남편에게는 ─ 오늘 뭐라고 말할 거야? ─

젊은 부인   묻지 마…… 묻지 마…… 끔찍해 ─ 어쩌다 내가 자길 이렇게 사랑하게 되었는지! ─ 안녕 ─ 만일 또 계단에서 사람을 만난다면, 난 심장이 멎어 버리고 말 거야 ─ 쳇! ─

젊은 주인   (그녀의 손에 다시 한 번 입을 맞춘다.)

젊은 부인   (퇴장.)

젊은 주인   (혼자 남는다. 소파 위에 앉는다. 미소를 짓고는 혼자서 말한다.) 그러니까 이제 난 품위 있는 여인과 연애를 하게 된 거야.

젊은 부인과 남편

쾌적한 침실.

밤 10시 반. 여인은 침대에 누워 책을 읽고 있다.

남편이 잠옷을 입은 채 막 방으로 들어선다.

젊은 부인 (올려 보지 않으면서) 일 더 안 해?

남편 아니. 너무 피곤해. 그리고…….

젊은 부인 뭔데? ―

남편 책상 앞에 앉아 있다가 갑자기 아주 외롭다고 느꼈어. 당신
이 그리워졌어.

젊은 부인 (올려 보며) 정말?

남편 (침대 위 아내 쪽으로 걸터앉는다.) 오늘은 그만 읽어. 눈
나빠져.

젊은 부인 (책을 덮는다.) 대체 무슨 일이야?

남편 아무것도 아니야, 자기야. 당신과 사랑에 빠진 거지. 당신

도 잘 알잖아.

젊은 부인 가끔은 그런 사실을 거의 잊어버릴 지경이야.

남편 때로는 오히려 잊어버려야만 해.

젊은 부인 왜?

남편 그렇지 않으면 결혼 생활이 환영받지 못하는 것이 되어 버리거든. 결혼 생활은…… 뭐랄까…… 결혼 생활은 그 신성함을 잃어버리게 돼.

젊은 부인 아…….

남편 진짜라니까 ― 그게 그런 거야…… 우리가 결혼해서 살아온 지난 5년 동안, 가끔씩 우리가 서로 사랑에 빠져 있다는 사실을 잊지 않았다면 ― 우린 지금 더 이상 부부가 아닐 거야.

젊은 부인 나에게는 너무 어려운데?

남편 간단해. 우리는 아마 열 번이나 열두 번 정도 서로 사랑을 했잖아…… 그렇지?

젊은 부인 난 전혀 세어 보지 않았어! ―

남편 만일 우리가 결혼하자마자 처음부터 마지막 사랑까지 다 맛을 봤더라면, 내가 처음부터 당신에 대한 열정을 소신 없이 다 쏟아 부었더라면, 우리 사이도 수백만의 다른 연인들과 별다를 바 없었을 거야. 끝장나 버렸을 거란 말이지.

젊은 부인 아…… 그렇게 생각해?

남편 진짜야 ― 엠마 ― 우리가 결혼한 첫날 나는 그렇게 될까 봐 겁이 났다고.

젊은 부인 나도 그랬어.

남편 그것 봐! 내 말이 맞지? 그래서 좋은 친구로만 함께 살아가는 시간을 자주 갖는 편이 좋은 거야.

젊은 부인 아, 그렇군.

남편 그리고 우리가 몇 주씩 껍데기뿐인 결혼 생활을 반복해서 견뎌낼 수 있는 건, 내가 결코 그런 생활이…….

젊은 부인 몇 달로 늘어지는 걸 허락하지 않기 때문이지.

남편 맞았어.

젊은 부인 그럼 이제…… 그러니까 우정의 기간이 끝난 것 같아—?

남편 (여자를 부드럽게 자기 쪽으로 끌어당기면서) 그런 것 같아.

젊은 부인 하지만…… 난 그렇지 않다면……?

남편 당신이라고 다를 리 없어. 당신은 이 세상에서 가장 영리하고 매력적인 존재거든. 난 당신을 발견해서 아주 행복해.

젊은 부인 하여간 당신이 비위를 맞춰 주니 좋네—가끔이긴 하지만.

남편 (침대로 간다.) 세상을 좀 경험해 본 사람에게는—자, 머리를 내 어깨에 기대요—세상을 아는 사람에게 결혼이란 원래, 당신들 좋은 집안의 어린 소녀들이 느끼는 것보다 훨씬 더 비밀스러운 것을 의미하는 법이야. 당신들은 순수하게 그리고…… 적어도 어느 정도까지는 아무것도 모르고 우리를 맞이하지. 그리고 바로 그렇기 때문에 당신들은 원래 우리 남자들보다 훨씬 맑은 시선으로 사랑의 본질을 바라보는 거야.

젊은 부인 (웃으면서) 아하!

남편 사실이야. 왜냐하면 우리는 결혼 전에 어쩔 수 없이 겪어야만 했던 다양한 경험들 때문에 혼란스럽고 또 불안해져 있거든. 반면 당신들은 많이 듣고 너무 많이 알고 또 책도 사실은 너무 많이 읽는 것 같지만, 우리 남자들이 실제로 경험하는 것에 대해 제대로 된 개념은 가지고 있지 않아. 우리에게는 사람들이 보통 사랑이라고 말하는 것이 완전히 불쾌한 것이 돼 버리거든. 왜냐하면…… 우리가 만나야 했던 그 여자들이 도대체 어떤 존재들이냐는 말이야!

젊은 부인 그래, 어떤 존재들인데?

남편 (그녀의 이마에 키스를 하며) 그런 사정에 대해 알 기회가 없었던 것을 다행으로 생각해야 해, 자기야. 하여튼 대부분은 정말 불쌍한 존재들이지—그런 여자들에게 돌을 던지지는 말자고.

젊은 부인 그만둬—그놈의 동정—전혀 어울리지 않아.

남편 (아주 부드럽게) 그런 여자들은 동정을 받을 만해. 좋은 집안에서 곱게 자란 당신들, 부모의 보호 속에서 조용히 자신들과 결혼하기를 갈망하는 신사들을 기다리던 당신들은 그 가난을 알지 못해. 불쌍한 사람들의 대부분을 죄악의 품으로 몰아넣는 그 가난을 말이야.

젊은 부인 그럼 모두 다 몸을 팔아?

남편 그렇게 말하고 싶지는 않아. 그리고 나는 물질적인 가난만을 얘기하는 것이 아니야. 내가 말하고 싶은 건 도덕적인 가난도 존재한다는 거야. 무엇을 해도 되고 무엇을 해서는 안 되는

지에 대한 생각, 특히 무엇이 고귀한 것인지에 대한 생각이 틀린 경우 말이야.

젊은 부인 하지만 그 사람들이 왜 동정을 받아야 해? ─ 그 사람들도 뭐 아주 잘 지내잖아?

남편 아주 독특한 생각을 가지고 있군. 그런 인간들은 천성적으로 자꾸만 더 깊이 타락하게 되어 있다는 사실을 잊어서는 안 돼. 멈출 수가 없다는 말이야.

젊은 부인 (남편에게 들러붙으며) 타락해서 분명 좋을 거야.

남편 (난처해져서) 어떻게 그렇게 얘기할 수가 있지, 엠마? 나는 당신같이 품위 있는 여자들에게는 품위를 지니지 못한 그 사람들 모두가 세상에서 가장 불쾌한 존재일 거라고 생각했는데.

젊은 부인 물론이야, 카를, 물론이야. 그냥 해 본 소리라고. 그만두고 얘기 계속해 봐. 당신이 그런 얘기 해 주면 너무 좋아.

남편 무슨 얘기?

젊은 부인 그러니까 ─ 그 인간들에 대해.

남편 무슨 생각을 하고 있는 거야?

젊은 부인 봐봐, 있잖아. 내가 전에도 한 번, 우리가 처음 시작할 때 당신한테 부탁했잖아? 젊은 시절에 대해 얘기 좀 해 달라고.

남편 거기에 왜 관심이 있는데?

젊은 부인 당신 내 남편 아니야? 그리고 내가 당신의 과거에 대해 전혀 모른다는 건 정말 옳지 못한 일 아닌가? ─

남편 당신 나를 그렇게 저질이라고 생각하고 있는 건 아니겠지?

그러니까 내가—됐어, 엠마…… 이건 마치 신성 모독과도 같은 거야.

젊은 부인 그래도 당신 옛날에…… 누가 알겠어. 얼마나 많은 여자들을 지금 나처럼 품에 안았을지.

남편 "여자들"이라고 말하지 마. 내 여자는 당신뿐이야.

젊은 부인 하지만 이 질문 하나는 내게 답해 줘야 해…… 그렇지 않으면…… 그렇지 않으면…… 우리 허니문도 끝이야…….

남편 아주 훌륭하게도 말하는군…… 당신이 한 아이의 엄마라는 사실을 생각해…… 우리 딸아이가 저기 저 안에 누워 있다는 걸…….

젊은 부인 (남자에게 들러붙으며) 하지만 나는 아들도 하나 가지고 싶어.

남편 엠마!

젊은 부인 그만둬, 그러지 말라고…… 물론 나는 당신의 부인이야…… 그리고 나는 또 약간은…… 당신의 사랑이고 싶기도하고…….

남편 그러고 싶어?……

젊은 부인 그러니까—우선은 내 질문에 대답부터 해.

남편 (고분고분하게) 뭔데?

젊은 부인 그러니까…… 유부녀도 있었어?—그 여자들 중에?

남편 뭐라고?—무슨 소리야?

젊은 부인 무슨 소리인지 이미 알잖아.

남편 (약간 불안해져서) 왜 그런 질문을 하는 거지?

젊은 부인 나는 그러니까 그게 알고 싶은 거야…… 무슨 얘기냐면 ― 그런 여자들이 있잖아…… 나도 안다고. 그런데 당신이…….

남편 (진지하게) 그런 여자를 알고 있어?

젊은 부인 글쎄, 내가 어떻게 알겠어.

남편 당신 친구들 중에 아마도 그런 여자가 있나 보지?

젊은 부인 글쎄, 어떻게 내가 확실하게 그렇다, 아니다 말할 수 있겠어?

남편 당신 친구들 중에 누가 혹시 당신에게…… 여자들끼리 있으면 왜 별 얘기들을 다 하잖아 ― 당신 친구들 중 하나가 고백을 한 거야 ―?

젊은 부인 (불확실하게) 아니.

남편 당신 친구들 중 하나가 의심이 가는 거야? 그랬을 것 같다고……?

젊은 부인 의심…… 아…… 의심.

남편 그래 보인다는 거지.

젊은 부인 분명 아니야, 카를, 확실히 아니야. 생각해 보니까 ― 아무도 그런 짓을 못할 것 같아.

남편 아무도?

젊은 부인 내 친구들 중에서는 아무도.

남편 나랑 약속해 줘, 엠마.

젊은 부인 뭘?

남편 그랬을 거라는…… 그러니까 완전히 나무랄 데 없는 삶을 살아가지 않고 있다는 털끝만큼의 의혹이라도 들게 만드는 여자와는 가까이 지내지 않겠다고 말이야.

젊은 부인　내가 그걸 미리 약속해야 한단 말이야?

남편　당신이 그런 여자들과 일부러 사귀려고 하지는 않을 거라는 건 나도 알아. 하지만 우연이라는 게 있을 수 있잖아. 당신이 그러니까…… 그래, 평판이 좋지 못한 여자들이 행실이 바른 여자들과 사귀려고 하는 일은 심지어 아주 흔하기까지 한 일이야…… 부분적으로는 자기를 돋보이게 하기 위해서, 또 부분적으로는 뭐라고 해야 하나…… 순결에 대한 일종의 향수에서 말이야.

젊은 부인　그래……?

남편　그래. 나는 내가 지금 말한 게 아주 정확하다고 생각해. 순결에 대한 향수. 왜냐하면 그런 여자들은 원래 모두 아주 불행하기 때문이지. 내 말을 믿으라고.

젊은 부인　왜?

남편　몰라서 묻는 거야, 엠마? —대체 어떻게 그걸 물을 수 있지? —그런 여자들이 어떤 인생을 살아가고 있을지 상상해 봐! 거짓말에, 간계에, 파렴치한 짓투성이에다 위험도 가득하다고.

젊은 부인　그래, 당연하지. 당신 말이 맞아.

남편　확실해 —그런 여자들은 약간의 행복을 위해서…… 약간의……

젊은 부인　즐거움을 위해서.

남편　왜 즐거움이지? 당신은 그걸 어떻게 즐거움이라고 말할 생각이 든 거야?

젊은 부인　그러니까—뭔가 있기는 할 거 아니야—! 그렇지 않다면 그런 짓을 하지 않겠지.

남편　아무것도 없어…… 그저 도취일 뿐이야.

젊은 부인　(깊은 생각에 잠겨) 도취라.

남편　아니야, 그건 도취도 못 돼! 어찌 됐든—비싼 대가를 치르는 거야. 확실하다고!

젊은 부인　그러니까…… 당신도 언젠가 그랬던 적이 있는 거지—그렇지?

남편　그래, 엠마—나의 가장 슬픈 추억이야.

젊은 부인　누구였어? 말해 봐! 내가 아는 사람이야?

남편　대체 무슨 생각을 하는 거야?

젊은 부인　언제 적 일이야? 오래전, 나하고 결혼하기 전이야?

남편　묻지 마. 묻지 말아 줘, 부탁이야.

젊은 부인　하지만 카를!

남편　그녀는 죽었어.

젊은 부인　정말?

남편　그래…… 우스꽝스럽게 들리겠지만, 나는 그런 여자들이 전부 요절한다는 느낌을 가지고 있어.

젊은 부인　그녀를 많이 사랑했어?

남편　거짓말하는 여자를 사랑하는 사람은 없어.

젊은 부인　그러면 왜…….

남편　도취였지…….

젊은 부인   그러니까 결국?

남편   거기에 대해서 더 이상 말하지 마, 부탁이야. 모두 오래전에 끝난 일이야. 나는 오로지 한 여자만을 사랑했고―그건 바로 당신이야. 사랑은 오직 순결과 진실이 있는 곳에만 존재하는 법이야.

젊은 부인   카를!

남편   아, 그 품속에서 우리는 얼마나 안전하고 편안하게 느끼는지. 왜 나는 당신을 어릴 적부터 알지 못했을까? 그랬다면 아마 다른 여자는 쳐다보지도 않았을 거야.

젊은 부인   카를!

남편   그리고 당신은 아름다워!…… 아름다워!…… 아, 이리 와…….

(불이 꺼진다.)

젊은 부인   내가 오늘 무슨 생각을 했는지 알아, 당신?

남편   뭔데, 자기야?

젊은 부인   바로…… 바로…… 바로 베네치아야.

남편   첫날밤…….

젊은 부인   응…… 그렇게…….

남편   뭔데?―그러지 말고 말해 봐!

젊은 부인   당신은 오늘 그때처럼 나를 사랑해 줬어.

남편   그래, 바로 그때처럼.

젊은 부인   아…… 당신이 항상…….

남편   (그녀의 품 안에서) 뭐?

젊은 부인   나의 카를!

남편   무슨 소리야? 내가 항상…….

젊은 부인   그러니까.

남편   그러니까, 내가 항상 뭐가 어떻다는 거야……?

젊은 부인   그러면 당신이 나를 사랑한다는 걸 내가 항상 알고 있을 거라는 말이야.

남편   그래. 하지만 그렇지 않아도 당신은 내가 당신을 사랑한다는 걸 항상 알고 있어야 해. 우리 남자들은 항상 사랑만 하고 있을 수는 없다고. 때로는 적대적인 삶을 향해 밖으로 나가서 싸우고 또 애를 써야만 하는 거야! 그걸 잊지 마, 당신! 결혼 생활에서 모든 일은 다 적당한 때가 있는 거야―그게 바로 결혼 생활의 미덕이지. 5년이 지난 후에까지 자신의 ― 베네치아를 생각하는 사람은 많지 않다고.

젊은 부인   물론이야!

남편   그럼 이제…… 잘 자, 자기야.

젊은 부인   잘 자!

남편과 귀여운 아가씨

리트호프*의 별실. 특별히 세련된 분위기는 아님.

가스 난로에 불이 타고 있다.

남편, 귀여운 아가씨.

탁자 위에는 슈크림, 과일, 치즈 등 식사하고 남은 것들이 보인다.

두 와인 잔에는 헝가리산 백포도주가 담겨 있다.

남편   (하바나 시가를 피운다. 소파의 모서리에 기댄다.)

귀여운 아가씨   (그의 옆에 있는 안락의자에 앉아 슈크림을 수저
   로 떠서 기분 좋게 후루룩 입에 넣고 있다.)

남편   맛있어?

귀여운 아가씨   (개의치 않는다.) 아!

남편   하나 더 먹을래?

귀여운 아가씨   아니에요. 이미 많이 먹었어요.

남편   잔이 비었잖아. (와인을 그녀의 잔에 따른다.)

귀여운 아가씨　됐어요…… 아저씨, 어차피 전 그거 안 마실 거라고요.

남편　또 존댓말 한다.

귀여운 아가씨　아, 그렇지 ― 왜 그런 거 있잖아요. 버릇이란 게 그렇게 무섭다니까요.

남편　그런 거 있잖아.

귀여운 아가씨　뭐가요?

남편　"그런 거 있잖아." 말을 놓으라고. "그런 거 있잖아요"가 아니라 ― 자, 내 옆에 앉아.

귀여운 아가씨　잠깐만요…… 아직 다 안 먹었어요.

남편　(일어나서 안락의자 뒤에 선다. 그녀의 머리를 자기 쪽으로 돌려서 그녀를 껴안는다.)

귀여운 아가씨　뭐 하는 거예요?

남편　난 네 키스를 원해.

귀여운 아가씨　(키스를 해 준다.) 아저씨는요…… 앗, 미안, 아저씨는 뻔뻔스런 사람이야.

남편　이제 알았어?

귀여운 아가씨　아, 아니. 알기야 이미 오래전에…… 그 골목길에서부터 알았지요. 아저씨는 ― .

남편　알았지!

귀여운 아가씨　아저씨는 나를 고맙게 생각해야 할 거야…….

남편　왜?

귀여운 아가씨　내가 곧바로 아저씨와 별실로 들어왔으니까.

남편 글쎄, 곧바로라고는 할 수 없지.

귀여운 아가씨 그런데 아저씨는 데이트 신청을 아주 멋지게 할 줄 아는 것 같아.

남편 그렇게 생각해?

귀여운 아가씨 그리고 따지고 보면 그게 뭐 어쨌다는 거야?

남편 당연하지.

귀여운 아가씨 산책을 하든 아니면 ─ .

남편 산책하기에는 또 너무 춥지.

귀여운 아가씨 당연히 산책하기에는 너무 추워.

남편 하지만 여기는 적당히 따듯해, 그렇지? (다시 앉는다. 귀여운 아가씨를 감싸안고는 자기 옆으로 끌어당긴다.)

귀여운 아가씨 (약하게) 어머.

남편 얘기 좀 해 봐…… 너 진작부터 나를 눈치 채고 있었지, 그렇지?

귀여운 아가씨 당연하지. 징거 거리에서부터.

남편 내 말은, 오늘 말고. 그저께도, 그리고 사흘 전에도, 내가 네 뒤를 따라갔을 때 말이야.

귀여운 아가씨 내 뒤를 따라오는 사람은 많아.

남편 그렇겠지. 하지만 내가 따라오는 걸 눈치 챘느냐는 말이야.

귀여운 아가씨 얼마 전에 무슨 일이 있었는지 아시겠어…… 아, 아니…… 알아? 내 사촌의 남편이 어둠 속에서 나를 따라왔는데 나를 못 알아보더라고.

남편 그 사람이 너에게 말을 걸었니?

귀여운 아가씨　무슨 소리야? 모든 사람이 다 아저씨처럼 뻔뻔한 줄 알아?

남편　하지만 그런 일이 있긴 하지?

귀여운 아가씨　당연히 있지.

남편　그래. 그럼 넌 어떻게 해?

귀여운 아가씨　아무것도 안 해 ― 그냥 대답 안 하는 거지 뭐.

남편　음…… 하지만 내게는 대답을 했잖아.

귀여운 아가씨　그래. 그래서 혹시 기분이 나빠?

남편　(격렬하게 키스한다.) 네 입술에서 크림 맛이 나.

귀여운 아가씨　아, 내 입술은 원래 달콤해.

남편　많은 남자들이 이미 그렇게 말했겠지?

귀여운 아가씨　많은 남자들!! 대체 또 무슨 생각을 하고 있는 거야!

남편　자, 한번 솔직히 말해 봐. 몇 명이나 네 입술에 키스를 했지?

귀여운 아가씨　도대체 뭘 물어보는 거야? 말해 봤자 믿지도 않을 거잖아!

남편　왜 안 믿겠어?

귀여운 아가씨　한번 맞혀 봐!

남편　음, 아마도 ― 화내면 안 돼?!

귀여운 아가씨　내가 왜 화를 내겠어?

남편　그러니까 내 생각에는…… 스무 명.

귀여운 아가씨　(그로부터 몸을 빼며) 왜 ― 그냥 백 명이라고 하지.

남편　그냥 한번 맞혀 본 거잖아.

귀여운 아가씨　하지만 제대로 맞히질 못했어.

남편 그럼 열 명.

귀여운 아가씨 (기분이 상해서) 당연하겠지. 길거리에서 남자들이 수작을 걸도록 내버려 두고 게다가 곧 별실까지 따라오는 여자니까!

남편 그렇게 어린애처럼 굴지 마. 거리를 돌아다니건 방 안에 앉아 있건…… 우리는 식당에 와 있을 뿐이잖아. 언제라도 종업원이 들어올 수 있단 말이야—정말로 대수롭지 않은 거야…….

귀여운 아가씨 나도 바로 그렇게 생각했던 거야.

남편 그런데 너 이런 별실에 와 본 적 있어?

귀여운 아가씨 그러니까, 사실대로 말해야 한다면, 있어.

남편 거봐, 난 네가 최소한 솔직하기라도 하다는 게 마음에 들어.

귀여운 아가씨 하지만 아저씨가 생각하는 거와는 달라. 내 친구하고 친구 신랑하고 왔었어. 올해 카니발 때 한 번.

남편 만일 네가 남자 친구하고 한 번 왔었다고 해도 별일 아니야.

귀여운 아가씨 당연히 별일 아니지. 하지만 난 애인이 없단 말이야.

남편 에이, 그만둬.

귀여운 아가씨 어머나, 애인 없다니까.

남편 설마 나보고 그걸 믿으라는 건 아니겠지, 그러니까……

귀여운 아가씨 도대체 뭐?…… 남자 친구 없다니까—벌써 반 년도 더 됐어.

남편 아, 그렇구나…… 하지만 그 전엔? 누구였는데?

귀여운 아가씨 도대체 뭐가 그렇게 궁금한 게 많아?

남편 널 좋아하니까 호기심이 생기는 거야.

귀여운 아가씨   진짜?

남편   당연하지. 곧 알게 될 거야. 그러니까 얘기해 봐. (그녀를 자기 쪽으로 꼭 끌어당긴다.)

귀여운 아가씨   대체 뭘 얘기하라고?

남편   그렇게 오래 물어보게 하지 마. 그게 누구였는지 알고 싶다니까.

귀여운 아가씨   (웃으면서) 뭐 그냥 남자였어.

남편   그러니까 ― 그러니까 ― 그게 누구였냐니까?

귀여운 아가씨   아저씨하고 조금 비슷하게 생겼어.

남편   그렇군.

귀여운 아가씨   아저씨가 그 사람하고 그렇게 비슷하게 생기지 않았더라면 ― .

남편   그랬더라면?

귀여운 아가씨   다 알면서…… 뭘 물어봐…….

남편   (이해한다.) 그러니까, 그래서 네가 내 수작을 받아 준 거였구나.

귀여운 아가씨   그러니까 그런 거지 뭐.

남편   기뻐해야 하는 건지, 화를 내야 하는 건지 진짜 모르겠군.

귀여운 아가씨   뭐, 내가 아저씨라면 기뻐하겠어.

남편   글쎄.

귀여운 아가씨   그리고 말할 때도 아저씨는 그 남자를 생각나게 해…… 그리고 사람을 바라볼 때에도…….

남편   뭐 하는 사람이었지?

귀여운 아가씨 아니, 그 사람 눈이 —.

남편 그런데 그 남자 이름은 뭐였어?

귀여운 아가씨 아니, 날 그렇게 보지 마, 부탁이야.

남편 (그녀를 끌어안는다. 길고 뜨거운 키스.)

귀여운 아가씨 (몸을 흔든다. 일어서려 한다.)

남편 왜 일어나는 거야?

귀여운 아가씨 집에 가야 할 시간이야.

남편 나중에.

귀여운 아가씨 안 돼, 정말로 집에 가야 해. 엄마가 뭐라고 할 거 같아?

남편 너 엄마와 사니?

귀여운 아가씨 당연히 엄마와 살지. 그럼 어떨 거라 생각했어?

남편 그래 — 엄마와 사는구나…… 엄마 집에서 남자 친구와 같이 사는 게 아니야?

귀여운 아가씨 당연히 아니지! 우리는 모두 다섯 남매야! 남자 둘하고 또 여자 아이 둘이 더 있어…….

남편 자, 그렇게 나에게서 멀리 떨어져 앉지 마. 네가 큰딸이야?

귀여운 아가씨 아니, 난 둘째 딸이야. 큰언니는 카티야. 일을 하고 있어, 꽃가게에서. 그 다음이 나야.

남편 너는 뭐해?

귀여운 아가씨 뭐, 집에 있지.

남편 항상?

귀여운 아가씨 하여튼 누군가 하나는 집에 있어야 하잖아.

남편 물론이지. 그래―그런데 너는―아주 늦게 집에 돌아갈 때
면 엄마에게 뭐라고 말해?

귀여운 아가씨 그런 일은 뭐 아주 드물어.

남편 그러니까 예를 들어 오늘 같은 날 말이야. 엄마가 뭐라고
물어보시기는 하지?

귀여운 아가씨 당연히 물어보시지. 내가 아무리 조심을 하더라
도―내가 돌아오면 엄마는 눈을 뜨셔.

남편 그래, 그러면 엄마에게 뭐라고 말해?

귀여운 아가씨 극장에 있었던 거지 뭐.

남편 그럼 엄마는 그걸 믿으셔?

귀여운 아가씨 뭐, 안 믿으실 이유가 뭐가 있겠어? 난 극장에 자
주 가. 바로 지난 일요일에도 내 친구랑 친구 신랑이랑 그리고
내 오빠랑 오페라를 봤어.

남편 그 표는 어디서 나는 거야?

귀여운 아가씨 오빠가 미용사거든!

남편 그래, 미용사라…… 아, 아마도 극장 소속 미용사인 모양
이지?

귀여운 아가씨 도대체 뭘 그렇게 꼬치꼬치 캐묻는 거야?

남편 그냥 관심이 있을 뿐이야. 그럼 남동생은 뭐 해?

귀여운 아가씨 그 애는 아직 학교에 다녀. 선생님이 되고 싶대. 싫
어…… 뭐 그런 걸 하겠다는 건지!

남편 그럼 이제 여동생이 하나 더 있지?

귀여운 아가씨 응, 그 애는 아직 말괄량이야. 하지만 일찍부터 주

의를 기울여야 해. 아저씨는 학교에서 여자 애들이 얼마나 망가지는지 알고 있어? 어떻게 생각해! 얼마 전에는 데이트하고 있는 걸 붙잡았다니까.

남편 뭐?

귀여운 아가씨 그래! 저녁 7시 반에 그 학교 남학생 하나하고 얼굴을 마주보며 슈트로치 거리를 돌아다니고 있더라니까. 말괄량이 계집애!

남편 그래서, 넌 거기서 어떻게 했는데?

귀여운 아가씨 뭐, 두들겨 팼지!

남편 너 그렇게 엄한 거야?

귀여운 아가씨 뭐, 그럼 누가 그래야 하겠어? 언니는 일을 나가고, 엄마는 불평하는 것 외에는 하는 일이 없고—결국은 항상 내가 모든 걸 맡아야 한다고.

남편 저런, 너 정말 사랑스런 아이구나! (점점 더 부드럽게 키스한다.) 널 보면 누군가가 생각나.

귀여운 아가씨 그래—누군데?

남편 특정한 사람이 아니라…… 그 시절…… 그러니까, 내 젊은 시절 말이야. 그만두자, 마셔!

귀여운 아가씨 응, 그런데 아저씨 몇 살인데? 아저씨…… 그래…… 난 아저씨 이름이 뭔지도 모르잖아.

남편 카를.

귀여운 아가씨 말도 안 돼! 이름이 카를이란 말이야?

남편 그 남자도 카를이었어?

귀여운 아가씨 말도 안 돼. 하지만 이건 완전 기적이야…… 정말이
야―말도 안 돼, 두 눈…… 이 눈빛……. (고개를 가로젓는다.)

남편 그런데 그게 누구였는지―너는 아직 말하지 않았어.

귀여운 아가씨 아주 나쁜 사람이었어. 확실해. 그렇지 않다면 나
를 이렇게 내버려 두고 가진 않았을 거야.

남편 그 남자를 많이 좋아했니?

귀여운 아가씨 당연히 좋아했지.

남편 어떤 사람이었는지 알겠다―소위였지?

귀여운 아가씨 아니, 군대에 있지 않았어. 군대에서 그를 데려가
지 않았어. 그 사람 아버지 집은…… 그런데 그런 건 알아서 뭐
하게?

남편 (그녀에게 키스한다.) 너 눈동자가 원래 회색이구나. 처음
에는 검은색이라고 생각했어.

귀여운 아가씨 왜, 아저씨에겐 내 눈이 충분히 아름답지 못한 모
양이지?

남편 (그녀의 눈에 키스한다.)

귀여운 아가씨 안 돼, 안 돼―이건 참을 수 없어…… 아, 부탁이
야―맙소사…… 아니, 일어나게 해 줘…… 잠깐만―부탁이야.

남편 (점점 더 부드럽게) 안 돼.

귀여운 아가씨 하지만 부탁이야, 카를…….

남편 몇 살이지?―열여덟, 맞지?

귀여운 아가씨 열아홉 살 생일이 지났어.

남편 열아홉 살이라…… 그러면 나는―.

귀여운 아가씨 아저씨는 서른…….

남편 그 위로 몇 살 더 — 나이 얘긴 그만하자.

귀여운 아가씨 우리가 처음 만났을 때, 그 사람도 이미 서른둘이
었어.

남편 얼마나 오래됐는데?

귀여운 아가씨 전혀 기억 안 나…… 아저씨, 와인에 뭔가 들어 있
었나 봐.

남편 그래, 왜 그러는데?

귀여운 아가씨 나는 완전…… 알겠어? — 모든 게 빙빙 돌아.

남편 자 나를 꼭 잡아. 이렇게…… (그녀를 끌어안는다. 그리고
점점 더 부드러워진다. 그녀는 거의 저항하지 않는다.) 말해 줄
게 있어, 우리 지금 정말 갈 수도 있어.

귀여운 아가씨 응…… 집으로.

남편 집은 아니지…….

귀여운 아가씨 무슨 소리야?…… 아, 아니야, 아, 아니야…… 난
아무 데도 안 가. 도대체 무슨 생각을 하고 있는 거야 — .

남편 그러니까 잘 들어 봐, 다음번에 우리가 만나면, 알겠어? 그
러면 우리 그렇게 하자고…… (바닥으로 내려간다. 머리를 그
녀의 가랑이 사이에 넣는다.) 좋아…… 아 좋아.

귀여운 아가씨 뭐 하는 거야? (그의 머리에 키스를 한다.)……
아저씨, 와인에 뭔가 들어 있었던 게 틀림없어 — 이렇게 졸리다
니…… 아저씨, 내가 다시는 일어나지 못하면 어떻게 될까? 그
렇지만, 그렇지만, 봐, 그렇지만 카를…… 그런데 누가 들어오

기라도 하면…… 부탁이야…… 종업원이.

남편 종업원은…… 절대 들어오지…… 않을 거야…….

귀여운 아가씨 (두 눈을 감고 안락의자 모서리에 기대 있다.)

남편 (담배에 불을 붙인 뒤 좁은 공간에서 왔다 갔다 한다.)

(잠시 침묵.)

남편 (귀여운 아가씨를 오랫동안 바라본다. 혼잣말로) 저 애가 뭐 하는 앤지 누가 알겠어 — 제기랄…… 이렇게 빨리…… 조심스럽지 못했어…… 흠…….

귀여운 아가씨 (눈을 뜨지 않고) 와인 속에 뭔가 들어 있었던 게 틀림없어.

남편 그래, 왜?

귀여운 아가씨 그렇지 않았다면…….

남편 왜 모든 걸 다 와인 탓으로 돌리는 거야?……

귀여운 아가씨 아저씨 어디 있어? 왜 그렇게 멀리 있는 거야? 나한테 좀 와 봐.

남편 (그녀 쪽으로 가서 앉는다.)

귀여운 아가씨 이제 정말 나를 좋아하는지 말해 줘.

남편 너도 잘 알잖아…… (갑작스럽게 중단한다.) 당연하지.

귀여운 아가씨 알아…… 하지만 그게…… 그만둬. 진실을 말해 줘. 와인에 뭐가 들어 있었어?

남편 그래, 너 내가…… 내가 와인 속에 뭘 넣었다고 생각하는 거야?

귀여운 아가씨 그러니까, 봐, 난 이해가 안 된단 말이야. 나는 그런 사람은 아닌…… 우리가 알게 된 건 고작…… 아저씨, 나는 그런 사람이…… 맙소사 ─ 내가 그런 사람인 줄 생각한다면 ─.

남편 그래 ─ 왜 그렇게 걱정을 하는 거야. 난 널 나쁘게 생각하지 않아. 그냥 네가 나를 사랑한다고 믿고 있을 뿐이야.

귀여운 아가씨 그래……

남편 게다가, 젊은 사람들이 한 방에 있고, 저녁을 먹고 또 와인을 마시면…… 와인 속에 뭐가 들어 있을 필요는 없어.

귀여운 아가씨 나도 그냥 그렇게 말해 본 것뿐이야.

남편 그래, 왜 그랬는데?

귀여운 아가씨 (반항하듯) 부끄러웠단 말이야.

남편 웃기는군. 그래야 할 이유가 전혀 없잖아. 내가 네 첫사랑을 생각나게 한다면 더욱.

귀여운 아가씨 맞아.

남편 첫사랑.

귀여운 아가씨 뭐, 그렇지…….

남편 이제 다른 남자들이 누구였는지가 흥미로워지는데.

귀여운 아가씨 없었어.

남편 사실이 아니야. 그럴 리가 없잖아.

귀여운 아가씨 그만둬, 부탁이야. 날 괴롭히지 마 ─.

남편 담배 피울래?

귀여운 아가씨 아니, 됐어. 고마워.

남편 지금 몇 시인지 알아?

귀여운 아가씨 몇 시인데?

남편 11시 반.

귀여운 아가씨 그래!

남편 응…… 엄마는? 자주 있는 일이지, 그렇지?

귀여운 아가씨 정말로 날 벌써 집에 보낼 작정이야?

남편 그래, 네 입으로 아까 ─.

귀여운 아가씨 그만둬. 아저씬 완전히 다른 사람이 되어 버린 것
같아. 대체 내가 뭘 잘못했다고?

남편 이봐, 뭐가 문제야, 무슨 생각을 하고 있는 거야?

귀여운 아가씨 그리고 그건 오로지 아저씨 눈빛 때문이었어. 맙
소사, 그렇지 않다면 아저씬 오랫동안…… 별실로 가자고 유혹
한 사람들은 많았다고.

남편 그래, 그래서 너…… 조만간 다시 나하고 여기서…… 아니
면 다른 곳에서라도 ─.

귀여운 아가씨 모르겠어.

남편 또 무슨 소리야, 모르겠다니.

귀여운 아가씨 글쎄, 일단 아저씨가 데이트를 요청해 온다면?

남편 그래, 언제? 무엇보다도 우선 내가 빈에 살고 있지 않다는
걸 밝혀 두고 싶어. 난 가끔씩 며칠 동안만 여기에 온다고.

귀여운 아가씨 아, 그만둬, 빈 사람이 아니었어?

남편 빈 사람이긴 해. 하지만 지금은 근교에 살아.

귀여운 아가씨 어딘데?

남편 나 참, 그게 무슨 상관이야.

귀여운 아가씨 걱정하지 마. 찾아가지 않을 테니까.

남편 맙소사, 오고 싶으면 와도 좋아. 난 그라츠에 살아.

귀여운 아가씨 정말이야?

남편 뭐 그래, 그런데 왜 그렇게 놀라지?

귀여운 아가씨 아저씨 결혼했지, 그렇지?

남편 (매우 놀라서) 그래, 왜 그렇게 생각했어?

귀여운 아가씨 그냥 그럴 것 같았어.

남편 그런데 그게 전혀 문제되지 않아?

귀여운 아가씨 뭐, 총각이었다면 더 좋았겠지 — 하지만 이미 결혼해 버린걸!

남편 그래, 그렇지만, 어떻게 그런 생각을 하게 됐는지 말해 봐.

귀여운 아가씨 빈에 살지 않고, 늘 시간이 있는 게 아니라고 한다면 —.

남편 하지만 그게 그렇게 불가능한 상황도 아니잖아.

귀여운 아가씨 난 그렇게 생각 안 해.

남편 그런데 결혼한 남자를 불륜으로 유혹하는 데 전혀 양심에 걸리지 않아?

귀여운 아가씨 쳇, 그까짓 거, 아저씨 부인도 틀림없이 다르지 않을 거야.

남편 (매우 화가 나서) 이봐, 그 문제에 대해선 아무 말도 하지 않겠어. 그런 말은 —.

귀여운 아가씨 난 아저씨가 결혼을 안 했다고 생각했단 말이야.

남편 부인이 있든 없든 — 그런 말은 하지 않는 거야. (일어선다.)

귀여운 아가씨 카를, 카를, 왜 그래? 화났어? 봐봐, 아저씨, 난 아저씨가 결혼했다는 걸 정말 몰랐어. 그냥 그렇게 말해 본 것뿐이야. 그만해, 이리 와서 기분 풀어.

남편 (몇 초 뒤에 그녀에게 간다.) 너희는 정말 특이한 존재들이야, 너희…… 여자들은. (그녀의 옆에서 다시 그녀를 어루만진다.)

귀여운 아가씨 그만둬…… 안 돼…… 이미 너무 늦었잖아.

남편 자, 이제 한번 잘 들어 봐. 우리 한번 진지하게 얘기해 보자. 난 널 다시 만나고 싶어, 자주 만나고 싶어.

귀여운 아가씨 정말이야?

남편 하지만 그러려면…… 그러니까 내가 널 신뢰할 수 있어야만 해. 내가 널 돌봐 줄 수는 없다고.

귀여운 아가씨 아, 나 혼자서도 잘할 수 있어.

남편 넌…… 그래 뭐, 경험이 없다고는 할 수 없지만─그래도 어리다고─그리고─남자들은 일반적으로 양심이 없는 족속들이야.

귀여운 아가씨 아하!

남편 도덕적인 관점에서만 그렇게 말하는 게 아니야. 무슨 말인지 분명 이해했겠지─.

귀여운 아가씨 그래, 그런데 날 대체 어떤 사람으로 생각하고 있는지 말해 줘.

남편 그러니까─네가 나를 사랑하고 싶으면─오로지 나만─그러면 적당한 데를 찾을 수 있을 거야─내가 평소처럼 그라츠에 살면서도 말이야. 아무 때고 아무나 들어올 수 있는 이런 곳은 적당하지 않아.

귀여운 아가씨 (그에게 달라붙는다.)

남편 다음번에는…… 다른 곳에서 만나자. 알았지?

귀여운 아가씨 응.

남편 아무도 방해하지 않는 곳에서.

귀여운 아가씨 응.

남편 (그녀를 뜨겁게 포옹한다.) 다른 문제들은 집에 가면서 이야기하자. (일어서서 문을 연다.) 이봐요…… 계산서!

귀여운 아가씨와 시인

작은 방. 편안한 취향으로 꾸며짐. 방을 어두컴컴하게 만드는 커튼. 붉은 차양. 커다란 책상 위에는 종이와 책들이 어지럽게 놓여 있다. 벽 쪽으로 작은 피아노.

귀여운 아가씨와 시인, 함께 들어온다. 시인이 문을 닫는다.

시인   자, 자기야. (귀여운 아가씨에게 키스한다.)

귀여운 아가씨   (모자를 쓰고 외투를 입고 있다.) 아, 여기 정말 멋지다! 그런데 아무것도 보이질 않네!

시인   눈이 어둠에 익숙해져야 해 ─ 이 달콤한 눈이 ─ . (그녀의 눈에 키스를 한다.)

귀여운 아가씨   이 달콤한 눈은 그러기엔 시간이 별로 없어.

시인   왜?

귀여운 아가씨   몇 분만 있다 갈 거니까.

시인   모자는 벗자, 알았지?

귀여운 아가씨 그 몇 분 때문에?

시인 (모자에서 머리핀을 뽑아내고 모자를 벗긴다.) 그리고 외투도.

귀여운 아가씨 뭐 하려고? 난 이제 곧 가야 한다니까.

시인 하지만 넌 좀 쉬어야 해! 우린 세 시간이나 걸었잖아.

귀여운 아가씨 마차 타고 왔잖아.

시인 그래 집에 올 때는. 하지만 바이틀링 암 바흐*에서 우리는 세 시간이나 걸어 다녔잖아. 자, 앉기나 해, 자기야…… 아무데나 원하는 곳에 ─ 여기 책상 옆에 ─ 아니야, 거긴 편하지 않아. 안락의자에 앉아 ─ 그래. (그녀를 앉힌다.) 많이 피곤하면 누워도 돼. 이렇게. (그녀를 안락의자 위에 눕힌다.) 머리를 거기 쿠션 위에.

귀여운 아가씨 (웃으며) 그렇지만 난 전혀 피곤하지 않아!

시인 그렇게 생각하는 것뿐이야. 자 ─ 졸리면 자도 돼. 난 아주 조용히 있을게. 그리고 난 자장가도 들려줄 수 있어…… 내가 만든……. (피아노 쪽으로 간다.)

귀여운 아가씨 자기가 만든?

시인 응.

귀여운 아가씨 난 말이야, 로베르트, 자기가 박사인 줄 알았어.

시인 왜? 내가 작가라고 얘기했잖아.

귀여운 아가씨 하지만 작가들은 모두 박사잖아.

시인 아니야. 전부 그런 건 아니야. 예를 들면 난 아니라고. 그런데 왜 그런 생각을 했어.

귀여운 아가씨 뭐, 자기가 거기서 연주하는 곡이 자기가 만든 거라고 하니까.

시인 아니야…… 어쩌면 내가 만든 게 아닌지도 모르지. 아무려면 어때, 뭐? 누가 만들었는지는 전혀 중요하지 않아. 하지만 반드시 아름다워야 해―그렇지 않아?

귀여운 아가씨 당연하지…… 아름다워야만 해―그게 제일 중요한 거야!―

시인 그게 무슨 말인지 알아?

귀여운 아가씨 뭐가?

시인 그거, 내가 방금 말한 거 말이야.

귀여운 아가씨 (졸려서) 그럼 당연하지.

시인 (일어선다. 그녀에게로 가서 그녀의 머리카락을 쓰다듬는다.) 넌 한마디도 이해 못했어.

귀여운 아가씨 그만둬. 나는 그렇게 바보는 아니라고.

시인 당연히 넌 그렇게 바보야. 하지만 바로 그렇기 때문에 내가 너를 사랑하는 거야. 아, 너희가 바보라는 건 얼마나 멋진 일인지. 바로 너 같은 방식으로 바보인 걸 말하는 거야.

귀여운 아가씨 뭐야, 대체 무슨 험담을 그렇게 하는 거야?

시인 자기야, 자기야. 부드러운 페르시아산 카펫 위에 누워 있으니 좋지?

귀여운 아가씨 응, 그래. 그만두고, 피아노나 더 쳐 주지 않을래?

시인 아니, 여기 네 곁에 있고 싶어졌어. (그녀를 쓰다듬는다.)

귀여운 아가씨 그만 해. 불 좀 켜 줄래?

시인 아, 안 돼…… 이 어둠이 너무 좋아. 우리는 오늘 하루 종일 마치 햇살 속에 목욕을 한 듯했잖아. 그래서 지금 우리는 말하자면 욕조에서 나와…… 어둠을 마치 목욕 가운처럼 걸치고 있는 거야. (웃음) 아, 아니야─이건 다르게 얘기해야 해…… 그렇게 생각하지 않아?

귀여운 아가씨 모르겠어.

시인 (살짝 그녀에게서 떨어지며) 훌륭해, 이 바보스러움! (메모장을 들고 그 위에 몇 마디를 적어 넣는다.)

귀여운 아가씨 뭐 해? (그를 향해 돌아본다.) 뭐라고 적는 거야?

시인 (조용히) 태양, 목욕, 어둠, 외투…… 자…… (메모장을 집어 넣는다. 큰 소리로) 아무것도 아니야…… 자기야, 말해 봐, 뭐 먹거나 마시거나 하지 않을래?

귀여운 아가씨 솔직히 목은 마르지 않은데, 배는 고파.

시인 흠…… 목이 마르다면 더 좋을 텐데. 그러니까 코냑은 가져올 수 있지만 음식은 집에 없거든.

귀여운 아가씨 주문할 수는 없어?

시인 그게 힘들어. 하녀가 지금 자리에 없어─자 기다려─내가 직접 가서…… 그런데 뭐가 먹고 싶지?

귀여운 아가씨 아니, 정말 그럴 필요 없어. 어차피 집에 가야 하는데, 뭐.

시인 자기야, 그건 말도 안 돼. 하나만 말해 둘게. 밖으로 나가면 우리 어디로든 함께 저녁 식사를 하러 가는 거야.

귀여운 아가씨 아, 안 돼. 그럴 시간 없어. 그리고 만일 시간이 있다 해도 우리가 대체 어디로 갈 수 있겠어? 아는 사람이 우리를 볼 수도 있다고.

시인 넌 아는 사람이 그렇게 많아?

귀여운 아가씨 단 한 사람이 보기만 해도 일은 터진 거나 마찬가지라고.

시인 무슨 일이 터진다는 거야?

귀여운 아가씨 자, 만약 우리 엄마가 무슨 말이라도 듣는다면 어떻게 될 거 같아?……

시인 하지만 아무도 우리를 보지 못하는 곳으로 갈 수도 있잖아. 방이 있는 식당들이 있다고.

귀여운 아가씨 (노래를 부르며) 그래, 별실에서 저녁을 먹는다면.

시인 너 언제 별실에 가 본 적 있어?

귀여운 아가씨 솔직히 말하자면 — 있어.

시인 너와 함께 별실에 가는 행운을 누린 사람은 누구야?

귀여운 아가씨 아, 자기가 생각하는 그런 게 아니야…… 내 친구하고 친구 신랑하고 같이 갔었어. 그 애들이 날 데려간 거야.

시인 그래. 나보고 그 말을 믿으라고?

귀여운 아가씨 뭐, 믿지 않아도 돼!

시인 (그녀 가까이로 가서) 너 지금 얼굴 빨개졌지? 아무것도 안 보여! 네 모습을 알아볼 수가 없어. (손으로 그녀의 볼을 건드린다.) 하지만 이렇게 해도 널 알아볼 수 있어.

귀여운 아가씨 날 다른 사람과 혼동하지만 않도록 주의해 줘.

시인 이상해. 네가 어떻게 생겼는지 더 이상 기억할 수가 없어.

귀여운 아가씨   고마워!

시인   (진지하게) 자기야, 이건 정말 끔찍한 일이야. 네 모습을 생각해 낼 수가 없다고—어떤 의미에선 널 이미 잊어버린 거야—만일 내가 네 목소리의 울림마저 더 이상 기억해 낼 수 없다면…… 거기의 너는 대체 무엇일까?—가까이 있지만 동시에 멀리 있는…… 끔찍해.

귀여운 아가씨   그만둬, 도대체 무슨 얘길 하는 거야—?

시인   아무것도 아니야, 자기야, 아무것도. 네 입술이 어디 있지……. (키스를 한다.)

귀여운 아가씨   불 켜지 않을래?

시인   아니…… (매우 부드러워진다.) 나를 사랑하는지 말해 줘.

귀여운 아가씨   정말로 사랑해…… 아! 정말로!

시인   누군가를 나처럼 사랑한 적 있었어?

귀여운 아가씨   이미 말했잖아, 아니라고.

시인   하지만……. (한숨을 쉰다.)

귀여운 아가씨   그건 내 약혼자였어.

시인   난 네가 지금 그 사람을 생각하지 않았으면 좋겠는데.

귀여운 아가씨   그만둬…… 도대체 뭐하는 거야…… 자기야…….

시인   우리는 지금 인도의 한 성에 와 있다고 상상해 볼 수도 있어.

귀여운 아가씨   거기 사람들은 분명 자기처럼 나쁘진 않을 거야.

시인   정말 바보 같아! 훌륭해—아, 네가 나에게 무엇인지를 네가 조금이라도 알 수 있다면…….

귀여운 아가씨   내가 너에게 뭔데?

시인 날 그렇게 계속 밀쳐 내지 마. 아무 짓도 안 한다고 ─ 당장은.

귀여운 아가씨 자기야, 코르셋 때문에 아파.

시인 (간단하게) 벗어.

귀여운 아가씨 그래. 하지만 그렇다고 나쁜 짓 하면 안 돼.

시인 안 할게.

귀여운 아가씨 (일어나 어둠 속에서 코르셋을 벗는다.)

시인 (그 사이에 안락의자에 앉는다.) 내 성이 뭔지 궁금하지 않아?

귀여운 아가씨 응, 뭔데?

시인 말하지 않을래. 대신 내가 나를 뭐라고 부르는지 말해 줄게.

귀여운 아가씨 무슨 차이가 있는데?

시인 뭐, 내가 작가로서의 나를 뭐라고 부르는가 하는 거지.

귀여운 아가씨 아, 실명으로 활동하는 게 아니야?

시인 (그녀 가까이로 간다.)

귀여운 아가씨 아⋯⋯ 저리 가!⋯⋯ 안 돼.

시인 여기서 어떤 향기가 피어오르는지. 얼마나 달콤한지. (그녀의 가슴에 키스를 한다.)

귀여운 아가씨 이러다가 내 셔츠가 찢어지겠어.

시인 저리 가⋯⋯ 저리 가⋯⋯ 이것들은 전부 쓸데없는 것들이야.

귀여운 아가씨 하지만 로베르트!

시인 자, 이제 우리 인도의 성으로 가자.

귀여운 아가씨 먼저 나를 정말 사랑하는지부터 말해 줘.

시인 내가 너를 이렇게 열렬히 사랑하고 있잖아. (뜨겁게 키스한다.) 내가 너를 이렇게 열렬히 사랑하고 있잖아. 자기야, 자기야…… 나의…….

귀여운 아가씨 로베르트…… 로베르트…….

시인 천상의 행복이었어…… 나는 나를…….

귀여운 아가씨 로베르트, 아 나의 로베르트!

시인 나는 나를 비비츠라고 불러.

귀여운 아가씨 왜 비비츠라고 불러?

시인 내 이름은 비비츠가 아니야 — 그냥 그렇게 부르는 거야…… 자, 혹시 그런 이름 못 들어 봤어?

귀여운 아가씨 아니.

시인 비비츠란 이름을 모른단 말이야? 아 — 훌륭해! 정말로? 그 사람을 개인적으로 몰라서 그렇게 말하는 것뿐이지, 그렇지?

귀여운 아가씨 맙소사. 난 그런 이름을 들어 본 적이 없단 말이야!

시인 연극은 전혀 보러 가지 않니?

귀여운 아가씨 아, 가 — 바로 얼마 전에는 말이야, 내 친구의 삼촌하고 내 친구하고 오페라에 갔었어. 「카발레리아」* 공연이었어.

시인 음. 그러니까 부르크테아터*에는 가지 않는다는 말이군.

귀여운 아가씨 거기 표는 공짜로 구할 수가 없다고.

시인 다음번에는 내가 표를 보내 줄게.

귀여운 아가씨 와, 그래! 잊어버리지 마! 하지만 즐거운 거 할 때.

시인 그래…… 즐거운 거…… 비극 공연 할 때는 안 가니?

귀여운 아가씨 잘 안 가.

시인 그게 내 작품인 경우에도?

귀여운 아가씨 그만둬 — 자기 작품이라고? 자기, 극장에서 공연 되는 작품도 써?

시인 불을 켤게. 괜찮겠지? 네가 내 애인이 된 이후로 난 너를 잘 보지 못했어 — 자기야! (초에 불을 붙인다.)

귀여운 아가씨 그만 해. 창피하다고. 그럼 최소한 이불이라도 줘!

시인 나중에 줄게! (촛불을 들고 그녀에게로 다가가 그녀를 한참 동안 살펴본다.)

귀여운 아가씨 (두 손으로 얼굴을 가린다.) 저리 가, 로베르트!

시인 넌 아름다워. 아름다움 그 자체야. 넌 어쩌면 자연인지도 몰라. 넌 성스러운 단순함이야.

귀여운 아가씨 아야, 촛농이 떨어지잖아! 잘 봐. 도대체 왜 조심 하지 않는 거야!

시인 (촛불을 치워 놓는다.) 넌 내가 오래전부터 찾아왔던 바로 그것이야. 넌 나만을 사랑하고 있어. 넌 내가 포목점 점원이었 다고 해도 나를 사랑했을 거야. 그게 좋아. 고백하는데, 난 지금 이 순간까지 어떤 의혹이 드는 걸 떨쳐 버리지 못했어. 솔직히 말해 봐. 내가 비비츠라는 사실을 전혀 눈치 채지 못했어?

귀여운 아가씨 제발 그만 좀 해. 난 자기가 뭘 원하는지 전혀 모르 겠어. 난 비비츠가 누구인지 전혀 모른다니까.

시인 명성이란 게 뭔지! 아니야, 내가 말한 건 잊어버려. 내가 너 에게 말한 그 이름마저도 잊어버려. 나는 로베르트고 너를 위해 남아 있겠어. 그냥 농담한 거야. (가볍게) 난 작가도 아니고, 그냥 점원이야. 그리고 밤이면 대중 가수들이 노래하는 곳에서 피아노를 치지.

귀여운 아가씨 그래, 이제 난 정말 전혀 모르겠어…… 아니야, 그런데 자기는 또 사람을 왜 그렇게 쳐다보는 거야. 그래, 대체 뭐야, 왜 그래?

시인 정말 이상해―나에게는 지금까지 거의 일어난 적이 없었던 일인데, 자기야, 나 눈물이 나려고 해. 넌 나를 깊이 감동시켰어. 우리 함께 있자, 알았지? 우리는 서로 아주 사랑할 거야.

귀여운 아가씨 자기야, 그 대중 가수들 얘기 진짜야?

시인 응, 하지만 더 묻지 마. 날 사랑한다면 아무것도 묻지 마. 그런데 자기, 한 1, 2주 완전히 시간 낼 수 있어?

귀여운 아가씨 완전히 시간을 내다니?

시인 그러니까, 집에서 나올 수 있느냐고.

귀여운 아가씨 그건!! 내가 어떻게 그럴 수 있겠어! 엄마가 뭐라 그러겠어? 그리고 그럴 수 있다 해도 내가 없으면 집안이 엉망이 된단 말이야.

시인 난 일찍부터 상상해 왔어. 너와 함께, 오로지 너와 함께 저 멀리 어딘가에서, 숲 속에서, 자연 속에서 한적하게 한 1, 2주 살아 보는 걸 말이야. 자연…… 자연 속에서. 그러고는 어느 날 안녕 하고는―서로 다른 길을 가는 거야. 서로가 어디로 가는지도 모르는 채.

귀여운 아가씨 지금 벌써 이별을 이야기하는 거야! 나는 자기가 날 사랑한다고 생각했는데.

시인　바로 사랑하기 때문에 ─ . (그녀에게 몸을 굽혀 이마에 키스를 한다.) 자기, 달콤한 사람아!

귀여운 아가씨　그러지 마. 나를 꼭 안아 줘. 난 너무 추워.

시인　이제 옷을 입을 시간이 된 것 같아. 기다려 봐, 내가 초를 한두 개 더 켤게.

귀여운 아가씨　(일어선다.) 쳐다보지 마.

시인　안 볼게. (창가에서) 말해 봐, 자기야, 행복해?

귀여운 아가씨　무슨 소리야?

시인　그냥 어떤지 물어보는 거야. 행복해?

귀여운 아가씨　최고는 아니야.

시인　내 말을 이해하지 못하는구나. 네 집안 이야기는 이제 들을 만큼 들었어. 네가 공주가 아니라는 건 나도 알아. 내 말은, 그런 걸 다 떠나서 그저 네가 살아 있다는 걸 느끼느냐는 거야. 네가 살아 있다는 걸 느껴?

귀여운 아가씨　그만둬, 빗 없어?

시인　(화장대로 가서 그녀에게 빗을 건네준다. 귀여운 아가씨를 관찰한다.) 맙소사, 너 정말 황홀하게 생겼다.

귀여운 아가씨　음…… 그렇지!

시인　잠깐, 거기 그대로 있어. 거기 그대로. 내가 저녁으로 먹을 걸 좀 가져올게. 그리고…….

귀여운 아가씨　아니야, 너무 늦었어.

시인　9시도 안 됐어.

귀여운 아가씨 자, 봐 줘. 난 이제 뛰어가야 한단 말이야.

시인 그럼 우리 언제 다시 보게 될까?

귀여운 아가씨 음, 언제 날 다시 보고 싶은데?

시인 내일.

귀여운 아가씨 그런데 내일이 무슨 요일이지?

시인 토요일.

귀여운 아가씨 아, 내일은 안 돼. 내일 난 여동생하고 후견인에게 가야 해.

시인 그럼 일요일…… 음…… 일요일…… 일요일에는…… 이제 내가 설명해 줄게―난 비비츠가 아니야. 비비츠는 내 친구야. 언제 한번 그를 소개해 줄게. 그런데 일요일엔 비비츠의 작품이 공연되거든. 내가 표를 한 장 보내 줄게. 그리고 극장으로 너를 데리러 갈게. 그럼 자기는 그 작품이 마음에 들었는지 나에게 말해 주는 거야. 알았지?

귀여운 아가씨 또 그 비비츠 이야기―그 얘기만 나오면 난 완전히 바보가 되는 것 같아.

시인 네가 그 작품을 보고 무엇을 느꼈는지를 알게 되면 널 비로소 완전히 알게 될 거야.

귀여운 아가씨 자…… 이제 다 됐어.

시인 가자, 자기야!

(두 사람 퇴장.)

시인과 여배우

시골 여관의 어느 방. 어느 봄날 저녁. 들판과 언덕 위에 달이 떠 있다. 창문이 열려 있다. 깊은 고요함. 시인과 여배우가 들어선다. 그들이 들어서자 시인이 손에 들고 있던 불이 꺼진다.

시인   아…….

여배우   뭐가?

시인   불이 — 하지만 불이 필요 없군. 봐, 아주 밝아. 훌륭해!

여배우   (갑자기 창가에 주저앉는다. 두 손을 가슴 앞에 모아 마주잡는다.)

시인   왜 그래?

여배우   (아무 말도 하지 않는다.)

시인   (그녀에게 가서) 도대체 뭐 하는 거야?

여배우   (화가 나서) 기도하는 거 안 보여? —

시인   신을 믿어?

여배우 당연하지. 난 완전히 막 굴러먹은 애는 아니야.

시인 아, 그래!

여배우 내 옆으로 와. 내 옆에 나란히 무릎을 꿇어. 정말이지 한 번이라도 기도를 할 수 없겠어? 그런다고 네 체면이 구겨지는 것도 아닌데.

시인 (그녀 옆에 무릎을 꿇고 앉아 그녀를 끌어안는다.)

여배우 이 불한당 같으니라고! — (일어선다.) 그런데 내가 누구에게 기도했는지 알아?

시인 신이 아니었을까 생각하는데.

여배우 (큰 소리로 비웃으며) 맞았어! 바로 너에게 기도한 거야!

시인 그런데 왜 저기 창밖을 내다봤지?

여배우 그거 말고, 날 어디로 끌고 온 건지 한번 얘기해 보시지, 늑대 같은 아저씨!

시인 하지만 자기야, 이건 자기 아이디어였잖아. 자기가 교외로 가길 원했잖아 — 바로 이곳으로 말이야.

여배우 봐, 내 말이 맞았지?

시인 물론이야. 여긴 정말 매력적이야. 빈에서 고작 두 시간 달려왔다는 걸 생각하면 말이야 — 이렇게 완벽하게 한적하다니. 정말 멋진 곳이야!

여배우 어때? 만약 너에게 우연히 글재주 같은 게 있다면 여기서 아마 이런저런 시라도 쓸 수 있겠지?

시인 여기에 와 본 적 있어?

여배우 여기에 와 본 적이 있느냐고? 하하! 난 여기서 몇 년 동안이나 살았어!

시인 누구랑?

여배우 뭐, 당연히 프리츠지.

시인 아, 그렇군!

여배우 난 정말 그 사람을 열렬히 사랑했어! ―

시인 그 얘긴 이미 했어.

여배우 부탁이야 ― 내가 자기를 따분하게 하고 있는 거라면 난 다시 갈 수도 있어!

시인 자기가 날 따분하게 한다고?…… 넌 네가 나에게 무엇을 의미하는지 전혀 몰라…… 넌 그 자체로 하나의 세계야…… 넌 신적인 것이고, 넌 천재고…… 넌…… 넌 근본적으로 성스러운 단순함이야…… 그래, 자기는…… 하지만 이제 프리츠 얘기는 하지 마.

여배우 내가 실수한 것 같아! 에이! ―

시인 알고 있으니 다행이군.

여배우 이리 와, 키스해 줘!

시인 (여배우에게 키스한다.)

여배우 이제 그만 우리 밤 인사 나누고 자자! 잘 자, 자기야!

시인 무슨 소리야?

여배우 이제 난 잠자리에 들 거야!

시인 그래 ― 그건 좋아. 하지만 밤 인사와 관련해서 말인데…… 난 도대체 어디서 자야 하는 거지?

여배우 이 집에는 분명 방이 여러 개 있을 거야.

시인 하지만 다른 방들은 내게 매력이 없어. 그런데 이제는 불을
켜야겠어. 괜찮지?

여배우 그래.

시인 (침대 옆 탁자 위에 놓인 등에 불을 붙인다.) 정말 예쁜 방
이군…… 그리고 이곳 사람들은 경건해. 모두 성자의 모습을
하고 있어…… 이 사람들 사이에서 잠시 살아 보는 것도 흥미
로울 것 같아…… 완전히 다른 세계야. 우리는 사실 다른 사람
들에 대해 아는 게 너무 없다고.

여배우 실없는 소리 하지 말고 탁자에 있는 그 가방이나 이쪽으
로 건네줘.

시인 여기, 자기야!

여배우 (조그마한 가방에서 작은 그림 액자를 꺼내 침대 옆 작은
서랍장 위에 세워 놓는다.)

시인 그게 뭐야?

여배우 마돈나 그림이야.

시인 그걸 항상 가지고 다니는 거야?

여배우 그래도 이게 내 부적이라고. 그럼 이제 가, 로베르트!

시인 무슨 농담을 하는 거야? 내가 도와주지 않아도 돼?

여배우 아니, 이제 그만 가.

시인 그럼 언제 다시 올까?

여배우 10분 뒤에.

시인 (그녀에게 키스한다.) 조금 있다 봐!

여배우 어디 갈 건데?

시인 밖에서 왔다 갔다 하려고. 난 밤중에 밖에서 산책하는 걸 아주 좋아해. 가장 멋진 아이디어는 항상 그렇게 생겨나. 게다가 너의 주변에서, 말하자면 네 동경의 숨결에 둘러싸여…… 너의 예술 속에 흩날리며.

여배우 꼭 바보처럼 말하는군…….

시인 (마음 아파하며) 아마…… "시인처럼"……이라고 말해 주는 여자들도 있을 거야.

여배우 이제 제발 좀 가. 여종업원에게 수작 부리지 말고―.

시인 (퇴장.)

여배우 (옷을 벗는다. 시인이 나무 계단을 내려가는 소리를 듣는다. 그리고 이제 창 아래에서 들리는 그의 발자국 소리를 듣는다. 옷을 다 벗자마자 창가로 가서 아래를 내려다본다. 시인이 서 있다. 여배우는 속삭이는 소리로 아래를 향해 외친다.) 들어와!

시인 (재빨리 올라온다. 그 사이 불을 끄고 침대에 누워 있는 그녀에게 달려든다. 문을 걸어 잠근다.)

여배우 자, 이제 내 옆에 앉아서 뭐든 이야기해 봐.

시인 (그녀 옆에 걸터앉는다.) 창문 닫지 않아도 돼? 춥지 않아?

여배우 아니!

시인 무슨 얘기를 해 줄까?

여배우 음, 지금 이 순간 누구를 속이고 바람피우고 있는지.

시인 유감스럽지만 아직 바람피우고 있지 않아.

여배우 괜찮아. 나도 누군가를 속이고 있으니까.

시인   그럴 수 있으리라 생각해.

여배우   그래서, 누구일 것 같아?

시인   이봐, 자기야. 그걸 내가 어떻게 알겠어.

여배우   자, 맞혀 봐.

시인   기다려 봐…… 음, 네 지휘자?

여배우   이봐, 난 합창단원이 아니라고.

시인   뭐, 그냥 생각나는 대로 말한 거야.

여배우   한 번 더 맞혀 봐.

시인   그럼 넌 네 동료를 속이고 있다…… 베노 ─.

여배우   하하! 그 남자는 절대 여자를 사랑하지 않아…… 그거 몰라? 자기 우체부하고 연애하고 있다니까!

시인   뭐라고! ─

여배우   그냥 키스나 해 줘!

시인   (그녀를 끌어안는다.)

여배우   그런데 너 도대체 뭐 하는 거야?

시인   날 그렇게 괴롭게 만들지 마.

여배우   들어 봐, 로베르트. 내가 제안을 하나 할게. 침대로 들어와서 내 옆에 누워.

시인   제안을 받아들이겠어!

여배우   빨리 와, 빨리!

시인   응…… 만약 내 마음대로 할 수 있는 것이었다면 나는 이미 오래전에…… 들려?

여배우   뭐가?

시인　밖에서 귀뚜라미가 울고 있어.

여배우　자기, 미쳤나 봐. 여긴 귀뚜라미 같은 거 없어.

시인　하지만 들리잖아.

여배우　자, 이제 빨리 이리 와!

시인　나 여기 왔어. (그녀에게 다가간다.)

여배우　자, 이제 얌전히 누워 있어…… 쉿…… 움직이지 마.

시인　그래, 뭐 하려고?

여배우　아마도 자기는 나하고 연애하고 싶은 거겠지?

시인　그건 자기도 이미 잘 알고 있을 텐데…….

여배우　음, 그러고 싶어 하는 남자들이 꽤 있는 것 같아…….

시인　하지만 지금 이 순간엔 내가 가장 가능성이 높다고.

여배우　자, 이리 와, 내 귀뚜라미! 이제부터 자기를 귀뚜라미라
　고 부를 거야.

시인　멋지군…….

여배우　자, 내가 지금 누구를 속이고 바람피우고 있지?

시인　누굴까?…… 어쩌면 나…….

여배우　너, 심하게 맛이 갔구나.

시인　아니면 그 어떤 사람…… 너 스스로도 본 적이 없는……
　어떤 사람…… 너 자신도 알지 못하는, 네 사람으로 운명 지어
　졌지만 네가 결코 찾을 수 없는 누군가를…….

여배우　부탁이야, 제발 그렇게 바보 같은 얘기 좀 하지 말라고…….

시인　…… 이상하지 않아…… 너 역시도 ─ 그런데도 우린 그렇
　게 생각해야만 한단 말이지. ─ 하지만 아니야. 그렇다면 네게서

가장 소중한 것을 앗아 간다는 건데, 사람들이 네게서······ 이
리 와, 어서――이리 와―.

여배우 바보 같은 작품들을 연기하는 것보다는 이게 훨씬 더 나
아······ 어떻게 생각해?

시인 뭐, 난 그래도 네가 가끔씩 쓸 만한 작품에 출연하는 게 좋
다고 생각해.

여배우 이 거만한 아저씨, 틀림없이 또 자기 작품을 말하는 거
겠지?

시인 맞았어!

여배우 (진지하게) 그거 정말 훌륭한 작품인 것 같아!

시인 그거 봐!

여배우 그래, 넌 위대한 천재야, 로베르트!

시인 그런데 혹시 말 나온 김에 얘기해 줄 수 있어? 그저께 왜 내
작품에 출연 못하겠다고 했는지 말이야. 문제 될 게 전혀 없었
잖아.

여배우 그냥 뭐, 자기를 화나게 하고 싶었어.

시인 도대체 왜? 내가 네게 뭘 어쨌는데?

여배우 거만했거든.

시인 뭐가?

여배우 극장 사람들 누구나 다 그렇게 생각해.

시인 그렇군.

여배우 하지만 난 그 사람들에게 말했어. 저 사람은 거만할 자격

이 있는 것 같다고.

시인 그랬더니 다른 사람들이 뭐라고 그래?

여배우 그 사람들이 나에게 무슨 얘기를 하겠어? 난 아무하고도 얘기하지 않는데.

시인 아, 그렇구나.

여배우 그 인간들은 모두 나를 죽이지 못해 안달이야. 하지만 성공하지 못할 거야.

시인 지금은 다른 사람들을 생각하지 마. 그냥 우리가 여기 있다는 걸 기뻐하자. 그리고 나를 사랑한다고 말해 줘.

여배우 이 이상의 증거를 원하는 거야?

시인 사랑은 절대 증명될 수 없는 것.

여배우 그거 대단하군! 그럼 대체 나에게 뭘 원하는 거야?

시인 넌 얼마나 많은 사람에게 이미 이런 식으로 사랑을 증명하려고 했는데……? 모두를 다 사랑했어?

여배우 아니. 내가 사랑했던 사람은 딱 하나야.

시인 (그녀를 끌어안는다.) 나의…….

여배우 프리츠.

시인 내 이름은 로베르트야. 지금 프리츠를 생각하다니, 난 도대체 너에게 뭐야?

여배우 자기는 그냥 일시적 기분.*

시인 그 사실을 알게 됐으니 다행이군.

여배우 말해 봐, 자랑스럽지 않아?

시인 그래, 내가 무엇 때문에 자랑스러워해야 하지?

여배우 자기는 아마 그럴 만한 이유가 있을 것 같은데.

시인 아하, 그래서!

여배우 그래, 바로 그래서 그렇다는 거야. 나의 창백한 귀뚜라미 아저씨 — 자, 귀뚜라미 울음소리는 어떻게 됐어? 아직도 귀뚜라미들이 찌륵찌륵 울고 있어?

시인 끊임없이. 안 들려?

여배우 물론 나도 들려. 하지만 저건 개구리야, 자기야.

시인 틀렸어. 개구리는 개굴개굴 운다고.

여배우 물론 개굴개굴 울지.

시인 하지만 저건 개굴거리는 소리가 아니잖아. 자기야, 저건 찌륵찌륵 소리라고.

여배우 넌 아마 내가 만난 사람 중에 가장 고집이 센 것 같아. 개구리, 키스해 줘!

시인 부탁인데, 날 그렇게 부르지 마. 진짜 짜증 나.

여배우 그럼 내가 자기를 뭐라고 불러야 해?

시인 이름이 있잖아. 로베르트.

여배우 아, 그건 너무 바보 같아.

시인 하지만 부탁이야, 그냥 내 이름 그대로 불러 줘.

여배우 그럼, 로베르트, 키스해 줘…… 아! (로베르트에게 키스한다.) 만족해, 개구리? 하하하.

시인 담배 한 대 피워도 될까?

여배우 나도 하나 줘.

  (로베르트는 침대 옆 작은 서랍장에서 담배 주머니를 집어 거기

서 담배 두 개비를 꺼낸다. 두 개비 모두 불을 붙여서 그 중 하나를 여배우에게 준다.)

여배우　그런데 너 어제의 내 연기에 대해 아직 아무 말도 안 했어.

시인　무슨 연기?

여배우　나 참.

시인　아, 난 극장에 안 갔어.

여배우　너 농담하는 거 좋아하는 모양이구나.

시인　전혀 아니야. 난 네가 그저께 출연 못하겠다고 해서 그 다음날도 기운을 차리지 못할 거라고 생각했어. 그래서 차라리 극장에 가는 걸 포기한 거야.

여배우　좋은 구경거리를 놓쳤구나.

시인　그래.

여배우　굉장했어. 사람들이 엄청 놀랐어.

시인　그걸 분명히 알아차렸단 말이야?

여배우　베노는 이렇게 말했어. "야, 너 연기할 때 꼭 진짜 여신 같았어"라고 말이야.

시인　흠!⋯⋯ 그런데 그저께는 그렇게 아팠단 말이지.

여배우　그래, 그랬어. 그런데 왜 그랬는지 알아? 자기에 대한 그리움 때문이야.

시인　아까는 나를 화나게 하고 싶어서 출연을 거절했다고 했잖아.

여배우　내 사랑에 대해 자기가 뭘 알아? 하긴 자기는 그런 것들에 모두 시큰둥해하지. 그리고 나는 며칠 밤 동안 고열에 시달렸다고. 40도나 됐어!

시인 "일시적 기분" 때문인 것치고는 꽤 높았군.

여배우 자기는 그걸 "일시적 기분"이라고 불러? 난 자기에 대한 사랑 때문에 죽어 가고 있는데, 자기는 그걸 "일시적 기분"이라고 해—?!

시인 하지만 프리츠는?

여배우 프리츠?…… 그 범죄자 같은 놈 얘기는 꺼내지도 마!—

여배우와 백작

여배우의 침실. 매우 풍성하게 꾸며짐. 낮 12시. (감아올리는) 블라인드가 아직도 내려져 있다. 침대 옆 작은 서랍장 위에는 촛불이 하나 타고 있다. 여배우는 아직도 커튼이 달린 침대에 누워 있다. 이불 위에는 수많은 신문이 놓여 있다. 백작이 경기병 부대의 승마 교관 유니폼을 입고 들어선다. 문 옆에 선다.

여배우　아, 백작님.

백작　어머님께서 들어가도 좋다고 했습니다만, 그렇지 않다면 이만 ─.

여배우　괜찮아요, 이쪽으로 가까이 오세요.

백작　안녕하세요. 죄송합니다 ─ 거리에 있다가 이렇게 안으로 들어오면…… 아직 아무것도 보이지 않습니다. 자…… 아, 여기군요 ─ (침대 옆에서) ─ 안녕하세요.

여배우　앉으세요, 백작님.

백작 어머님 말씀으로는 몸이 편찮으시다던데…… 심각한 게 아니었으면 좋겠군요.

여배우 심각한 게 아니라고요? 거의 죽을 뻔했어요!

백작 맙소사, 어떻게 그럴 수가 있죠?

여배우 어쨌든 여기까지 힘들게 와 주시다니, 친절하시군요.

백작 거의 죽을 뻔했다니! 어제 저녁까지만 해도 마치 여신처럼 연기했잖아요.

여배우 대단한 성공이었던 것 같아요.

백작 굉장했어요!…… 모두가 완전히 마음을 빼앗겨 버렸습니다. 나야 말할 것도 없지요.

여배우 아름다운 꽃을 보내 주셔서 감사해요.

백작 천만에요, 아가씨.

여배우 (창가의 작은 탁자 위에 놓여 있는 커다란 꽃바구니를 눈으로 가리키며) 저기에 놨어요.

백작 아가씨는 어제 그야말로 꽃과 화환 속에 파묻혔지요.

여배우 그것들은 전부 아직 제 분장실에 있어요. 백작님의 꽃바구니만 집으로 가지고 왔어요.

백작 (그녀의 손을 잡고 키스한다.) 호의에 감사드립니다.

여배우 (갑자기 그의 손에 키스한다.)

백작 하지만, 아가씨.

여배우 놀라지 마세요, 백작님. 그렇다고 내게 뭘 해 주셔야 하는 건 결코 아니에요.

백작 당신은 참 특별한 존재예요…… 수수께끼 같다고도 할 수 있지요. ─ (잠시 침묵.)

여배우 비르켄 양은 아마 풀기가 더 쉬운 경우겠지요?

백작 그 조그마한 비르켄 양은 어렵지 않아요. 비록…… 나는 비르켄 양을 그저 피상적으로밖에 모릅니다.

여배우 아하?!

백작 내 말을 믿어도 돼요. 하지만 아가씨는 문제예요. 그 문제에 나는 내내 동경을 품어 왔습니다. 어제서야…… 처음으로 아가씨가 연기하는 모습을 보았으니 난 사실 그동안 커다란 즐거움을 놓쳐 왔던 셈입니다.

여배우 그게 정말이에요?

백작 예. 그게 그렇습니다. 아가씨. 극장은 항상 힘들어요. 난 저녁 식사를 늦게 하는 습관이 있습니다…… 그래서 극장에 도착하면 가장 멋진 공연은 이미 끝나 버리지요. 그렇지 않겠어요?

여배우 그럼 이제부터 저녁을 일찍 드시면 되겠군요.

백작 예, 나도 그런 생각을 했지요. 아니면 아예 먹지 않거나. 저녁 식사를 하는 건 정말이지 재미없는 일이거든요.

여배우 당신처럼 나이 든 사람은 도대체 어떤 재미를 알고 있나요?

백작 나 자신도 가끔 그런 질문을 합니다! 하지만 난 아직 늙지 않았어요. 그런 질문을 하는 건 아마 다른 이유 때문일 겁니다.

여배우 그렇게 생각하세요?

백작 그렇습니다. 가령 저 룰루는 나더러 철학자라고 하더군요. 아시겠어요, 아가씨? 내가 생각을 너무 많이 한다는 겁니다.

여배우 그래요…… 생각하는 것, 그건 불행이지요.

백작　나는 시간이 너무 많아요. 그래서 생각을 깊이 하게 됩니다. 아가씨, 봐요. 만일 빈으로 옮겨온다면 사정이 좋아질 거라 생각했어요. 빈에는 오락거리도 많고, 또 사람을 자극하는 것들이 있지 않습니까. 하지만 근본적으로는 저 위쪽과 별반 다를 게 없어요.

여배우　저 위쪽이 어디인데요?

백작　아, 저 아래쪽이라고 해야 맞겠군요, 아가씨. 헝가리죠. 작은 마을인데, 거기서 나는 주로 병영에서 생활했습니다.

여배우　그렇군요. 그럼 헝가리에선 뭘 하신 거예요?

백작　뭐, 방금 말했듯이 군에서 근무했지요.

여배우　그래요, 그런데 왜 그렇게 오랫동안 헝가리에 계셨어요?

백작　예, 어쩌다 보니 그렇게 됐습니다.

여배우　거기서 살면 미쳐 버리고 말 거예요.

백작　왜요? 해야 할 일은 사실 여기보다 더 많습니다. 아시겠어요, 아가씨. 신병을 교육시키고, 새로 보충된 말들을 타고…… 그리고 그곳도 사람들이 말하는 것처럼 그렇게 끔찍하지는 않습니다. 그 낮은 평지부터가 아주 아름다워요―그리고 그 노을, 내가 화가가 아니라는 것이 유감이지요. '내가 만일 화가라면 저걸 그림으로 옮겨놓을 텐데'라고 여러 번 생각했습니다. 우리 연대에 화가가 한 명 있었지요. 슈플라니라는 젊은 친구였는데, 그 친구는 노을을 그릴 줄 알았답니다―그런데 내가 왜 이렇게 재미없는 얘기를 늘어놓고 있는 건지 모르겠군요, 아가씨.

여배우　아, 아니에요. 아주 즐겁게 듣고 있어요.

백작 그러니까, 아가씨. 룰루에게 이미 듣긴 했지만 아가씨와는 즐겁게 대화를 나눌 수가 있군요. 그건 흔한 일이 아니에요.

여배우 물론이지요. 헝가리에서는요.

백작 빈에서도 똑같아요! 사람들은 어디나 똑같답니다. 사람들이 많은 곳은 더 북적거릴 뿐인데, 그게 차이의 전부예요. 말해 보세요, 아가씨. 사람들을 좋아하나요?

여배우 좋아하느냐고요 —?? 전 사람들이 싫어요. 전 사람들을 볼 수가 없어요! 또 보지도 않고요. 전 항상 혼자예요. 이 집에는 아무도 들어오지 않아요.

백작 보세요, 사실은 아가씨도 사람들을 싫어하는 분일 거라고 생각했습니다. 예술을 하는 분들 중엔 그런 경우가 분명 많겠지요. 그렇게 고귀한 영역에 있다 보면…… 그러니까, 아가씨는 운이 좋은 겁니다. 적어도 아가씨는 자신이 왜 살고 있는지 알고 있지 않은가요!

여배우 누가 그런 말을 해요? 나는 내가 왜 살고 있는지 전혀 몰라요!

백작 그러지 말아요, 아가씨 — 유명한데다 — 칭송이 자자하니 —.

여배우 그게 혹시 행복인가요?

백작 행복요? 아가씨, 행복이란 존재하지 않습니다. 사람들이 가장 많이 이야기하는 그런 것들은 세상에 존재하지 않아요…… 예를 들면 사랑 말입니다. 그것도 그런 것들 중 하나지요.

여배우 아마도 백작님 말씀이 맞는 것 같아요.

백작 즐기기…… 도취…… 뭐 좋아요. 거기에 대해선 뭐라 말할 수 없어요. 그런 것들은 확실한 것들이죠. 지금 나는 즐기고 있다…… 좋아요. 그럼 난 즐기고 있다는 사실을 알죠. 아니면 나는 도취되어 있다, 좋습니다. 그것도 역시 확실한 거죠. 그리고 그게 끝나면 그냥 끝나는 겁니다.

여배우 (눈을 동그랗게 뜨고) 끝났다!

백작 하지만, 뭐라고 표현하면 좋을까. 순간에 자신을 내맡기지 않고, 그러니까 나중을 생각하거나 이전을 생각하는 순간…… 뭐, 그러면 그 즉시 볼장 다 본 겁니다. "나중에"는…… 비극적이고…… "이전에"는 불확실하죠…… 한마디로 말해…… 그렇게 되면 사람들은 어쩔 줄을 모르게 되는 겁니다. 내 말이 옳지 않나요?

여배우 (눈을 동그랗게 뜨고 고개를 끄덕거린다.) 백작님께서 제대로 꿰뚫어보신 것 같네요.

백작 그리고 보세요, 아가씨. 빈에 살든, 푸스타에 살든, 아니면 슈타이나망거에 살든 매한가지라는 사실을 깨달았다면, 예를 들자면 이런 거예요…… 모자를 어디에 두면 좋을까요? 아, 고맙습니다…… 우리 무슨 얘기를 하고 있었지요?

여배우 슈타이나망거요.

백작 맞아요. 그러니까 말했다시피 차이는 크지 않아요. 내가 저녁에 카지노에 앉아 있거나, 클럽에 있거나, 모두 매한가지라는 겁니다.

여배우 그럼 사랑의 경우는 어떻지요?

백작 우리가 사랑을 믿으면 사랑을 해 주는 사람이 늘 있게 마련입니다.

여배우   예를 들면 비르켄 양이 그런 사람이죠.

백작   아가씨, 난 아가씨가 왜 그 조그마한 비르켄 양 얘기를 자꾸 꺼내는지 정말 모르겠군요.

여배우   비르켄 양이 백작님 애인이잖아요.

백작   누가 그런 얘기를 하나요?

여배우   누구나 다 알고 있는 걸요.

백작   오로지 나만 모르고 있는 거군요. 이상하군요.

여배우   백작님은 비르켄 양 때문에 결투도 하셨잖아요!

백작   어쩌면 나는 총을 맞고도 모르고 있는 건지도 모르겠군요.

여배우   자, 백작님. 백작님은 솔직한 분이잖아요. 더 가까이 와 앉으세요.

백작   나는 아주 솔직합니다.

여배우   이리 오세요. (백작을 자기 쪽으로 끌어당긴다. 손으로 백작의 머리카락을 쓰다듬는다.) 전 백작님이 오늘 오실 줄 알고 있었어요!

백작   어떻게요?

여배우   어제 극장에서부터 알고 있었어요.

백작   그럼 무대에서 나를 보았단 말인가요?

여배우   어머나! 제가 오로지 백작님만을 위해서 연기하는 걸 몰랐단 말이에요?

백작   대체 어떻게 그럴 수가 있지요?

여배우   백작님이 첫 번째 줄에 앉아 있는 걸 봤을 때 전 날아갈 듯 기뻤어요!

백작 날아갈 듯 기뻤다고요? 나 때문에? 난 아가씨가 날 봤다는 사실도 전혀 몰랐습니다!

여배우 백작님은 백작님의 우아함만으로도 사람을 절망에 빠뜨릴 수 있어요.

백작 그렇습니까, 아가씨…….

여배우 "그렇습니까, 아가씨"라고요!…… 자, 최소한 그 칼이라도 풀어 놓으세요!

백작 그래도 괜찮다면. 〔군도(軍刀)를 풀어 침대에 기대어 놓는다.〕

여배우 그리고 이제 어서 키스해 주세요.

백작 (키스한다. 그녀는 그를 놓아주지 않는다.)

여배우 당신을 바라보는 게 아니었어요.

백작 그게 진짜 더 나았을지도 모르겠군요! ─

여배우 백작님은 참 뻔뻔한 분이에요.

백작 내가 ─ 왜 그렇지요?

여배우 지금 백작님의 위치에 있다면 굉장히 기뻐할 사람들이 많을 거라고 생각하지 않아요?

백작 그래요. 난 매우 행복합니다.

여배우 글쎄, 행복이란 존재하지 않는다고 생각하는 줄 알았더니. 왜 그렇게 바라보세요? 절 무서워하고 있는 것 같군요, 백작님!

백작 아가씨, 내가 말하지 않았습니까. 아가씨는 풀리지 않는 문제라고 말이에요.

여배우　아, 그 철학으로 날 좀 괴롭히지 말고…… 이리 다가와요. 그리고 이제 나에게 무엇이든 해 달라고 해 봐요…… 원하는 건 무엇이든 가질 수 있어요. 백작님은 너무 멋져요.

백작　그렇다면 내가 허락을 구해도 될까요 ― (그녀의 손에 키스하며) ― 오늘 밤에 다시 찾아와도 된다는.

여배우　오늘 밤…… 나 공연해야 되잖아요.

백작　공연 끝나고.

여배우　다른 부탁은 없어요?

백작　다른 것들은 모두 공연이 끝나고 부탁하지요.

여배우　(기분이 상해서) 그때 가서 오랫동안 부탁해 보시지, 이 불쌍하고 뻔뻔한 아저씨야!

백작　이거 봐요, 아니 이거 봐. 우린 지금까지 이렇게 마음을 터놓고 함께 있었잖아…… 공연이 끝난 밤이라면 난 그 모든 것들이 더 좋을 것 같아…… 지금보다 더 편안할 것 같고…… 난 계속 누군가 문을 열고 들어올 것 같은 느낌이 들어.

여배우　저 문은 밖에서는 열리지 않아.

백작　이봐, 어쩌면 훨씬 더 멋질 수도 있는 일을 처음부터 경솔하게 망쳐 버려서는 안 된다고 생각해.

여배우　어쩌면이라고!……

백작　진실을 말하자면, 난 아침에 하는 사랑은 끔찍하다고 생각해.

여배우　나 참 ― 백작님은 내가 만난 사람 중에 제일 정신이 나간 사람인 것 같아!

백작 난 보통 여자들에 대해서 얘기하는 게 아니야…… 보통의 경우라면 결국엔 다 마찬가지니까. 하지만 아가씨 같은 여자들은…… 아니야. 아가씨는 날 백 번이고 바보라고 불러도 돼. 하지만 아가씨 같은 여자들은…… 아침 식사 전에 안는 게 아니야. 그리고…… 알겠어?…… 그…….

여배우 어머, 백작님 정말 귀여워!

백작 내가 말하는 뜻을 알겠어? 그렇지 않아? 내 생각에는—.

여배우 그래서 어떻게 생각하는데?

백작 내 생각에는 말이야…… 공연이 끝나고 내가 아가씨를 차 안에서 기다리는 거야. 그러고는 어디로든 함께 저녁 식사를 하러 가는 거지—.

여배우 난 비르켄 양이 아니야.

백작 난 그렇게 말하지 않았어. 그저 모든 일에는 적당한 분위기가 따라야 한다고 생각할 뿐이야. 난 저녁 식사 때라야 분위기를 탄다고. 가장 좋은 건 그렇게 저녁 식사를 하고 함께 집으로 가서, 그러고 나서…….

여배우 그러고 나서 뭐?

백작 그러니까 그러고 나면…… 그 다음은 알아서 진행되는 거야.

여배우 백작님, 가까이 와서 앉아. 더 가까이.

백작 (침대 위에 앉으면서) 내 말해 둘 게 있는데, 쿠션에서 무슨 향기가…… 물푸레나무로군—그렇지?

여배우 여긴 너무 더워. 그렇지 않아?

백작 (몸을 기울여서 그녀의 목에 키스를 한다.)

여배우   어, 백작님. 이건 백작님 프로그램에 어긋나잖아.

백작   누가 그래? 난 프로그램 같은 거 없어.

여배우   (백작을 끌어당긴다.)

백작   정말 덥군.

여배우   그렇지? 그리고 마치 저녁때처럼 어두워…… (그를 확 잡아당긴다.) 지금 저녁이야…… 밤이야…… 너무 밝은 것 같으면 눈을 감아. 자 어서 와!…… 어서 와!……

백작   (더 이상 저항하지 않는다.)

여배우   자, 이제 분위기 어때, 뻔뻔한 아저씨?

백작   아가씨는 작은 악마야.

여배우   무슨 말을 그렇게 해?

백작   뭐, 그러니까 천사라는 얘기지.

여배우   백작님은 연극배우가 될 걸 그랬어. 정말이야! 백작님은 여자들을 잘 알아! 그런데 내가 지금 뭘 할지 알아?

백작   뭔데?

여배우   난 이제 백작님을 다시는 보지 않을 거라고 말하려고 해.

백작   왜 그러는데?

여배우   안 돼, 안 돼. 백작님은 나에게 너무 위험해! 백작님은 여자를 미치게 만든다고. 지금 백작님은 마치 아무 일도 없었다는 듯 그렇게 불쑥 내 앞에 서 있잖아.

백작   하지만…….

여배우   기억해 봐, 백작님. 나는 조금 전 백작님의 애인이었다고.

백작   난 결코 잊지 않을 거야!

여배우   그런데 오늘 밤은 어떻게 되는 거야?

백작   무슨 말이지?

여배우   자―공연이 끝난 다음에 내가 나오길 기다리겠다고 했잖아.

백작   그래, 그래 좋아. 예를 들면 모레 말이야.

여배우   모레라니, 무슨 말이야? 오늘 그러겠다고 한 거였잖아?

백작   그럼 별 의미가 없을 거야.

여배우   이런 노인네!

백작   아가씨는 내 말을 제대로 이해하지 못했어. 난 그보다 더 많은 걸 얘기하고 있는 거야. 그러니까 뭐라 해야 하나, 내 영혼과 관련되는 한은 말이야.

여배우   백작님 영혼이 나랑 무슨 상관인데?

백작   내 말을 믿어. 영혼도 다 같이 속하는 거야. 난 영혼을 그렇게 따로 떼어놓고 생각하는 건 잘못된 일이라고 생각해.

여배우   백작님 철학으로 날 괴롭히지 마. 철학이 필요하면 책을 읽으면 되니까.

백작   하지만 책으로는 배울 수가 없어.

여배우   그럴 수도 있겠지! 그러니까 백작님이 오늘 밤에 날 기다려야 하는 거야. 영혼 때문에라도 우리는 이제 하나가 될 거라고. 이 악당!

백작   그러니까 아가씨가 허락한다면 내가 내 마차로…….

여배우   여기 우리 집에서 나를 기다려―.

백작　…… 공연이 끝난 후에.

여배우　당연하지.

백작　(군도를 허리에 둘러찬다.)

여배우　뭐 하는 거야?

백작　내 생각에 이제 갈 때가 된 것 같아. 사실 예의 있는 방문치고는 이미 오래 머물러 있었어.

여배우　뭐, 오늘 저녁에는 예의 차리는 방문이 되어서는 안 돼.

백작　그렇게 생각해?

여배우　그건 나한테 맡겨. 그리고 이제 나에게 다시 키스해 줘, 귀여운 철학자 아저씨. 자, 백작님, 엉큼한 사람…… 나의 달콤한 아이, 영혼 판매원, 스컹크…… 자기…… (몇 차례 격렬하게 키스를 퍼부은 후 그를 세게 밀쳐 낸다.) 백작님, 큰 영광이었어요!

백작　그럼 안녕히 계십시오, 아가씨! (문 옆에서) 또 봅시다.

여배우　안녕히, 슈타이나망거!

백작과 창녀

아침, 6시경.

누추한 방. 하나뿐인 창문에는 누런색의 더러운 블라인드가 내려져 있고, 녹색 커튼이 쳐져 있다. 서랍장 위에는 몇 장의 사진들이 세워져 있고 눈에 띄게 촌스러운 싸구려 모자가 놓여 있다. 거울 뒤에는 싸구려 일본 부채. 빨간색 보호용 천으로 덮인 탁자 위에는 석유 램프가 냄새를 풍기며 약하게 타고 있다. 종이로 된 노란색 램프 갓, 그 옆에는 마시다 남은 맥주가 들어 있는 항아리, 그리고 반쯤 빈 잔. 침대 옆 바닥에는 지금 막 급하게 던져 놓은 것 같은 여자 옷들이 어지럽게 놓여 있다. 침대에는 창녀가 누워 자고 있다. 조용히 숨을 쉰다―안락의자 위에는 완전히 옷을 차려 입은 백작이 누워 있다. 연갈색의 여름용 외투를 입고 있다. 모자는 안락의자의 머리 쪽 바닥에 놓여 있다.

백작　(움직인다. 눈을 비비고는 벌떡 일어나 앉는다. 주위를 둘러

본다.) 그래, 내가 어떻게…… 아 그렇지…… 그러니까 내가 정
말로 저 아가씨와 집에 왔군……. (재빨리 일어서서, 창녀의 침
대를 바라본다.) 저기 누워 있구나…… 이 나이에도 별일이 다
생기는군. 전혀 모르겠어. 그 사람들이 나를 이 위로 업고 왔나?
아니야…… 난 봤어―내가 방 안으로 들어오는 걸…… 그
래…… 그때 난 아직 깨어 있었거나 아니면 막 깨어났어…… 아
니면…… 아니면 혹시 그냥 이 방이 내가 알고 있는 뭔가와 비슷
해서 그런 생각을 하는 건가?…… 맙소사, 나 참…… 하여튼 어
제 난 봤다고……. (시계를 본다.) 뭐! 어제, 몇 시간 전에―그
렇지만 난 무언가 일어날 줄 알고 있었어…… 예감했던 거
야…… 내가 어제 술을 마시기 시작했을 때, 난 이미 느끼고 있
었어…… 그런데 대체 무슨 일이 일어난 거지?…… 그래 아무
일도 없었어…… 아니면 뭔가……? 맙소사…… 10년…… 그러
니까 지난 10년 동안 이런 일은 없었어. 필름이 끊어지다니……
그러니까 간단히 말하자면 완전히 취해 버렸던 거야. 언제부터
마셨는지만 알 수 있으면 좋겠는데…… 그러니까, 룰루와 그 창
녀 카페에 들어갔다는 것까진 정확히 알고 있다고…… 아니야,
아니야…… 우리는 자허*에서 나왔고…… 그러고는 길에서 이
미…… 그래 맞아, 난 룰루와 내 마차를 타고 갔어…… 대체 무
엇 때문에 이렇게 골머리를 앓고 있는 거야. 어쨌든 상관없잖아.
보라고, 금방 잊어버리게 될 테니까. (일어선다. 석유등불이 흔들
린다.) 아! (잠자고 있는 여인을 내려다본다.) 건강한 잠을 자고
있군. 무슨 일이 벌어졌는지는 전혀 모르겠지만―하여간 침대

옆 탁자 위에 돈을 놓고 가야지…… 그리고 안녕……. (창녀 앞에 서서 그녀를 한참 동안 바라본다.) 많은 여자들을 알았지만 그 여자들은 잠잘 때조차 이렇게 도덕적으로 보이지는 않았어. 맙소사…… 뭐 룰루는 또 철학한다고 말하겠지만. 하지만 진짜야, 잠이란 것도—그 형제, 그러니까 죽음과 마찬가지로 사람을 모두 똑같은 존재로 만들어 준다는 생각이 들어. 음, 그건 알았으면 좋겠는데…… 아니야, 그건 기억해 내야 해…… 아니야, 아니야, 난 곧바로 안락의자에 쓰러져 버렸어…… 그러곤 아무 일도 벌어지지 않았던 거야…… 때때로 모든 여자들이 비슷해 보인다는 건 믿을 수가 없는 일이야…… 자 가자. (가려고 한다.) 그래 맞아. (지갑을 꺼내 지폐 한 장을 끄집어내려고 한다.)

창녀   (눈을 뜬다.) 어…… 이렇게 이른 아침에 누구지—? (그를 알아본다.) 안녕, 아저씨!

백작   안녕, 잘 잤어?

창녀   (기지개를 켠다.) 아, 이리 와. 키스해 줘.

백작   (그녀에게 몸을 숙인다. 정신을 가다듬고 다시 그녀로부터 떨어진다.) 막 가려던 참이었어.

창녀   간다고?

백작   정말로 가야 할 시간이야.

창녀   이렇게 가려고 한단 말이야?

백작   (당황해서) 이렇게…….

창녀   뭐 그럼, 안녕. 또 와.

백작   그래. 잘 있어. 음, 손을 주지 않겠어?

창녀   (이불에서 손을 꺼내 든다.)

백작   (손을 잡고 기계적으로 키스한다. 그 사실을 깨닫고는 웃는다.) 공주에게 하는 것 같군. 하긴…….

창녀   뭘 그렇게 뚫어지게 쳐다봐?

백작   하긴 얼굴만 본다면 말이야, 지금처럼…… 아침에 깨어날 때는 누구나 순결해 보여…… 맙소사, 이 석유등 냄새만 아니라면 무엇이라도 상상할 수 있을 텐데.

창녀   맞아, 저 램프가 항상 골칫덩어리야.

백작   아가씨, 그런데 몇 살이지?

창녀   음, 몇 살일 것 같은데?

백작   스물넷.

창녀   오, 고마워.

백작   더 많은가?

창녀   이제 스무 살 되었어.

백작   그런데 언제부터…….

창녀   이 일을 한 지는 1년 됐어!

백작   일찍 시작했구나.

창녀   너무 늦는 것보다는 너무 이른 편이 나은 법이야.

백작   (침대에 걸터앉는다.) 한번 말해 봐. 아가씨는 행복한가?

창녀   뭐?

백작   그러니까 내 말은, 잘 지내느냐고?

창녀   아, 항상 잘 지내.

백작   그렇구나…… 그런데 말이지, 아가씨는 뭔가 다른 것이 될 수도 있으리란 생각은 해 본 적이 없어?

창녀 그럼, 내가 뭐가 되어야 하는데?

백작 그러니까…… 아가씨는 정말 예쁘단 말이야. 아가씨는 뭐 예를 들면 애인을 하나 가질 수도 있겠지.

창녀 혹시 없을 거라고 생각하는 거야?

백작 아니, 그건 나도 알아—하지만 내가 말하는 건, 한 사람, 알겠어? 그런 사람 말이야. 아가씨가 아무 남자하고나 같이 갈 필요가 없도록 생활비를 대 주는 사람 말이야.

창녀 아무 남자하고나 같이 가지는 않아. 다행히도 그래야 할 필요가 없거든. 내가 고를 수 있어.

백작 (방을 둘러본다.)

창녀 (방을 둘러보는 걸 알아차리고) 다음 달이면 우리도 시내로 이사 가. 슈피겔가세*로.

백작 우리라니? 또 누구?

창녀 뭐, 주인 아줌마하고, 아직 여기 사는 다른 아가씨들 몇 명이지.

백작 여기에 또 다른 아가씨들이—.

창녀 여기 바로 옆방에…… 안 들려?…… 저건 밀리야. 역시 카페에 있었던.

백작 저기서 누가 코를 고는군.

창녀 그게 바로 밀리야. 하루 종일 저녁 9시가 될 때까지 코를 골아. 그러고는 일어나서 카페로 가지.

백작 그거 끔찍한 인생이군.

창녀　물론이야. 주인 아줌마도 무척 화를 내고 있어. 난 항상 낮 12시면 이미 거리에 나가 있는데.

백작　12시에 거리에서 뭘 하지?

창녀　뭘 하겠어? 몸 파는 거지 뭐.

백작　아, 그렇군…… 당연하지……. (일어선다. 지갑을 꺼내 지폐 한 장을 침대 옆 탁자에 놓는다.) 잘 있어요!

창녀　벌써 가려고…… 안녕…… 또 와. (옆으로 눕는다.)

백작　(다시 멈춰 선다.) 아가씨, 말이야, 한번 얘기해 봐. 아가씨 에겐 뭐든 상관없지—그렇지?

창녀　뭐가?

백작　무슨 말이냐면 이제 그게 아가씨에겐 아무 즐거움도 되지 못할 거라는 거지.

창녀　(하품한다.) 졸려.

백작　젊은 사람이든, 늙은 사람이든, 아니면 그 뭐가 됐든 아가 씨에겐 마찬가지인가?

창녀　무슨 소리야?

백작　…… 그러니까 (갑자기 무언가가 생각나서) 맙소사, 이제 알겠다. 아가씨가 누구를 생각나게 하는지. 그건…….

창녀　내가 누구하고 똑같이 생겼어?

백작　믿을 수가 없어, 믿을 수가. 자 부탁 좀 할게. 1분만이라도 아무 말도 하지 말아 봐……. (그녀를 바라본다.) 완전히 똑같 은 얼굴이야, 완전히 똑같은 얼굴. (그녀의 눈에 키스한다.)

창녀　나 참…….

백작 맙소사, 아가씨가…… 창녀라는 게…… 유감이야…… 행복해질 수도 있을 텐데!

창녀 아저씨 꼭 프란츠 같아.

백작 프란츠가 누구지?

창녀 음, 우리 카페에서 음식 나르는 애…….

백작 내가 왜 꼭 프란츠 같지?

창녀 그 애도 항상 그렇게 말해. 내가 행복해질 수 있을 테니 자기랑 결혼해야 한대.

백작 왜 그렇게 안 하지?

창녀 고맙지만 됐다고 전해 줘…… 난 결혼 안 해. 아니, 절대로. 어쩌면 나중엔 한 번쯤 할지도 모르지만.

백작 눈…… 바로 그 눈이야…… 룰루는 분명 내가 바보라고 말하겠지 — 하지만 난 아가씨 눈에 한 번 더 키스를 해야겠어…… 그래…… 그럼 안녕히, 이제 가야겠어.

창녀 잘 가…….

백작 (문 옆에서) 그런데 아가씨…… 놀랍지 않아?

창녀 뭐가?

백작 내가 아가씨에게 아무것도 원하지 않는다는 거 말이야.

창녀 아침에 기분 나지 않는 남자들은 많아.

백작 그래…… (혼잣말로) 놀라기를 바라다니 너무 바보 같아…… 그럼 안녕히…… (문 옆에서) 사실은 화가 나는데. 저런 여자들에겐 오직 돈만 중요하다는 걸 나도 잘 알잖아…… 내가 무슨 말을 하는 거야 — 저런…… 저 애가 최소한 거짓으로 놀라지 않는다는 건…… 좋아…… 오히려 기뻐해야 할 일이지…… 이봐―다음에 또 올게.

창녀 (눈을 감은 채로) 좋아.

백작 아가씨는 항상 집에 있는 때가 언제지?

창녀 난 항상 집에 있어. 레오카디아만 찾으면 돼.

백작 레오카디아라…… 좋아―그럼 안녕히. (문 옆에서) 내 머릿속에는 여전히 와인이 남아 있어. 그래도 가장 나은 경우긴 하군…… 이런 여자 집에 머물렀는데, 그녀가 누군가와 닮았기 때문에 눈에 키스한 것 외에는 아무 짓도 하지 않았으니…… . (창녀 쪽을 향해서) 이봐, 레오카디아. 남자가 이렇게 그냥 가 버리는 일이 자주 있어?

창녀 어떻게 그냥?

백작 나처럼?

창녀 아침에?

백작 아니…… 아가씨랑 같이 있던 사람이 말이야―아가씨에게 아무것도 원하지 않는 경우가 종종 있어?

창녀 아니, 그런 일은 아직 없었어.

백작 그럼, 어떻게 생각해? 아가씨가 내 마음에 들지 않았다고 생각해?

창녀 내가 왜 아저씨 마음에 들지 않았겠어? 지난밤에 난 아저씨 마음에 들었는 걸.

백작 아가씨는 지금도 내 마음에 들어.

창녀 하지만 밤에 더 좋아했어.

백작 왜 그렇게 생각해?

창녀 나 참, 왜 그렇게 바보같이 물어?

백작 지난밤에…… 그래, 말해 봐. 내가 그럼 그냥 안락의자에 쓰러져 잔 것이 아닌가?

창녀 뭐, 당연히 그랬지…… 나하고 함께.

백작 아가씨하고?

창녀 응. 전혀 기억 안 나?

백작 내가…… 우리가 함께…… 그렇군…….

창녀 하지만 곧 잠이 들었어.

백작 금방 잠이…… 그렇군…… 그러니까 그랬던 거였군!……

창녀 그래, 아저씨. 아무것도 기억 못할 정도로 완전히 취했었나 봐.

백작 그렇군…… ―그렇지만…… 아주 조금 기억이 나기는 해…… 잘 있어……. (소리를 엿듣는다.) 무슨 일이지?

창녀 하녀가 벌써 일어났어. 가. 나갈 때 한두 푼 쥐어 줘. 문도 열려 있으니까 관리인에게 부탁할 필요는 없어.

백작 그러지. (현관에서) 자…… 그래도 그냥 그녀의 눈에 키스만 했던 것이라면 더 나을 뻔했어. 그랬다면 이건 모험이었다고 말할 수도 있겠지…… 하여튼 그런 일은 나에겐 일어나지 않는다니까. (하녀가 서서 문을 열어 준다.) 아―여기…… 좋은 밤이군요―.

하녀 좋은 아침입니다.

백작 아, 그렇지요…… 좋은 아침입니다…… 좋은 아침.

아나톨*

등장 인물

아나톨
막스
코라
가브리엘레
비앙카
에밀리에
안니
식당 종업원
엘제
일로나
프란츠

서문

높은 창살, 주목(朱木) 울타리,

문장(紋章), 이제 더 이상 금으로 덮여 있지 않고,

스핑크스들, 우거진 숲 사이로 희미하게 깜빡거리는……

…… 삐걱거리며 문들이 열린다. ―

아직 잠자고 있는 계단 모양의 인공 폭포와

아직 잠자고 있는 트리톤*들이 있는,

로코코,* 먼지에 덮여 있으나 사랑스러운

보라…… 카날레토*의 빈을,

1760년의 빈……

…… 초록색, 갈색의 조용한 연못,

매끄럽게, 또 대리석처럼 하얗게 둘레가 장식되어 있다,

물에 비친 닉스*의 모습 속에는

황금빛, 은빛 물고기들이 노닐고 있다,

말끔하게 깎인 잔디밭에는

늘씬한 협죽도(夾竹桃) 줄기의

그림자들이 똑같은 모습으로 우아하게 늘어서 있다;

나뭇가지들은 굽어 둥근 지붕을 만들고,

나뭇가지들은 기울어 작은 틈을 만든다.

어색한 연인들을 위해

여자 영웅들과 남자 영웅들……

세 마리의 돌고래가 졸졸거리며

조개껍질 수반에 물을 흘려보낸다……

향기 진한 밤나무의 꽃들이

미끄러져 내려온다, 반짝이며 흩날려 떨어진다,

그리고 조개껍질 수반에 빠져 버린다……

…… 주목의 벽 뒤에선

바이올린, 클라리넷이 울린다……

그리고 그 소리는 마치 애교 있는

큐피드*들로부터 솟아나는 듯하다.

모서리 위에 둘러 앉아

어설프게 바이올린을 연주하거나

자신들도 대리석 꽃병에서 쏟아져 나오는

꽃에 화사하게 둘러싸인 채

꽃을 엮고 있는 큐피드들로부터:

꽃무*와 재스민과 라일락……

모서리 위, 그들 사이엔

요염한 여인들이 앉아 있다,

자줏빛의 몬지뇨레*들……

여인들의 발아래 잔디에,

그리고 쿠션 위, 계단 위에는:

기사들과 아바테*들……

다른 사람들은 다른 여자들을 들어올린다.

향수가 뿌려진 가마로부터……

…… 나뭇가지를 통과한 빛이 부서져,

금발의 작은 머리들 위에 반짝거린다:

색색의 쿠션 위에 비치고

자갈과 잔디 위로 미끄러진다.

우리가 대충 세워놓은

구조물 위로 미끄러진다.

포도와 매꽃 덩굴이 위로 기어 올라가

밝은 발코니를 감싸고 있다.

그리고 그 사이에, 풍부한 색깔로

카펫과 양탄자가 펄럭인다.

와토*가 우아하게 밑그림을 그린,

목동이 있는 장면, 거칠 것 없이 짜인……

무대 대신 정자가,

조명 대신 여름날의 태양이,

자 우리 연극을 하자,

우리 자신의 작품들을 공연하자,

일찍 성숙했고 부드러우며 비극적인,

우리 영혼의 희극,

우리 감정의 오늘과 어제,

사악한 것들의 아름다운 형식,

매끄러운 말들, 화려한 그림들,

절반의, 비밀스러운 느낌,

죽기 전의 몸부림, 에피소드……

몇몇 사람은 귀를 기울인다, 모두는 아니리……

몇몇 사람은 꿈을 꾸고, 몇몇은 웃는다,

몇몇은 아이스크림을 먹고…… 그리고 또 몇몇은

매우 도색적인 것들을 이야기한다……

…… 카네이션들이 바람 속에 흔들거린다,

꽃자루가 높은, 하얀 카네이션들,

마치 한 무리의 하얀 나비들과도 같이……

그리고 작은 볼로냐 강아지가

놀라 공작을 향해 짖어댄다……

1892년 가을

로리스*

운명에게 하는 질문

아나톨, 막스, 코라.
아나톨의 방.

막스 정말이야, 아나톨. 네가 부러워……

아나톨 (미소를 짓는다.)

막스 그러니까 말이야, 고백하지 않을 수 없는데, 난 몸이 완전히 굳어 버렸어. 난 지금까지 그런 얘기들은 전부 꾸며 낸 거라고 생각했거든. 하지만 내 눈으로 직접 봤으니…… 그 여자가 내 눈 앞에서 잠이 드는 것, 네가 당신이 발레리나라고 말하자 춤을 췄던 것, 당신 애인이 죽었다고 말하자 눈물을 흘렸던 것, 여왕으로 만들자 범죄자를 사면해 주었던 것……

아나톨 그래, 그래.

막스 네 안에 마법사가 숨어 있나 봐!

아나톨 우리 모두의 안에 숨어 있는 거지.

막스　무시무시하군.

아나톨　나는 그렇게 생각하지 않아. 그것보다는 우리 인생이 더 끔찍해. 우리가 수백 년이 지나고 나서야 겨우 받아들이게 되는 많은 것들이 그보다 더 끔찍한 거고. 봐, 우리의 선조들이 지구가 돈다는 말을 갑자기 들었을 때 어떤 기분이 들었을 거 같아? 그분들은 모두 현기증이 났을 거야!

막스　그래…… 하지만 그건 우리 모두에게 다 해당되는 일이잖아!

아나톨　그리고 누군가 봄을 새로 발견했다고 해 봐!…… 그것도 처음에는 아무도 안 믿을 거야! 녹색 나무들, 만개하는 꽃들, 사랑에도 불구하고 말이지.

막스　네가 잘못 생각하는 거야. 그런 거하고는 달라. 그 자기술이란…….

아나톨　최면술…….

막스　아니야, 그건 네가 말한 것들하고는 전혀 다른 거야. 나는 절대로 나를 최면에 걸도록 하지 않겠어.

아나톨　어린애 같긴! 내가 너에게 "잠이 들어라"라고 말하고 너는 그저 조용히 누워 있기만 하면 되는데, 그게 뭐 대단한 일이라는 거야?

막스　그래, 그러고 나서 말하겠지. "당신은 굴뚝 청소부입니다." 그러면 나는 굴뚝에 올라가 먼지를 뒤집어쓰게 되겠지!……

아나톨　이봐, 그런 건 다 장난삼아 하는 말이고…… 최면술에서 놀라운 점은 바로 그것을 학문적으로 이용할 수 있다는 거야. ―뭐, 아직 그렇게 큰 성과가 있는 것은 아니지만.

막스 무슨 얘기야?

아나톨 뭐, 나는 오늘 그 아가씨를 수백 개의 세계로 데려다 놓을 수 있었지. 하지만 그런 내가 나 자신은 어떻게 다른 세계로 데려다 놓을 수 있을까?

막스 그게 안 돼?

아나톨 솔직히 말하자면 이미 시도해 봤어. 이 번쩍이는 반지를 몇 분간이나 뚫어져라 쳐다보고 나에게 암시를 주었지. 아나톨! 잠들어라! 네가 깨어나고 나면 너를 미치도록 만드는 그 여인은 네 마음속에서 사라져 버릴 것이다!

막스 그래서, 깨어나고 나니까?

아나톨 아, 나는 잠들지도 않았어.

막스 그 여인, 그 여인이라니…… 그러니까 아직도!

아나톨 그래, 친구야!…… 아직도! 나는 불행해. 미쳐 버릴 것 같아.

막스 그러니까 아직도…… 의심하고 있단 말이야?

아나톨 아니…… 의심만 하고 있는 게 아니야. 이제 그녀가 바람 피우고 있다는 걸 확실히 알아! 그녀가 내 이야기에 귀를 기울이고 있는 동안에도, 그녀가 내 머리를 쓰다듬고 있는 동안에도, 그리고 그녀가 행복에 사로잡혀 있는 동안에도 그녀는 바람을 피우고 있다는 걸 나는 알아.

막스 착각이야!

아나톨 아니!

막스 증거라도 있어?

아나톨　나는 예감하고 있고 또 느끼고 있어. 그러니까 알고 있는 거지!

막스　희한한 논리군!

아나톨　여자들이란 항상 바람을 피우는 존재야. 그게 천성인 거지…… 그리고 본인들은 그 사실을 전혀 몰라. 내가 두 권, 혹은 세 권의 책을 동시에 읽어야 직성이 풀리는 것처럼 여자들도 두 명, 혹은 세 명의 애인을 가져야만 하는 거야.

막스　하지만 그 아가씨는 너를 사랑하잖아?

아나톨　끝없이 사랑하지…… 하지만 그거하곤 상관이 없어. 그녀는 바람을 피우고 있다니까!

막스　대체 누구하고?

아나톨　내가 그걸 어떻게 알겠어? 길에서 우연히 마주친 후작일 수도 있고, 그녀가 이른 아침 지나갈 때 창밖으로 미소를 던진 교외의 시인일 수도 있겠지!

막스　너 바보 아니야!

아나톨　그리고 그녀가 바람을 피우지 말아야 할 이유가 뭐가 있겠어? 그녀도 다른 여자들과 똑같아. 인생을 사랑하고 깊게 생각하는 법이 없어. 내가 "너 나 사랑해?" 하고 물어보면 ─ 그녀는 그렇다고 대답해 ─ 그녀는 그때 진실을 말하는 거야. 그리고 너 딴 남자 없어? 하고 물어보면 ─ 그녀는 다시 그렇다고 대답해 ─ 그녀는 또 진실을 말하는 거야. ─ 최소한 그 순간에는 다른 남자들을 생각하고 있지 않거든. 그리고 "나 자기 몰래 다른 남자를 만나고 있어"라고 대답하는 여자가 어디 있겠니? 그러니까 도대체 어떻게 확실한 걸 알 수 있겠어? 게다가 만일 그녀가 바람을 피우지 않는다고 하면 ─ .

막스 거봐! 그럴 수도 있는 거잖아!

아나톨 그렇다면 그건 순전히 우연일 뿐이야…… 그녀는 "아, 나의 사랑하는 아나톨 외에 다른 남자를 만나서는 안 돼"라는 생각 따위는 절대로 하지 않아…… 절대로…….

막스 하지만 그녀가 너를 사랑한다면?

아나톨 아, 이 순진한 친구야! 그게 무슨 이유가 되겠어?

막스 무슨 소리야?

아나톨 그럼 나는 왜 바람을 피우겠어?…… 나도 그녀를 분명 사랑한다고!

막스 그거야, 넌 남자니까 그렇지!

아나톨 또 그 말도 안 되는 소리! 우리는 항상 여자들이 그 문제에 있어 남자들과 다르다고 믿고 싶어 하지! 그래, 몇몇 여자들은 그래…… 엄마가 집에 꼭꼭 가둬 놓는 여자들이나 열정 따위를 전혀 가지고 있지 않은 여자들 말이지…… 하지만 우리도 똑같아. 내가 한 여자에게 "너를 사랑해 ─ 오로지 너만을"이라고 말한다고 해도 ─ 나는 내가 거짓말을 한다고 느끼지 않아. 설령 내가 그 전날 밤에 다른 여자의 품에서 잠을 잤다고 해도 말이야.

막스 그래…… 너야 그렇지!

아나톨 나니까 그렇다고…… 그래! 그럼 너는 아닌가 보지? 그리고 그녀, 내가 사랑해 마지않는 코라는 다를 것 같아? 아! 그런데 그 사실이 나를 미치게 만든다니까! 내가 그녀 앞에 무릎을 꿇고 앉아서 "내 사랑아, 이전에 있었던 일은 모두 용서할 테니 오로지 진실만을 말해 줘"라고 말한다 해도 무슨 소용이 있겠어? 그녀는 전처럼 또 거짓말을 할 거야—그리고 나는 의심 속에 괴로워하는 이전의 상황에서 조금도 벗어나지 못하는 거야. 나는 뭐 똑같은 일을 안 해 본 줄 알아? "제발! 말해 줘…… 정말로 나 말고 다른 여자를 만나지 않는 거야? 만약 그렇다고 해도 비난하지 않을게. 하지만 진실만을 말해 줘! 나는 진실을 알아야겠어"라는 애원에 내가 어떻게 했겠어? 거짓말을 했지…… 행복한 미소를 지으며 조용히…… 전혀 양심의 가책을 받지 않으면서 말이야. '왜 내가 굳이 너를 슬프게 만들어야겠어?'라고 생각을 했지. 그러고는 말했던 거야. "그럼, 자기야! 죽을 만큼 너만을 사랑해." 그러자 그녀는 그 말을 믿고 행복해했지!

막스 그렇군!

아나톨 하지만 나는 믿지도 않고 행복하지도 않아! 뭔가 이 바보 같지만 달콤하고, 그렇지만 역시 미워할 수도 있는 이 존재가 진실을 말하게 할 수 있는, 아니면 어떻게든 진실을 알아낼 수 있는 확실한 방법이 있었으면 좋겠어! 하지만 우연 외에는 그런 방법이 전혀 없단 말이야!

막스 그럼 최면술은 어때?

아나톨 뭐?

막스 그러니까…… 최면술 말이야…… 내 생각은 이런 거야. 그녀에게 잠들라고 명령하고는 이렇게 말하는 거야. "너는 내게 진실만을 말해야 한다."

아나톨　음……

막스　너는 그러니까…… 들어 봐…….

아나톨　기발하군!

막스　잘 될 거야…… 그러고 나서 이렇게 물어보는 거야…… 날 사랑해?…… 다른 사람은?…… 너 어디서 오는 길이야? 어디로 갈 거야?…… 그 남자 이름은 뭐지?…… 이런 식으로 말이야.

아나톨　막스! 막스!

막스　왜…….

아나톨　네 말이 맞아!…… 우리는 마법사가 될 수도 있겠어! 여자들의 입에서 진실된 말을 마법처럼 끄집어낼 수도 있는 거야…….

막스　그렇지? 이제 너 구원받은 것 같구나! 코라는 분명 최면술에 잘 걸리는 성격일 거야…… 오늘 밤이면 알게 되겠지? 네가 배신당한 자인지…… 아니면…….

아나톨　아니면 신인지!…… 막스!…… 정말 고마워!…… 이제 해방된 것 같아…… 완전히 다른 사람이 되었어. 그녀는 내 손아귀에 있다고…….

막스　나도 정말 기대되는데……?

아나톨　왜? 너도 그녀가 의심이 간다는 거야, 뭐야?

막스　아, 다른 사람은 안 되고 오직 너만 의심을 할 수 있다는 거로구나…….

아나톨 당연하지!…… 한 남자가 그의 부인이 정부와 놀아나는 걸 막 발견하고 집에서 나왔는데, 친구가 다가와서 "네 부인이 바람피우는 것 같아"라고 말하면 그 남자가 어떻게 대답할 것 같아? "방금 나도 그런 확신이 들었어"라고는 말하지 않을 거 야. "이 개 같은 자식"이라고 대꾸하겠지.

막스 그래, 난 환상을 깨뜨리지 않는 것이 친구의 첫 번째 의무 라는 사실을 거의 잊고 있었어.

아나톨 잠깐 조용히 해 봐…….

막스 왜?

아나톨 그녀가 오는 소리가 안 들려? 나는 현관에서부터 그녀의 발걸음 소리를 알아차려.

막스 난 아무것도 안 들리는데.

아나톨 이미 아주 가까이 왔어!…… 복도야…… (문이 열린다.) 코라!

코라 (밖에서) 안녕! 아, 혼자가 아니었구나…….

아나톨 친구 막스야!

코라 (들어서면서) 안녕하세요! 아니, 왜 이렇게 어둡게 해 놓고 있어?

아나톨 아, 아직 노을이 남아 있는데 뭐. 내가 이런 걸 좋아하는 거 알잖아.

코라 (그의 머리를 쓰다듬으면서) 나의 작은 시인!

아나톨 나의 사랑 코라!

코라 하지만 어쨌든 불은 켜야겠어…… 괜찮겠지? (랜턴의 양

초에 불을 붙인다.)

아나톨 (막스에게) 매력 있지?

막스 아!

코라 아나톨, 그리고 막스 씨. 그런데, 뭐 하고 있었어요? 얼마 동안이나 대화를 나누고 있었어요?

아나톨 30분.

코라 (모자와 외투를 벗어놓는다.) 무슨 얘기를?

아나톨 이것저것.

막스 최면술에 대해서 대화했어요.

코라 아, 또 그 최면술 얘기! 그 얘기는 하도 들어서 머리가 어지러워질 지경이야.

아나톨 뭐⋯⋯.

코라 자기야, 아나톨. 나는 네가 나를 한번 최면에 걸어 줬으면 좋겠어.

아나톨 내가⋯⋯ 너를⋯⋯?

코라 그래, 그렇게 하면 멋질 것 같아. 그러니까 — 바로 너를 통해서 말이야⋯⋯.

아나톨 고마워.

코라 다른 사람을 통해서라면⋯⋯ 아니야, 아니야, 그건 싫어.

아나톨 그럼, 자기야⋯⋯ 원한다면 내가 최면을 걸어 줄게.

코라 언제?

아나톨 지금! 지금 당장.

코라 그래, 좋아! 내가 뭘 하면 되는데?

아나톨 안락의자에 조용히 앉아서 잠들겠다는 마음만 먹고 있으면 돼.

코라 아, 마음먹었어!

아나톨 내가 네 앞에 설게. 나를 봐…… 자…… 나를 봐봐…… 네 이마와 눈을 쓰다듬을게. 자…….

코라 그래, 다음은…….

아나톨 아무것도 없어. 그저 잠들겠다고 생각하기만 하면 돼.

코라 자기야, 자기가 그렇게 내 눈을 쓰다듬으니까 기분이 이상해…….

아나톨 조용히…… 아무 말도 하지 마…… 자, 벌써 제법 졸리지…….

코라 아니.

아나톨 그래!…… 하지만 조금은 졸려.

코라 조금은, 응…….

아나톨 …… 눈꺼풀이 무거워진다…… 아주 무거워진다. 손조차 거의 들 수 없을 정도야…….

코라 (작은 목소리로) 정말 그렇네.

아나톨 (그녀의 이마와 눈을 계속 쓰다듬으면서, 억양 없는 말투로) 졸려…… 너는 아주 졸려…… 이제 잠이 든다. 자기야…… 잠을 자…… 너는 아주 졸려…… 이제 잠이 든다…… 잠이. (놀라서 바라보고 있는 막스를 향해 고개를 돌린다. 승리에 가득 찬 표정을 짓는다.) 잠을 잔다…… 그리고 이제 두 눈을 꼭 감는다…… 눈을 다시 뜰 수가 없다…….

코라 (눈을 뜨려고 한다.)

아나톨 마음대로 되지 않는다…… 너는 잠을 잔다…… 그저 계속 잠을 잔다…… 그렇게…….

막스 (뭔가 질문을 하려고 한다.) 너…….

아나톨 조용히 해 봐. (코라에게) …… 잠을 잔다…… 아주 깊게, 깊게 잠을 잔다. (조용히 숨을 쉬며 잠을 자는 코라 앞에 잠시 서 있는다.) 그래…… 이제 질문해도 돼.

막스 그냥 정말로 잠을 자는지 물어보려고 했어.

아나톨 네가 직접 보고 있잖아. 이제 잠깐 기다리자. (코라 앞에 서서 조용히 그녀를 바라본다. 긴 휴식.) 코라!…… 이제 내게 대답을 한다…… 대답을. 이름이 뭐지?

코라 코라.

아나톨 코라, 우리는 숲 속에 있어.

코라 아…… 숲 속…… 아름다워! 초록색 나무들과 나이팅게일들.

아나톨 코라…… 이제 모든 질문에 진실만을 말해야 해…… 어떻게 한다고, 코라?

코라 나는 진실만을 말할 거야.

아나톨 너는 모든 질문에 사실에 부합하는 답만을 말하게 될 거야. 그리고 네가 깨어나면 모두 다 잊어버리게 될 거야! 무슨 말인지 알겠어?

코라 응.

아나톨 자, 잠을 잔다…… 조용히 잠을 잔다. (막스에게) 이제 질문을 하겠어.

막스 코라가 몇 살이지?

아나톨 열아홉…… 코라, 몇 살이지?

코라 스물한 살.

막스 하하.

아나톨 쉿!…… 그거 참 기가 막히군…… 너는 거기서…….

막스 아, 코라가 자신이 이렇게 최면에 잘 걸린다는 사실을 알았더라면!

아나톨 암시가 효과가 있었어. 이제 계속 물어보자. ─ 코라, 날 사랑해? 코라…… 날 사랑해?

코라 응!

아나톨 (승리에 가득 차서) 들었어?

막스 자, 중요한 건 그녀에게 다른 남자가 없는가 하는 거잖아.

아나톨 코라! (돌아서면서) 그 질문은 바보 같아.

막스 왜?

아나톨 그렇게 질문할 수는 없어!

막스 ……?

아나톨 다른 식으로 질문해야겠어.

막스 난 그 질문이 충분히 정확하다고 생각하는데.

아나톨 아니야, 바로 그게 문제야. 질문이 충분히 정확하질 않아.

막스 왜?

아나톨 만약 내가 "너 다른 남자는 없니?"라고 물어보면 코라는 그 질문을 아주 넓은 의미에서 이해할 거야.

막스 그래서?

아나톨 코라는 아마도 옛일까지 합쳐서 생각하게 될 거야……
그러니까 다른 남자를 사랑하고 있었던 때를 생각하게 될지도
모르지…… 그러고는 "아니"라고 대답할 거야.

막스 그거 참 흥미롭군.

아나톨 고마워…… 난 코라가 나 이전에 다른 남자를 만났던 걸
알고 있어. 직접 내게 말한 적이 있지. "그래, 내가 너를 만날 줄
알았더라면, 그랬더라면……" 하고 말이야…….

막스 하지만 몰랐잖아.

아나톨 몰랐지.

막스 그리고 우리 질문과 관련해서 말하자면…….

아나톨 그래, 그 질문…… 그 질문은 적어도 이런 식으로는 뭔가
어설퍼.

막스 그럼 이렇게 질문해 봐. "코라, 너 나를 만난 이후로 다른
남자는 없었니?"

아나톨 음…… 그거 괜찮겠군. (코라 앞에서) 코라! 너는……
그것도 말이 안 돼!

막스 말이 안 된다고?

아나톨 자, 들어 봐…… 우리가 어떻게 알게 됐는지를 생각해 봐
야만 한다고. 우리는 우리가 이렇게 열정적으로 사랑하게 될 줄
은 꿈에도 생각하지 못했어. 처음 며칠 우리는 이 만남이 일시
적인 것이라고 생각했단 말이야. 혹시…….

막스 혹시……?

아나톨　혹시 코라가 다른 사람과의 관계를 정리하고 나서야 나를 사랑하기 시작했을지도 모르는 것 아니겠어? 이 아가씨가 나를 만나기 하루 전에, 나와 첫 마디를 주고받기 하루 전날 무슨 일을 겪었을까? 그렇게 갑작스럽게 옛 관계로부터 떨어져 나오는 일이 가능했을까? 어쩌면 며칠 동안 혹은 몇 주 동안 옛 관계를 차가운 사슬처럼 끌고 다녀야만 했던 것은 아닐까? 그래야만 했다는 거야, 내 말은.

막스　음……

아나톨　이렇게까지도 생각해 볼 수 있겠어…… 내가 그랬던 것처럼 그녀도 처음에는 그냥 분위기에 빠져 있었던 것뿐이야. 우리는 다르게 생각하지 않았어. 일시적인, 달콤한 행복 외에 우리는 서로에게 바라는 것은 아무것도 없었던 거야. 그리고 그녀가 바로 그 시점에 옳지 못한 일을 했다고 해서 내가 그녀에게 뭘 비난할 수 있겠어? 아무것도 없다고 — 전혀 아무것도.

막스　너 희한하게 너그럽구나.

아나톨　아니야. 전혀 그렇지 않아. 난 그저 현재의 유리한 상황을 그런 방식으로 이용하는 게 고상하지 못하다고 생각하는 것뿐이야.

막스　좋아, 고상한 생각이야. 하지만 난 네가 곤경에서 탈출하도록 도와주겠어.

아나톨　—?

막스　이렇게 물어보는 거야. "코라, 네가 나를 사랑하기 시작한 이후로 바람피운 적 없니?"

아나톨　그건 아주 분명한 것처럼 들리기는 하는데…….

막스　그런데?

아나톨　사실은 전혀 그렇지 못해.

막스　아!

아나톨　바람을 안 피운다! 대체 바람을 안 피운다는 게 뭐야? 생각을 좀 해 봐…… 그녀가 어제 기차 칸에 앉아 있었다고 해 봐. 그런데 맞은편에 앉아 있던 남자가 그녀의 발끝을 건드린 거야. 이제 수면 상태에 의해 극도로 고조된 독특한 집중력으로, 그리고 최면에 빠지면 모든 사람들이 소유하게 되는 세심한 감수성 속에서, 그녀가 **그런 상황**조차 바람피우는 것으로 인식하게 되리라는 가능성을 완전히 배제할 수는 없는 거야.

막스　나 참, 무슨 소리를 하는 거야!

아나톨　게다가 우리는 가끔 그 테마에 대해서 이야기를 나누곤 했는데, 그때 그녀가 어쩌면 조금은 과장된 나의 견해를 알게 되었기 때문에 더욱 더 그래. 나 스스로가 그녀에게 말했다고. "코라, 네가 다른 남자를 그저 한 번 바라만 보았다 하더라도 이미 너는 바람을 피운 거야."

막스　그랬더니 코라가 뭐래?

아나톨　그랬더니 코라는 나를 비웃으며 말했지. 어떻게 자기가 다른 남자를 쳐다볼 거라고 생각할 수 있느냐고 말이야.

막스　그런데도 너는 그렇게 생각하는 거야……?

아나톨　우연이라는 게 있어. 한번 생각해 보라고. 한 치한이 밤에 그녀를 따라가서는 그녀의 목에 키스를 해 버린단 말이지.

막스   그러니까―그건…….

아나톨   그러니까―그게 전혀 불가능하지는 않다 이거야!

막스   너 그러니까 물어보지 않겠다는 거구나.

아나톨   아니, 물어볼 거야…… 하지만…….

막스   너는 전부 말도 안 되는 얘기들만 늘어놓고 있어. 우리가 "바람피운 적 없니?" 하고 물어보면 여자들은 무슨 말인지 바로 알아듣는다고. 날 믿어. 네가 지금 사랑에 빠진 부드러운 목소리로 "바람피운 적 없니?" 하고 물어보면…… 그러면 코라는 어떤 남자의 발끝이나 치한이 목에다 한 키스 따위는 생각하지 않을 거야.―그저 우리가 일반적으로 '바람피운다'고 이해하는 것만 생각할 거야. 게다가 너는 대답이 충분치 않을 때, 모든 것을 밝혀 줄 다른 질문들을 할 수 있는 유리한 위치에 있잖아.

아나톨   그러니까 너는 내가 질문을 하기를 바라는구나…….

막스   내가?…… 질문을 하고 싶어 한 건 너였잖아!

아나톨   그러니까 내 머릿속에 방금 뭔가가 떠올랐어.

막스   뭐가?

아나톨   무의식적인 것!

막스   무의식적인 것?

아나톨   나는 말이야. 말하자면 무의식적인 상태라는 게 존재한다고 믿어.

막스   그래?

아나톨   그 상태는 저절로 생겨나기도 하지만, 인위적으로 그런 상태를 만들어 낼 수도 있어…… 마취적이고 도취적인 수단들을 통해서 말이야.

막스 좀 더 자세히 설명해 볼래?

아나톨 노을이 지는, 분위기 좋은 방을 한번 상상해 봐.

막스 노을이 지고…… 분위기가 좋다…… 상상해 보고 있어.

아나톨 그 방에 코라와…… 또 누군가 다른 한 남자가 있어.

막스 그래, 어떻게 코라가 거기에 있게 됐지?

아나톨 일단 그 문제는 내버려 두기로 하자. 뭐, 구실은 얼마든지
있으니까…… 됐어! 그런 일은 일어날 수 있다고. 어쨌든 — 몇
잔의 라인산 와인…… 방안을 짓누르는 이상하게 끈적끈적한
공기, 담배 냄새, 향수가 배인 벽지, 침침한 유리 샹들리에의
빛, 그리고 붉은 커튼 — 고독 — 고요 — 오로지 달콤한 말들의
속삭임만이 들리는…….

막스 ……!

아나톨 그런 분위기에선 이미 다른 사람들도 다 넘어갔어! 그녀
보다 더 나은, 더 얌전한 사람들도 말이야!

막스 그래, 다 좋은데, 난 아직도 그 "바람피우지 않는다"는 말의
개념과 그런 방에 다른 사람과 함께 들어갔다는 사실이 어울린
다고 생각할 수 없단 말이야.

아나톨 그런 수수께끼 같은 일들이 있는 법이야…….

막스 자, 봐, 이 친구야. 너는 가장 똑똑하다는 남자들조차 풀지
못해 괴로워했던 그 수수께끼의 해답을 바로 코앞에 두고 있어.
너는 단지 한마디만 하면 돼. 그러면 너는 네가 알고 싶어 하는
모든 것을 알 수 있다고. 질문 하나만 하면 — 네가 **혼자** 사랑받

는 몇 안 되는 사람들 중 하나인지 알게 돼. 아니면 네 경쟁자가 누구인지, 그놈이 어떻게 너를 이기고 그녀를 차지할 수 있었는지를 알 수 있게 된단 말이야—그런데 너는 그 말 한마디를 내 뱉지 않고 있잖아!—너는 운명에게 그 질문 하나를 던지지 않고 있는 거야! 그 질문을 하지 않고 있다고. 너는 며칠 밤낮을 고통스러워하고, 네 인생의 절반을 그 진실을 위해 바치기라도 할 태세였잖아. 그런데 이제 그 진실이 네 앞에 놓여 있는데, 너는 그 진실을 집어 올리기 위해 몸을 굽히지 않고 있는 거야! 왜인지 알아? 네가 사랑하는 여자가 정말로 네가 생각하는 다른 **모든 여자**들과 다를 바 없을까 봐 그런 거지. 그리고 네게는 역시 진실보다 환상이 천 배나 더 소중하기 때문에 그런 거야. 이제 장난은 집어치우고 아가씨나 깨워. 그리고 네가 기적을 행할 수도 있었다는 자랑스러운 인식 정도로 만족해.

아나톨 막스!

막스 뭐, 내 말이 틀렸니? 네가 조금 전에 했던 말들은 모두 나쁜만 아니라 너 자신도 속일 수 없는 도피이자 공허한 말들이란 사실을 너 스스로도 잘 알고 있잖아?

아나톨 (재빨리) 막스…… 말 좀 하자. 나, 할 거야. 그래, 그녀에게 물어볼 거라고.

막스 아하!

아나톨 하지만 기분 나빠하지 마—네 앞에서는 안 해!

막스 내 앞에서는 안 한다고?

아나톨 만약 내가 끔찍한 것, 그러니까 그녀에게 "아니, 난 바람을 피웠어"라는 대답을 듣게 된다면 ─ 그렇다면 나는 혼자서 그 말을 듣고 싶어. 불행하다는 것 ─ 그건 그저 절반의 불행일 뿐이고, 동정받는다는 것, 그것이 바로 완전한 불행인 거야! ─ 나는 그걸 원치 않아. 너는 내 가장 친한 친구지만, 바로 그렇기 때문에 나는 네 눈이 동정의 표현을 담고 나를 바라보는 것, 불행한 자에게 비로소 그가 얼마나 **비참한**지를 깨닫게 해 주는 그런 눈빛으로 나를 바라보는 걸 원치 않는단 말이야. 어쩌면 뭔가 또 다른 이유가 있는지도 모르겠어. ─ 어쩌면 네 앞에서 내가 창피해하고 있는지도 몰라. 어찌 됐든 너도 진실은 알게 될 거야. 만약 그녀가 바람을 피웠다면 너는 오늘 이후 그녀를 내 곁에서 다시는 볼 수 없을 거야! 그렇지만 너는 그 사실을 나와 함께 들어서는 안 돼. 바로 그게 내가 견딜 수 없어하는 거야. 이해하겠어……?

막스　그래. (악수를 한다.) 그럼 너와 코라 단둘이 남겨 둘게.

아나톨　역시 내 친구야! (막스를 문 쪽으로 배웅하며) 1분 안에 다시 부를게! ─ (막스 퇴장.)

아나톨　(코라 앞에 선다…… 그녀를 오랫동안 바라본다.) 코라!……! (머리를 흔든다. 이리저리 걸어 다닌다.) 코라! ─ (코라 앞에 무릎을 꿇는다.) 코라! 나의 달콤한 코라! ─ 코라! (일어선다. 결심한다.) 깨어나…… 그리고 내게 키스해 줘!

코라　(일어선다, 눈을 비비고는 아나톨의 목에 안긴다.) 아나톨! 나 오래 잤어?…… 그런데 막스 씨는 어디 있지?

아나톨　막스!

막스 (옆방에서 들어온다.) 나 여기 있어요!

아나톨 그래…… 너 꽤 오래 잤어 — 잠든 채로도 얘기를 했지.

코라 맙소사! 그래도 이상한 말은 하지 않았겠지?

막스 아나톨의 질문에 대답만 했어요!

코라 뭘 물어봤는데요?

아나톨 수천 가지 것들!……

코라 내가 모든 질문에 대답했어? 모든 질문에?

아나톨 모든 질문에.

코라 그런데 네가 뭘 물어봤는지 나는 알면 안 되는 거야?

아나톨 아니, 알면 안 돼! 그리고 내일 내가 다시 너를 최면에 걸어 줄게.

코라 아, 싫어! 다시는 안 해! 그거 무슨 마술 같아. 질문을 받아 놓고는 깨어나서 아무것도 기억하지 못하다니. — 틀림없이 나는 헛소리를 지껄였을 거야.

아나톨 그래…… 예를 들면 나를 사랑한다든가 하는……

코라 정말?

막스 코라가 믿지를 않는군! 잘 됐어!

코라 하지만 이봐…… 그런 말이라면 최면술에 걸리지 않고도 할 수 있어!

아나톨 나의 천사! (포옹)

막스 그럼 전 물러갑니다…… 안녕히! —

아나톨 벌써 가는 거야?

막스 그래야만 해.

아나톨 배웅 나가지 못해도 언짢아하지는 마. ―

코라 또 봐요!

막스 언짢아하긴. (문 옆에서) 한 가지는 확실해졌어. 여자들은 최면에 걸린 상태에서도 거짓말을 한다는 거야…… 하지만 두 사람은 행복해하는군 ― 그리고 그게 가장 중요한 거지. 잘 있어, 얘들아. (아나톨과 코라는 정열적인 포옹에 감싸여 있어 그가 말하는 것을 듣지 못한다.)

막

크리스마스 선물 사기

아나톨, 가브리엘레.

크리스마스이브 6시. 눈이 약간 내리고 있음. 빈의 거리.

아나톨 부인, 부인……!

가브리엘레 예?…… 아, 당신이군요!

아나톨 예!…… 부인을 따라왔어요! ─이것들을 전부 들고 가시는 걸 그냥 보고만 있을 수 없어서요! ─상자들을 주세요!

가브리엘레 아니에요, 고맙지만 괜찮아요! ─혼자서도 들고 갈 수 있어요.

아나톨 부탁입니다. 부인. 매너 좋은 사람이 한번 돼 볼까 하는데 너무 그렇게 힘들게 하지 마세요. ─

가브리엘레 그럼 뭐 ─여기 이걸 하나…….

아나톨 이건 아무것도 아니잖아요…… 그냥 주세요…… 그래요…… 이거요…… 그리고 이것도…….

가브리엘레 됐어요, 됐어요 — 너무 친절하시군요!

아나톨 친절해질 기회만 있다면요 — 기분 좋은 일이거든요!

가브리엘레 그걸 당신은 길거리에서만, 그리고 — 눈이 올 때에만 증명해 보이시네요.

아나톨 …… 그리고 늦은 밤에요 — 그리고 우연히 크리스마스인 경우에만요 — 그렇죠?

가브리엘레 당신을 한 번 만나는 건 대단한 기적이잖아요!

아나톨 알았어요, 알았어요…… 제가 요즘 한 번도 찾아뵙지 않았다는 말씀을 하시는 거죠 —.

가브리엘레 그래요, 뭐 대충 그런 뜻이에요.

아나톨 부인 — 요즘 전 아무도 방문하지 않아요. 아무도요! 그런데 — 남편께서는 어떻게 지내시죠? — 그리고 귀여운 아이들은 뭘 하나요? —

가브리엘레 그런 질문은 안 하셔도 돼요! — 당신이 그런 일에 관심이 전혀 없다는 걸 잘 알고 있다고요!

아나톨 이렇게 사람을 꿰뚫어 보는 분을 만나면 끔찍하다니까요!

가브리엘레 다른 사람은 몰라도 **당신은** 제가 잘 알지요!

아나톨 제가 원하는 만큼 잘 아시는 건 아니에요!

가브리엘레 당신 의견을 말하는 건 그만둬 주시겠어요! 예 — ?

아나톨 부인 — 그럴 수는 없어요!

가브리엘레 내 짐들을 다시 주세요!

아나톨 화내지 마세요 — 화내지 마세요!! — 이미 다시 얌전해졌다고요……. (아무 말 없이 나란히 서서 걸어간다.)

가브리엘레 무슨 얘기라도 좀 해 보세요!

아나톨 아무 얘기나요 ― 그러죠 ― 하지만 부인의 검열이 너무 엄격해서…….

가브리엘레 그러지 말고 아무 말이나 좀 해 봐요. 우린 이미 오랫동안 보지 못했잖아요…… 그런데 요즘 대체 뭐 해요? ―

아나톨 뭐 평소 그랬던 것처럼 아무것도 안 하죠!

가브리엘레 아무것도요?

아나톨 전혀 아무것도요!

가브리엘레 당신 같은 사람이 아무것도 안 한다니 정말 유감이에요!

아나톨 뭐…… 부인에게는 아무 상관도 없는 일이잖아요!

가브리엘레 어떻게 그런 말을 할 수 있죠?

아나톨 제가 무엇 때문에 제 인생을 이렇게 허비하고 있죠? ― 그게 누구 탓이죠? ― 누구?!

가브리엘레 제 짐들을 줘요! ―

아나톨 누구 탓을 한 게 아니었어요. 그냥 그렇게 허공에다 물어본 거라고요…….

가브리엘레 계속 산책이나 하려는 모양이지요?

아나톨 산책이라고요! 그 말에 굉장히 경멸하는 듯한 억양을 넣어서 말씀하시는군요! 마치 그것보다 더 좋은 일이 있기라도 한 것처럼! ― 그 말에는 뭔가 훌륭한 무계획성 같은 것이 담겨 있어요! ― 그런데 오늘은 제게 전혀 맞지 않는 말이에요 ― 오늘은 저도 할 일이 있습니다. 부인 ― 바로 부인처럼요!

가브리엘레 뭐라고요?!

아나톨 저도 크리스마스 선물을 사는 중이라니까요! ―

가브리엘레 당신이요?

아나톨 그런데 뭐가 좋을지 모르겠어요! ― 몇 주째 매일 밤 모든 거리의 모든 쇼윈도 앞에 서 있었는데도 말이에요! ― 이놈의 상인들은 취향도 없고 발명가 정신도 없더군요.

가브리엘레 그건 물건을 사는 사람들이 가져야 하는 거예요! 당신처럼 그렇게 할 일이 적은 사람들은 오래 생각하고 스스로 발명해 내지요 ― 그러고는 가을에는 이미 선물을 주문한다고요. ―

아나톨 아, 나는 그렇게 할 수 있는 사람이 아니에요! ― 그런데 크리스마스에 누구에게 선물을 하게 될지 가을에 알 수가 있나요? ― 지금도 크리스마스트리 앞에서 이미 두 시간이나 보냈어요 ― 그런데 아직도 전혀 모르겠어요, 전혀 모르겠다니까요 ―!

가브리엘레 도와줄까요?

아나톨 부인…… 부인이야말로 천사예요 ― 하지만 내게서 짐들을 빼앗아 가지는 마세요…….

가브리엘레 아니에요, 아니에요…….

아나톨 자, 천사님! 그렇게 불러도 되겠지요 ― 좋군요 ― 천사님! ―

가브리엘레 좀 조용히 해 줄래요?

아나톨 벌써 조용해졌습니다!

가브리엘레 그러니까 ― 뭔가 힌트를 좀 주세요…… 누구를 위한 선물이지요?

아나톨 …… 그게…… 뭐라 말하기가 좀 힘들어요……

가브리엘레 당연히 여자겠지요?!

아나톨 뭐, 그렇죠 — 부인께선 사람을 꿰뚫어 볼 줄 안다고 제가 오늘 이미 말했었죠!

가브리엘레 그런데 어떤…… 여자예요? — 진짜 숙녀인가요?!

아나톨 …… 그렇게 얘기하신다면 먼저 개념에 대해서 의견 통일을 봐야겠군요. 만약 상류 사회의 숙녀를 말씀하시는 거라면 — 그렇다면 완전히 맞지는 않아요…….

가브리엘레 그럼…… 하류 사회의?……

아나톨 좋아요 — 하류 사회의 숙녀라고 해 두죠.

가브리엘레 하긴, 충분히 생각할 수 있는 일이군요!

아나톨 빈정대지는 마세요!

가브리엘레 뭐, 난 당신 취향을 아니까요…… 이번에도 역시 뭔가가 우선이었겠죠 — 날씬한 금발!

아나톨 금발 — 그건 인정하죠……!

가브리엘레 …… 그래요, 그래…… 금발…… 참 이상해요. 당신이 항상 변두리에 사는 그런 아가씨들과 상대하다니요 — 그것도 항상 말이에요.

아나톨 부인 — 그건 **제** 탓이 아니에요.

가브리엘레 그만두시죠! — 뭐, 당신이 당신 장르에 머무르는 것도 아주 좋아요…… 만약 당신이 항상 승리하는 땅을 잃어버린다면 크게 잘못된 일이겠죠…….

아나톨 하지만 제가 대체 뭘 어쩔 수 있겠어요 — 변두리의 여자들만 절 사랑한다고요…….

가브리엘레 변두리에선…… 사람들이 당신을 이해하나요?

아나톨 몰라요! ─ 하지만, 아시겠어요…… 저 하류 사회에서 전 사랑을 받아요. 상류 사회에선 ─ 그저 이해받을 뿐이죠 ─ 잘 아시잖아요…….

가브리엘레 전혀 모르겠어요…… 그리고 더 이상 아무것도 알고 싶지 않군요! ─ 이리 오세요…… 여기가 바로 딱 맞는 상점이 에요…… 저기에서 당신 애인을 위해 뭔가 사기로 하죠…….

아나톨 부인! ─

가브리엘레 자, 이제…… 한번 보죠…… 저기…… 세 종류의 향 수가 들어 있는 작은 보석함이요…… 아니면 여기 비누가 여섯 개 들어 있는 거요…… 파슬리 향…… 시프레 향…… 조키 클 럽 ─ 이거 틀림없이 괜찮을 거예요 ─ 그렇지 않아요?!

아나톨 부인 ─ 별로 **멋지지** 않으시군요!

가브리엘레 아니면, 잠깐 기다려 봐요, 여기……! ─ 보세요…… 여섯 개의 가짜 보석이 박힌 이 작은 브로치요 ─ 생각해 보세 요 ─ 여섯 개나 박혀 있다고요! ─ 멋지게 반짝거리네요! ─ 아 니면 환상적인 장식이 달린 이 작고 매력적인 팔찌…… 그 중 하나는 진짜 모렌콥프* 모양을 하고 있어요! ─ 이거 정말 대단 히 멋져 보일 거예요…… 변두리에서는요!……

아나톨 부인 ─ 틀렸어요! 부인은 그 아가씨들을 몰라요 ─ 그 아 가씨들은 부인이 생각하시는 것과 달라요…….

가브리엘레 그리고 저기요…… 아, 정말 매력적이야! ─ 이리 가까이 와 보세요 — 자 — 이 모자는 어때요!? — 이 모양은 2년 전에 굉장히 모던한 거였어요! 그리고 이 깃털 — 정말 멋지게 물결치네요 — 그렇지 않아요!? 이거 정말 대단해 보일 거예요 — 헤르날스에서는요?!

아나톨 부인…… 헤르날스 얘기는 나온 적도 없어요…… 게다가 부인께서는 헤르날스 사람들의 취향을 과소평가하고 계신 것 같네요…….

가브리엘레 그래요…… 당신 정말 어렵군요 — 그러지 말고 저를 좀 도와주세요 — 대충이라도 말해 주세요 — .

아나톨 제가 어떻게 그걸……?! 부인은 거만하게 미소 지을 거잖아요 — 뭐라고 얘기하든 말이에요!

가브리엘레 아, 아니에요, 아니에요! — 가르쳐만 주세요……! 우쭐대는 성격인가요 — 아니면 겸손한가요? — 키가 큰가요, 아니면 작은가요? 화려한 색깔을 좋아하나요……?

아나톨 당신의 친절함을 받아들이지 말았어야 했어요! — 비웃고만 있군요!

가브리엘레 아, 아니에요, 잘 듣고 있어요! — 그러지 말고 그녀에 대해서 얘기 좀 해 봐요!

아나톨 겁나서 못하겠군요 — .

가브리엘레 한번 해 봐요!…… 언제부터……?

아나톨 그만두죠!

가브리엘레 전 계속 해야겠어요! — 언제부터 그녀를 알고 지냈죠?

아나톨 꽤 — 오래됐어요!

가브리엘레   이런 식으로 꼬치꼬치 캐묻게 하지 말아요……! 한 번 처음부터 끝까지 얘기해 봐요……!

아나톨   얘기할 게 전혀 없어요!

가브리엘레   하지만, 어디서 알게 됐는지, 그리고 어떻게 언제, 또 대체 어떤 여자인지 ─ 이런 게 알고 싶단 말이에요!

아나톨   좋아요 ─ 하지만 따분한 얘기예요 ─ 미리 밝혀 둬야겠어요.

가브리엘레   그래도 내겐 흥미로울 거예요. 난 정말 그런 세상에 대해서 한번 들어보고 싶다니까요! ─ 대체 그게 어떤 세상인지? ─ 난 전혀 모르거든요!

아나톨   들어도 아마 전혀 이해 못할 거예요!

가브리엘레   이거 보세요!

아나톨   부인은 부인의 영역에 속하지 않는 모든 것들을 일괄적으로 경멸하고 있어요! ─ 아주 잘못된 일이지요.

가브리엘레   그러나 난 아주 잘 배워요! ─ 사람들이 내게 그런 세상에 대해서는 전혀 말해 주지 않는 걸요! ─ 제가 어떻게 알 수 있겠어요?

아나톨   하지만…… 부인은 ─ 그곳 사람들이 부인에게서 뭔가를 빼앗아 간다는 막연한 느낌을 가지고 있어요. 감춰진 적개심이지요!

가브리엘레   제발 그만둬요. 내가 주지 않겠다고 마음먹으면 ─ 아무것도 빼앗아 갈 수 없어요.

아나톨   그래요…… 하지만, 당신 스스로 무언가를 원하지 않는다

고 해도…… 다른 사람이 그걸 가지게 되면 화가 나잖아요?─

가브리엘레   아─!

아나톨   부인…… 그건 그냥 정말 여성적인 거예요! 그리고 그렇게 여성적인 것이기 때문에─아마도 최고로 고귀하고 아름답고 또 심오한 것일 거예요……!

가브리엘레   어떻게 그런 아이러니한 말을 생각해 냈는지 모르겠군요!!

아나톨   어떻게 생각해 냈느냐구요?─말씀해 드리죠. 저도 한때는 착한 사람이었어요─신뢰로 가득 차 있었고─그리고 제 말에는 비웃음도 없었어요…… 그리고 전 이런저런 상처들을 조용히 참아 냈죠…….

가브리엘레   낭만적으로 말하지만 마세요!

아나톨   진짜 상처들─그래요!─기가 막힌 순간에 듣는 "아니"라는 말조차, 그 말이 제가 사랑하는 입술에서 나왔을지라도─전 극복할 수 있었어요.─하지만 두 눈으로는 백 번을 "어쩌면"이라고 하면서 말로는 "아니"라고 할 때─입술로는 백 번을 "그럴 수도 있겠네요!"라고 웃으면서─목소리의 톤은 백 번을 "당연히"라고 말하고 있는데─말로는 "아니"라고 할 때는 정말─.

가브리엘레   우리 뭔가 사려고 했잖아요!

아나톨   그런 "아니"라는 말은 사람을 바보로 만들어요…… 아니면 냉소적인 사람으로 만들든지!

가브리엘레   …… 당신은 제게…… 얘기를 해 주려고 했잖아요…….

아나톨   좋아요 — 부인께서 어찌 됐든 아무 얘기라도 듣기를 원하신다면요…….

가브리엘레   당연히 전 듣기를 원해요!…… 그 여자를 어떻게 알게 됐지요……?

아나톨   맙소사 — 어떻게 사람이 누군가를 알게 되지요! — 길거리에서 — 춤을 추다가 — 버스에서 — 우산 아래서 —.

가브리엘레   하지만 — 아시잖아요 — 제 관심은 당신의 이 특별한 경우라고요. 우리는 바로 이 특별한 경우를 위해 뭔가를 사려는 거잖아요!

아나톨   저기…… "하류 사회"에는 특별한 경우란 없어요 — 원래는 상류 사회에서도 마찬가지지만요…… 당신들은 정말 모두 너무 전형적이에요!

가브리엘레   아저씨! 이제 시작해 보시지요 —.

아나톨   모욕하는 말이 아니에요 — 전혀 아니에요! — 저 역시도 특별한 존재가 아니라 일반적인 유형일 뿐이에요!

가브리엘레   어떤 유형이죠?

아나톨   …… 경솔하고 우울한 사람!

가브리엘레   …… 그러면…… 그러면 나는요?

아나톨   부인은요? — 아주 간단해요. 사교계의 여인!

가브리엘레   그렇군요……!…… 그러면 그 아가씨는요?

아나톨   그녀요? 그녀는…… 귀여운 아가씨죠!

가브리엘레   귀여운? 곧바로 "귀여운"이라고요? — 그리고 저는 — 그냥 "사교계의 여인"이고요 —.

아나톨　못된 사교계의 여인이라고 해 두죠―군이 원하신다면……

가브리엘레　어쨌든…… 이제 그만 그…… 귀여운 아가씨에 대해서 얘기 좀 해 봐요!

아나톨　그 아가씨는 황홀하게 예쁘지도 않고요―특별히 우아하지도 않아요―그리고 전혀 똑똑하지도 않지요…….

가브리엘레　그 아가씨가 뭐가 **아닌지**를 알고 싶은 게 아니거든요―.

아나톨　하지만 그녀는 봄날 밤의 부드러운 사랑스러움을 가지고 있어요…… 그리고 마법에 걸린 공주의 매력도 가지고 있지요…… 그리고 또 어떻게 사랑해야 하는지 아는 소녀의 정신을 가지고 있고요!

가브리엘레　그런 종류의 정신은 뭐 아주 많이 퍼져 있겠군요…… 그 하류 사회엔 말이에요!……

아나톨　부인은 그 세상의 사람들처럼 느낄 수가 없어요!…… 부인께서 어린 소녀였을 때 사람들은 너무 많은 것을 숨겨 왔고―또 젊은 부인이 되고 나서는 너무 많은 것을 이야기해 줬지요!…… 부인의 생각들은 그래서 순진하기 힘든 거예요―.

가브리엘레　하지만 제가 말하잖아요―전 배우려고 한다니까요…… 전 당신의 그 "마법에 걸린 공주"라는 말까지도 믿었는 걸요!―그 아가씨가 쉬고 있는 마법의 정원이 어떤 모습인지만 말해 봐요―.

아나톨　물론 무거운 커튼이 드리워진 그런 호화로운 살롱을 생각하시면 안 돼요 — 구석에 놓여 있는 마른 꽃으로 만든 화환, 작은 장식품들, 여러 개의 세워 놓는 등, 무광의 벨벳…… 그리고 오후에 가짜로 만들어진 새벽 분위기…… 뭐 그런 것들이 있는 살롱 말이에요.

가브리엘레   난 내가 뭘 생각해선 안 되는지를 알고 싶은 게 아니라니까요…….

아나톨   그러니까 — 생각해 보세요 — 작고 어둑한 방 — 아주 작고 — 페인트칠한 벽들 — 그것도 너무 밝게 칠해진 거예요 — 빛바랜 글씨가 쓰여 있는 몇 개의 낡고 조악한 동판화들이 여기저기에 걸려 있죠 — 갓을 씌운 등이 매달려 있어요. — 밤이 되면 창밖으로 어둠에 잠긴 지붕들과 굴뚝들을 내다볼 수 있지요! 그리고 — 봄이 오면 건너편 정원에 꽃이 피고 향기가 나요…….

가브리엘레   얼마나 행복하면 크리스마스에 벌써 5월을 생각할까!

아나톨   그래요 — 저는 **그곳에서** 정말 가끔씩 행복해요!

가브리엘레   됐어요, 됐어요! — 늦어지네요 — 우린 그 아가씨를 위해서 뭔가 사려고 했던 거잖아요!…… 그 페인트칠한 벽이 있는 방에 놓을 건 어떨까요?

아나톨   그 방엔 모자라는 게 없어요!

가브리엘레   그래요…… 그녀에게는 그렇겠죠! — 저도 그러리라 생각해요! — 하지만 당신에게 — 그래요, 당신에게요! 그 방을 당신의 방식대로 꾸며 주고 싶어요!

아나톨   제게요? —

가브리엘레   페르시아산 카펫으로…….

아나톨　나 참, 그만두세요 — 저기로 나가요!

가브리엘레　빨간색과 녹색의 작은 유리 조각으로 된 등은요……?

아나톨　흠!

가브리엘레　신선한 꽃을 담은 화병 몇 개는요?

아나톨　좋아요…… 하지만 난 **그녀**에게 뭔가를 가져다주고 싶다고요.

가브리엘레　아, 그렇군요…… 맞아요 — 결정을 해야만 해요 — 그 아가씨는 아마도 벌써부터 당신을 기다리고 있겠지요?

아나톨　물론이죠!

가브리엘레　그녀가 기다려요? — 한번 말해 보세요…… 그 아가씨가 당신을 어떻게 맞이하지요?

아나톨　아 — 사람들이 보통 하는 것처럼 해요 —.

가브리엘레　그녀는 당신의 걸음 소리를 계단을 올라올 때부터 듣고 있지요 — 그렇지 않아요?

아나톨　그렇죠…… 가끔씩…….

가브리엘레　그러고는 문 옆에 서 있나요?

아나톨　예!

가브리엘레　그러고는 목을 끌어안고 — 당신에게 키스를 하고는 — 그러고는 말하겠죠…… 뭐라고 말해요……?

아나톨　그런 경우에 보통 사람들이 하는 말요…….

가브리엘레　자…… 예를 들어서요!

아나톨　그런 예를 모르겠네요.

가브리엘레　어제는 뭐라고 그랬어요?

아나톨 아 — 대단한 거 아니에요…… 그 목소리의 톤을 함께 듣지 않으면 너무 단순하게 들려요.

가브리엘레 그 톤은 제가 함께 생각해 보도록 할게요. 자 — 뭐라고 했어요?

아나톨 …… "너무 기뻐, 자기를 다시 차지할 수 있게 돼서!"

가브리엘레 "너무 기뻐" — 뭐라고요?!

아나톨 "자기를 다시 차지할 수 있게 돼서!"……

가브리엘레 …… 그거 멋지군요 — 아주 멋져요! —

아나톨 그래요…… 그 말은 진심이고 또 사실이에요.

가브리엘레 그리고 그녀는…… 항상 혼자인가요? — 당신들은 항상 방해를 받지 않고 만날 수 있어요!? —

아나톨 뭐, 그렇죠 — 그녀는 혼자 살고 — 완전히 혼자예요 — 아버지도 없고, 어머니도 없고…… 고모나 이모조차 없어요!

가브리엘레 그리고 당신은…… 그녀에게 전부인가요……?

아나톨 …… 그럴 수 있죠! …… 오늘은……. (침묵.)

가브리엘레 …… 너무 늦어지는군요 — 보세요, 거리가 벌써 텅 비었어요.

아나톨 아 — 제가 부인을 붙들고 있었군요! — 집으로 가셔야 하는데요. —

가브리엘레 물론이죠 — 물론이에요! 벌써 저를 기다리고 있을 거예요! — 선물은 어떻게 하죠……?

아나톨 아 — 뭔가 작은 걸 하나 찾을 수 있을 거예요……!

가브리엘레 그걸 누가 알겠어요, 누가 알겠어요! — 그리고 전 이미 당신의…… 그러니까 그 아가씨에게…… 줄 선물을 찾기로 결심했지요……!

아나톨 그만두세요, 부인!

가브리엘레 …… 당신이 그녀에게 크리스마스 선물을 가져다 줄 때 그 자리에 있고 싶군요!…… 그 작은 방과 귀여운 아가씨를 너무나 보고 싶어졌어요! ─ 그 아가씨는 자기가 얼마나 행복한지 전혀 모르고 있어요!

아나톨 ……!

가브리엘레 하지만 뭐, 제 짐들을 주세요! ─ 너무 늦었어요…….

아나톨 예, 그러죠! 여기 있어요 ─ 하지만…….

가브리엘레 자 ─ 저기 우리 쪽으로 오는 마차에 손짓 좀 해 주세요…….

아나톨 이렇게 서둘러서요, 갑자기?!

가브리엘레 부탁해요, 자! (아나톨이 손짓한다.)

가브리엘레 고마워요……! 그런데 선물은 어쩐다죠……? (마차가 멈춰선다. 두 사람은 그대로 서 있다. 아나톨이 마차 문을 열려고 한다.)

가브리엘레 잠깐만요! ─…… 내가 직접 그 아가씨에게 뭔가를 선물하고 싶어요.

아나톨 부인이요……?! 부인께서 직접…….

가브리엘레 뭘 준다?! ─ 여기요…… 받으세요…… 이 꽃이요…… 아주 간단해요, 이 꽃이요……! 그냥 인사일 뿐이에요, 그 이상은 절대 아니에요…… 하지만 …… 제가 하는 말도 함께 전해 주셔야 해요. ―

아나톨 부인 ― 정말 친절하시군요 ―.

가브리엘레 약속해 주세요. 아가씨에게 이걸 주면서…… 제가 이제부터 하는 말을 함께 전해 주세요 ―.

아나톨 그럴게요.

가브리엘레 약속하지요?

아나톨 예…… 기꺼이 그렇게 할게요! 왜 그러지 않겠어요!

가브리엘레 (마차 문을 연다.) 그러니까 그 아가씨에게 이렇게 말해 주세요…….

아나톨 어떻게요……?

가브리엘레 이렇게 말해 주세요. "이 꽃은, 나의…… 귀여운 아가씨, 아마도 너처럼 사랑을 할 수는 있지만 그럴 만한 용기를 가지지 못했던 한 부인이 너에게 선물하는 거야……."

아나톨 부…… 부인!? ――

(가브리엘레 마차에 오른다―――마차는 떠난다. 거리엔 사람들이 거의 사라졌다―아나톨은 마차가 모서리를 돌아설 때까지 오랫동안 그 뒷모습을 바라본다…… 잠시 그대로 서 있는다. 그러고는 시계를 보고 나서 서둘러 사라진다.)

막

에피소드

아나톨, 막스, 비앙카.

막스의 방. 전체적으로 어두움. 어두운 붉은색의 벽지. 출입문을 가리는 커튼 역시 어두운 붉은색. 뒤쪽 중간에 문. 관객 쪽에서 왼편에 또 다른 문. 방의 한가운데에 커다란 책상. 그 위에 갓을 씌운 등이 하나 서 있다. 책상에는 책과 인쇄물들도 놓여 있다. 오른쪽 앞에 높은 창. 오른쪽 구석에는 불이 활활 타오르고 있는 벽난로. 그 옆에는 짙은 붉은색의 불가리개가 아무렇게나 놓여 있다.

막스　(시가를 태우면서 책상 앞에 앉아 편지 한 장을 읽고 있다.) "친애하는 막스 씨! 제가 다시 왔습니다. 아마도 신문에서 보셨겠지만, 우리 서커스단은 석 달 동안 여기에 머무를 거예요. 첫날 밤은 우정을 위해 바칠 생각입니다. 오늘 밤에 당신을 찾아뵙겠습니다. 비비⋯⋯." 비비⋯⋯ 그러니까 비앙카로군⋯⋯

그래, 그녀를 기다리자. (누군가 방문을 두드린다.) 벌써 온 건가? 들어오세요!

아나톨　(커다란 꾸러미를 팔에 끼고 들어온다. 어두운 표정.) 안녕!

막스　아 ─ 뭘 가져온 거야?

아나톨　내 과거를 위한 피난처를 찾고 있어.

막스　그게 도대체 무슨 소리야?

아나톨　(꾸러미를 막스에게 건넨다.)

막스　응?

아나톨　여기 내 과거, 내 젊은 시절의 삶 전체를 가져왔어. 네가 맡아 줘.

막스　기꺼이 그렇게 하지. 그렇지만 좀 더 자세히 설명해 줄래?

아나톨　앉아도 돼?

막스　그런데 너 왜 그렇게 격식을 차리는 거야?

아나톨　(자리에 앉는다.) 시가 한 대 피워도 돼?

막스　자, 이거 피워. 올해 수확한 담뱃잎으로 만든 거야.

아나톨　(받은 담배에 불을 붙인다.) 아 ─ 훌륭해!

막스　(아나톨이 책상에 올려놓은 상자를 가리키며) 그래서……?

아나톨　저 젊은 날의 삶은 이제 내 집에는 놓아둘 데가 없어. 난 도시를 떠날 거거든.

막스　아!

아나톨　언제가 될지는 모르지만 새로운 삶을 시작할 거야. 그러기 위해서 나는 자유롭고 또 혼자여야만 해. 그래서 나는 과거와 결별하는 거야.

막스   새 여자 친구가 생긴 거구나.

아나톨   아니야 — 옛날 여자 친구가 잠시 없는 것뿐이야……. (서둘러 말을 마치고 꾸러미를 가리키면서) — 네게 이 사소한 것을 맡겨 놓아도 되겠지?

막스   사소한 것이라고 말하는구나 — ! 그렇다면 왜 태워 버리지 않는 거야?

아나톨   그럴 수가 없어.

막스   어린애 같기는.

아나톨   아, 아니야. 그건 내 나름대로 신뢰를 지키는 거야. 내가 사랑했던 그 누구도 나는 잊을 수가 없어. 이 편지들, 꽃들, 또 머리카락들을 이리저리 뒤집어 보면 — 가끔씩 와서 이것들을 들춰 보도록 허락해 줘야 해 — 그러면 나는 다시 그녀들 곁에 있는 거야. 그녀들이 다시 살아나고 나는 그녀들을 새롭게 열렬히 사랑하는 거지.

막스   그러니까 넌 우리 집에서 옛 애인들과 밀회를 즐기겠다는 거야?

아나톨   (거의 듣지 않으면서) 가끔 그런 생각이 들 때가 있어. 내 모든 옛 여인들을 다시 나타나게 하는 그런 주문이 있다면…… 하는 생각 말이야. 마술을 부려 그녀들을 무(無)로부터 만들어 낼 수만 있다면!

막스   그렇다면 그 "무"는 참 다양한 것이겠군.

아나톨 그래, 그래…… 내가 바로 그 주문을 말한다고 생각해 봐…….

막스 어쩌면 효과가 있는 말을 찾아내게 될지도 몰라…… 예를 들어: 나의 유일한 사랑아!

아나톨 그러니까 내가 외치는 거야: 나의 유일한 사랑아……! 그러면 그녀들이 나타나는 거지. 하나는 교외의 어떤 자그마한 집에서 나오고, 또 하나는 남편의 화려한 살롱에서 나오고 ― 하나는 극장의 분장실에서 나오고…….

막스 여럿이 나오겠지!

아나톨 여럿이라고 ― 좋아…… 하나는 옷 가게에서 나오고…….

막스 하나는 새로운 남자 친구의 품에서 나오고 ― .

아나톨 또 하나는 무덤에서…… 하나는 여기에서 ― 또 다른 하나는 저기에서 ― 이제 모두 다 모였어.

막스 그 주문은 말하지 않는 게 좋겠어. 그렇게 해서 만들어진 여자들의 모임은 분위기가 좋지 않을 것 같아. 왜냐하면 모두 널 사랑하는 건 그만뒀을지 몰라도 ― 질투하는 걸 그만둔 사람은 하나도 없을 거거든.

아나톨 아주 똑똑하군…… 그러면 모두 평화롭게 쉬거라.

막스 그러면 이제 이 멋진 꾸러미를 둘 자리를 찾아야겠군.

아나톨 아마 넌 이걸 나눠야 할 거야. (꾸러미를 연다. 끈으로 묶인 작고 우아한 꾸러미들이 보인다.)

막스 아!

아나톨 전부 잘 정돈되어 있어.

막스 이름에 따라서?

아나톨 아, 아니야. 모든 꾸러미들은 제목을 하나씩 달고 있어. 시구, 단어, 설명 등등 그 경험을 다시 기억나게 해 주는 제목들 말이야. 이름은 전혀 적혀 있지 않아 — 마리니, 안나니 하는 이름은 결국 누구나 다 가지고 있는 거 아니야.

막스 한번 읽어 보자.

아나톨 내가 그들을 모두 기억하고 있을까? 몇 년 동안 저렇게 넣어 놓고 쳐다보지도 않은 것들이 있거든.

막스 (작은 꾸러미 하나를 들고 제목을 읽으면서)

"너 매혹적인 아름다운 이여, 우아한 이여, 야성적인 여인이여,

내가 너의 몸을 감싸안게 하라;

내가 너의 목에 입을 맞춘다, 마틸데여,

너 비밀스럽고 달콤한 여인이여!"

…… 이거 이름이 나오는데 — ? 마틸데!

아나톨 그래, 마틸데. — 하지만 그녀의 진짜 이름은 아니야. 그녀의 목에 입을 맞추긴 했지만.

막스 누구였는데?

아나톨 묻지 마. 그녀는 내 품에 안겼었고 그걸로 된 거야.

막스 자, 그럼 마틸데는 그만두자. — 그런데 어쨌든 아주 작은 꾸러미로군.

아나톨 그래, 머리카락 한 가닥만 들어 있어.

막스 편지는 전혀 없어?

아나톨 아 — 그 애가? 그러려면 아마 엄청 노력을 기울여야 했을

거야. 게다가 모든 여자들이 다 편지를 쓴다면 우린 어떻게 되겠어? 자, 마틸데는 치워 두자.

막스 (위에서와 같이) "연애를 할 때 모든 여자들은 다 똑같다: 거짓말이 들통 나면 뻔뻔스러워진다."

아나톨 그래, 진짜로 그래!

막스 그건 누구였는데? 꽤 무거운 꾸러미인데?

아나톨 거짓말로만 가득 찬 편지 여덟 장이야! 치워.

막스 그리고 그 여자도 뻔뻔스러웠단 말이지?

아나톨 내가 거짓말을 알아차렸을 때 그랬어. 그 여자 얘기는 그만두자.

막스 뻔뻔스러운 거짓말쟁이는 저리 가라.

아나톨 욕하지는 마. 그녀는 내 품에 안겼었어 — 그러니까 그녀는 신성하다는 얘기야.

막스 최소한 좋은 이유기는 하군. 자 계속하자. (위에서와 같이)
"나쁜 기분을 날려 없애기 위해
나는 네 남편을 생각한다, 나의 여인아.
그래 그러면, 나의 달콤한 연인아, 그러면 나는 미소를 지을 수밖에 없다.
정말로 너무나 우스운 일들이 있는 법이거든."

아나톨 (미소를 지으며) 아 그래, 그 여자야.

막스 — 대체 안에 뭐가 들었지?

아나톨 사진 한 장. 남편과 함께 찍은 거야.

막스 그 남자를 알았어?

아나톨 당연하지, 그렇지 않았더라면 웃을 수가 없었겠지. 돌머리였어.

막스 (심각하게) 그는 그녀의 품에 안겼었다. 그러니 그도 신성하다.

아나톨 됐네.

막스 즐겁고 달콤한 여인과 그녀의 우스꽝스런 신랑은 치워 두고…… (새로운 꾸러미를 꺼내면서) 이건 뭐야? 한 단어네?

아나톨 뭔데?

막스 "따귀."

아나톨 아, 생각났어.

막스 끝날 때 얻어맞았나 보지?

아나톨 아, 아니야. 그게 시작이었어.

막스 아, 그렇군! 그리고 여기…… "불을 붙이는 것보다 불꽃의 방향을 바꾸는 것이 더 쉽다." — 이게 무슨 소리야?

아나톨 그러니까, 나는 불꽃의 방향만 바꿨던 거야. 불을 붙인 건 다른 사람이었지.

막스 불꽃은 치우고…… "그녀는 항상 낙인을 가지고 다닌다." (질문하듯 아나톨을 바라본다.)

아나톨 그건 말이야. 그녀는 거기 적혀 있는 것처럼 항상 낙인을 가지고 다녔다는 거야 — 모든 경우에 말이야. 하지만 아주 예뻤어. 그런데 난 그녀의 베일 하나만 가지고 있을 뿐이야.

막스 그래, 만져 보니 그런 것 같다…… (계속 읽으면서) "어떻게 너를 잃어버렸던가?"…… 그래, 어떻게 잃어버린 거야?

아나톨 그걸 모르겠다니까. 그녀가 없어진 거야—내 삶에서 갑자기. 장담하는데, 그런 일들이 종종 일어난다니까. 그러니까 그건 어딘가에 우산을 두고 왔는데 며칠이 지난 뒤에야 생각나는 것과 비슷한 거야…… 그런 때면 언제 어디서 잃어버렸는지 생각이 나질 않거든.

막스 잃어버린 여인이여, 안녕. (위에서와 같이) "너는 달콤하고 사랑스러운 것이었느니라."

아나톨 (꿈을 꾸듯 계속한다.) "손가락에 바늘에 찔린 상처가 있는 여자."

막스 코라다—그렇지?

아나톨 그래—너도 그 애를 알고 있었지.

막스 그 애가 어떻게 됐는지 아니?

아나톨 나중에 또 만난 적이 있어—목수의 부인이 되었더군.

막스 정말이야!

아나톨 그래, 손가락에 바늘에 찔린 상처가 있는 여자들은 그렇게들 끝이 나지. 도시에서 연애를 하고 교외에서 결혼을 하는 거야…… 보물 같은 여자였어!

막스 잘 가라—! 그리고 이건 뭐지? …… "에피소드"—아무것도 안 들어 있네? 먼지밖에 없어!

아나톨 (봉투를 집어 들며) 먼지라고—? 원래는 꽃이었는데!

막스 에피소드라니 그게 무슨 뜻이야?

아나톨 아, 아무것도 아니야. 그냥 우연히 떠오른 생각이었어. 그저 하나의 에피소드, 두 시간짜리 소설 한 편에 불과할 뿐 그 이

상은 아니라는 거지!…… 먼지라, 그래! ─ 그렇게 달콤했던 것
으로부터 아무것도 남아 있지 않다는 건 원래 슬픈 일이야. ─
그렇지 않아?

막스 그래, 분명 슬픈 일이지…… 하지만 어떻게 그런 제목을 붙
이게 됐지? 다른 모든 봉투에도 그렇게 써 넣을 수 있는 거잖아?

아나톨 그렇기는 해. 하지만 다른 때에는 그런 생각이 나지 않았
어. 내가 대단한 사람이라고 생각했던 예전에 특히 더 그랬는
데, 이 여자, 저 여자와 연애를 할 때면 흔히 '너 불쌍한 아이
야─너 불쌍한 아이야!'라는 말이 내 입가에 맴돌았어.

막스 왜?

아나톨 그러니까 나는 내가 위대한 정신을 가진 사람 중 하나라
고 생각했던 거야. '이 소녀들과 여인들 ─ 이 대지 위를 떠도는
내 이 청동의 걸음으로 그녀들을 짓밟는다. 내가 너희를 밟고
지나가는 것은 세계의 법칙이다'라고 나는 생각했던 거야.

막스 너는 꽃들을 휩쓸고 지나가는 폭풍이었다, 그거지?

아나톨 그래! 나는 그렇게 휩쓸고 지나갔던 거야. 바로 그래서
나는 생각했던 거지. '너 불쌍한, 불쌍한 아이야'라고 말이야.
하지만 내가 틀렸어. 나는 이제 내가 위대한 사람들에 속하지
않는다는 사실을 알아. 그리고 서글픈 건 내가 그 사실에 익숙
해져 버렸다는 거야. 하지만 그때는 달랐지!

막스 그래, 그런데 그 에피소드란 건 뭐야?

아나톨 음, 그것도 바로 그런 거였어…… 그러니까 그 아가씨도
내가 길을 가던 중 발견한 그런 존재였지.

막스   그리고 짓밟아 버렸던.

아나톨   지금 생각해 보면 그녀야말로 정말 짓밟아 버렸던 것 같아.

막스   아!

아나톨   그래, 들어 봐. 그건 사실은 내가 경험해 본 모든 것 중 가장 멋진 것이었어…… 하지만 그걸 말로 네게 전달해 줄 수는 없어.

막스   왜?

아나톨   왜냐하면 그건 상상할 수 있는 가장 일상적인 얘기거든…… 그건 정말…… 별 볼일 없는 일이었어. 너는 그때의 아름다움을 전혀 느끼지 못할 거야. 그 모든 일에서 불가사의한 것은 내가 그것을 경험했다는 사실이야.

막스   그래서?

아나톨   그러니까 나는 내 피아노 앞에 앉아 있었지…… 내가 그때 살고 있던 작은 방이었어. 밤이었고…… 그녀를 알게 된 지 두 시간 후였어…… 붉은색과 녹색 유리로 된 등이 불타고 있었지 ―나는 이 등 얘기를 의도적으로 하는 거야. 그것도 얘기의 한 부분을 차지하거든.

막스   그런데?

아나톨   그래! 그러니까 나는 피아노 앞에 앉아 있었지. 그녀는 내 발 밑에 앉아 있었는데, 그래서 나는 페달을 밟을 수가 없었어. 그녀는 내 허벅지에 머리를 기대고 있었고, 그녀의 엉클어진 머리는 녹색으로 또 붉은색으로 반짝거렸어. 나는 멋대로 피아노를 쳤어. 왼손으로만 말이야. 내 오른손은 그녀가 자기 입술에 대고 있었어…….

막스 그래서?

아나톨 항상 그 기대로 가득 찬 "그래서"…… 사실은 그 이상은 아무것도 없었어…… 그녀를 안 지 두 시간이 되었고, 오늘 밤 이후론 아마 다시는 그녀를 보지 못할 것이라는 사실을 알고 있었어. —그녀가 그렇게 이야기했거든— 그리고 나는 그때 내가 이 순간 미치도록 사랑받고 있다는 것을 느꼈어. 그리고 그 느낌이 나를 완전히 감싸안았어 —공기가 온통 취해 버린 것 같았고 사랑의 냄새가 났지…… 이해할 수 있겠어? (막스가 고개를 끄덕인다.) —그리고 나는 다시 그 바보 같고도 신적인 생각을 한 거야. 너 불쌍하고 —불쌍한 아이야! 그러고는 이 모든 일들의 에피소드적인 성격, 일회적인 성격을 너무나도 분명하게 인식한 거야. 내가 그녀의 입에서 나오는 따스한 숨결을 나의 손에서 느낄 때, 나는 이 모든 일들을 이미 나의 기억 속에서 체험하고 있었어. 사실은 모든 것이 이미 지나가 버렸던 거야. 그녀는 내가 지나쳐 가야 했던 여인들 중의 한 명이었어. 그리고 그 건조한 표현, 에피소드라는 말이 저절로 내게 떠올랐지. 그리고 그때 나 스스로는 뭔가 영원한 존재였어…… 그리고 나는 이 "불쌍한 아이"가 이 시간을 결코 그녀의 기억 속에서 지워 버릴 수 없을 것이라는 사실도 알고 있었어 —바로 그녀의 경우에는 알 수 있었다는 말이야. 물론 우리는 때때로 우리가 내일 아침이면 잊혀질 것이라는 사실을 느끼지. 하지만 그때는 뭔가 달랐어. 이 여자, 내 발밑에 앉아 있는 이 여자에게 나는 세상 전체를 의미했어. 지금 이 순간 그녀가 신성하고 영원한 사랑으로 나를 끌어안고 있다는 것을 나는 느꼈던 거야. 사람들은 그런 걸 느끼는 법이거든. 그렇게 하지 않을 수가 없는 거야. 그녀는 분명 그 순간 나 말고는, 오로지 나 말고는 다른 어떤 것도 생각할 수가 없었어. 그렇지만 내게 있어 그녀는 그 순간 이미 사라진 것, 일시적인 것, 하나의 에피소드에 불과했던 거야.

막스 도대체 뭐 하는 여자였는데?

아나톨 뭐 하는 여자였냐고─? 너도 아는 여자였어.─우리는 어느 날 밤 한 유쾌한 모임에서 그녀를 알게 됐어. 너는 더구나 그 전부터 그녀를 알고 있었고. 네가 그때 얘기했던 것처럼 말이야.

막스 그래, 그게 대체 누구야? 내가 예전부터 알고 있던 사람은 아주 많다고. 너는 그 여자를 그저 등불 아래에 서 있는 동화 속의 인물처럼 묘사하고 있잖아.

아나톨 그래─하지만 실제로는 그렇지 않았지. 그 여자가 누구였는지 알아─? 사실은 내가 이제 모든 환상을 깨뜨리게 될 거야.

막스 그러니까 그녀는─?

아나톨 (미소를 지으며) 그녀는…… 그러니까…….

막스 배우였어─?

아나톨 아니─서커스단 여자였어.

막스 말도 안 돼!

아나톨 그래─비앙카였어. 내가 그녀에게 전혀 관심을 기울이지 않았던 그날 밤 이후, 그녀를 다시 만났다는 사실을 지금까지 너에게 이야기하지 않았어.

막스 너는 비앙카가 너를 사랑했다고 진짜로 믿는 거야?

아나톨 그래, 바로 비앙카이기 때문에! 그날 밤 이후로 8일인가 10일이 지난 후에 우리는 거리에서 우연히 마주쳤어. 다음날이면 그녀는 서커스단과 함께 러시아로 떠나야 했지.

막스 그러니까 딱 적당한 시점이었구나.

아나톨 나도 그걸 알고 있었지. 네 환상이 이제 다 깨져 버렸구나. 너는 그러니까 아직 사랑의 진정한 비밀에 도달하지 못한 거야.

막스 그럼 네 생각에 여자의 수수께끼는 어떻게 풀리는데?

아나톨 분위기!

막스 아―그러니까 어둠과 너의 그 붉은색–녹색 등…… 그리고 피아노 연주가 필요하다는 것이로군.

아나톨 그래, 바로 그거야. 그게 나의 삶을 그렇게 다양하고 변화무쌍하게 만들어 주는 거야. 색깔 하나가 세상을 완전히 바꿀 수 있을 정도로 말이지. 너에게, 또 수천 명의 다른 남자들에게 머리카락이 반짝거리는 그 여자가 도대체 무슨 의미가 있겠어! 너희에게 네가 비웃어 마지않는 그 붉은색–녹색 등이 무슨 의미가 있겠냐고! 그냥 서커스에서 말 타는 여자와 속에 등이 달린 붉은색–녹색 유리! 그것뿐이라면 당연히 마법은 사라지지. 그래도 사람들은 잘 살 수 있어. 하지만 결코 무언가를 경험할 수는 없는 거야. 너희는 어떤 모험 속으로 뚜벅뚜벅 걸어 들어가지. 과격하게 두 눈을 부릅뜨고서 말이야. 하지만 감각을 닫아 두고 있기 때문에 그 모험은 너희에게 아무런 색깔도 드러내 주지 않아. 그러나 나의 영혼으로부터, 그래 나에게서는 수천 줄기의 빛과 색깔이 비쳐 나오고 있고, 그래서 나는 너희가 그저 즐기기나 하는 동안에 느낄 수가 있는 거야!

막스 너의 그 "분위기"는 그야말로 마법의 샘이구나. 네가 사랑하는 모든 사람들이 그 안으로 들어가서 너에게 모험과 특이한 사건의 특별한 향기를 가져다주고, 너는 그것에 도취되어 버리는 거야.

아나톨 뭐, 원한다면 그렇게 생각해.

막스 하지만 너의 그 서커스단 아가씨와 관련해서 말인데, 그 아가씨가 그 붉은색-녹색 등 아래에서 너와 똑같은 느낌을 가졌을 거라고 나에게 설명하기는 힘들 거 같다.

아나톨 그렇지만 나는 그 여자가 내 품 안에서 느꼈던 것을 알아차릴 수밖에 없었다고.

막스 이봐, 나도 그 여자, 그러니까 너의 비앙카를 알고 있었어. 게다가 너보다 더 잘 알고 있었단 말이야.

아나톨 더 잘?

막스 더 잘. 왜냐하면 우리는 서로 사랑하지 않았기 때문이야. 나에게 비앙카는 동화 속 인물이 아니야. 나에게 그녀는 몽상가의 환상 속에서나 처녀성을 가지고 있는 수천 명의 타락한 여자들 중 하나일 뿐이야. 나에게 그 여자는 굴렁쇠를 뛰어서 통과하거나 짧은 치마를 입고 마지막 카드리유를 추는 수백 명의 다른 여자들과 전혀 다를 바 없는 사람이라는 거야.

아나톨 음…… 그래.

막스 그리고 그 여자는 전혀 다르지 않았어. 내가 그녀에게 있는 무언가를 보지 못하고 지나친 게 아니라, **네**가 그녀에게 없는 무언가를 본 거야. 넌 감정 이입을 통해 그녀의 아무짝에도 쓸모없는 마음속에 네 영혼의 풍족하고 아름다운 삶에서 나온 환상적인 젊음과 광채를 투사한 거야. 너를 향해 반짝거렸던 건 **너**에게서 나온 빛의 한 줄기였던 거지.

아나톨 아니야. 때때로 내게도 그런 일이 있기는 했어. 하지만 그때는 아니야. 나는 실제보다 그녀를 더 나은 사람으로 만들 생각은 없어. 나는 그녀의 첫사랑도 아니고, 마지막 남자도 아니었어…… 나는—.

막스 자, 그럼 뭐였겠어? 수많은 남자 중 하나였던 거야. 네 품 안에서도 그 여자는 다른 사람들의 품에 있었을 때와 똑같았어. 절정의 순간에 있는 여인이었던 거지!

아나톨 내가 왜 이 얘기를 너에게 했을까? 넌 지금 내가 하는 말들을 이해하지 못하고 있잖아.

막스 아, 아니야. 네가 나를 잘못 이해한 거야. 나는 그저 그 여자가 이전의 다른 수많은 남자들에게서 느꼈던 것과 똑같은 것을 느끼고 있는 동안 너는 가장 달콤한 마법을 느꼈을 수도 있겠다는 얘기를 하고 싶었던 거야. 그녀에게 세계가 수천 개의 색깔을 가지고 있었을 것 같아?

아나톨 너는 그녀를 잘 알고 있었지?

막스　응. 우리는 너도 한 번 같이 갔던 그 즐거운 모임에서 자주 마주쳤어.

아나톨　그게 다야?

막스　그게 다야. 하지만 우리는 좋은 친구였어. 그녀는 위트가 있었지. 우리는 서로 즐겨 수다를 떨었어.

아나톨　그게 다야?

막스　그게 다야.

아나톨　…… 하지만 그럼에도 불구하고…… 그녀는 나를 사랑했어.

막스　우리 계속 읽어 보자……. (꾸러미 하나를 집어 들며) "네 미소가 무엇을 의미하는지 나 알고 있었다. 너 초록 눈의……."

아나톨　…… 그런데 너 그 서커스단이 다시 이곳에 왔다는 거 알아?

막스　물론이지. 그녀도 왔어.

아나톨　그렇겠지.

막스　확실해. 게다가 난 오늘 저녁에 그녀를 만날 거야.

아나톨　뭐? 네가? 너 그녀가 어디 사는지 알아?

막스　아니. 그녀가 내게 편지를 보냈어. 그녀가 나에게 올 거야.

아나톨　(안락의자에서 벌떡 일어나며) 뭐라고? 그걸 이제서 얘기하는 거야?

막스　그게 너에게 무슨 상관이야? 너는 그러니까 "자유롭고 또 고독"하고 싶은 거잖아.

아나톨　허튼 소리!

막스 그리고 다시 끄집어낸 옛 마법처럼 슬픈 일도 없는 법이야.

아나톨 무슨 말이야?

막스 그녀를 다시 만나는 것은 조심해야 할 필요가 있다는 말이야.

아나톨 그녀가 내게 또 다시 위험해질 수 있기 때문에?

막스 아니 — 옛일이 그렇게 아름다웠기 때문에. 네 달콤한 기억을 간직하고 집으로 가. 그 무엇도 다시 체험하려고 해서는 안 되는 거야.

아나톨 설마 진짜로 그녀와 다시 만나는 걸, 이렇게 쉽게 찾아온 기회를 포기해야 한다고 믿는 건 아니겠지?

막스 비앙카는 너보다 영리해. 네게 편지를 보내지 않았잖아…… 어쩌면 그냥 그 여자가 너를 잊어버려서인지도 모르지.

아나톨 말도 안 되는 소리.

막스 불가능하다고 생각해?

아나톨 웃기는 소리 하지 마.

막스 분위기라는 삶의 묘약이 너의 추억을 영원히 신선한 것으로 만들어 주었지만, 모든 사람들의 추억이 다 그 삶의 묘약을 마시는 건 아니야.

아나톨 아 — 하지만 그때 그 시간은 그랬어.

막스 그래?

아나톨 그건 불멸의 시간들 중 하나였다고.

막스 현관에서 발자국 소리가 들린다.

아나톨 현관 끝에 와 있군.

막스 가, 침실을 통해서 빠져 나가.

아나톨   내가 바보인 줄 알아!

막스   가—네 마법이 깨지는 걸 보고 싶은 거야?

아나톨   여기 있겠어. (누군가 노크를 한다.)

막스   가! 어서 가!

아나톨   (고개를 가로젓는다.)

막스   그럼 이쪽으로 오기라도 해. 그녀가 최소한 너를 바로 보지 못하도록—이리 와……. (불가리개에 몸이 일부 가려 보이지 않도록 아나톨을 벽난로 쪽으로 민다.)

아나톨   (벽난로의 장식 선반에 기대며) 나도 차라리 그게 좋아. (노크 소리가 들린다.)

막스   들어오세요!

비앙카   (들어서며 활기차게) 안녕하세요. 제가 다시 왔어요.

막스   (손을 뻗으며) 안녕하세요, 비앙카 씨. 잘 오셨어요. 정말 잘 오셨어요!

비앙카   제 편지는 받으셨지요? 당신은 제가 제일 먼저 편지를 보내는—편지를 보낼 수 있는 유일한 사람이에요.

막스   그래서 제가 얼마나 자랑스러워하는지도 아시겠지요?

비앙카   그런데 다른 사람들은 뭘 하지요? 항상 자허에서 만나던 사람들요. 아직도 모이기는 하나요? 매일 밤 공연이 끝난 후 다시 만나게 될까요?

막스   (비앙카가 외투를 벗는 것을 도와주며) 하지만 당신을 볼 수 없었던 밤도 있었지요.

비앙카   공연이 끝난 후에요?

막스 예, 공연이 끝난 후 곧 사라져 버렸던 때죠.

비앙카 (미소를 지으며) 아 그래요…… 당연하죠…… 이렇게 얘기해 주는 사람이 있다니 얼마나 멋진지 모르겠어요 — 전혀 질투하지 않고! 당신과 같은 친구들이 있어야 한다니까요…….

막스 예, 예, 그래야 하지요.

비앙카 한 사람을 사랑하면서도 괴롭히지 않는다!

막스 당신께 그런 일이 드물어졌지요!

비앙카 (아나톨의 그림자를 눈치 채고는) 혼자가 아니었군요.

아나톨 (앞으로 나와서 허리를 굽혀 인사를 한다.)

막스 오래된 친구지요.

비앙카 (안경을 눈 앞으로 가져가면서) 아…….

아나톨 (더 가까이 다가가며) 아가씨…….

막스 이 깜짝 만남에 대해 어떻게 생각하세요, 비앙카 씨?

비앙카 (약간 당황해서, 기억을 더듬는 것이 분명한 태도로) 아, 정말이에요. 우리 아는 사이지요…….

아나톨 분명하지요 — 비앙카 씨.

비앙카 당연하지요 — 우리는 아주 잘 아는 사이예요…….

아나톨 (흥분해서 두 손으로 비앙카의 오른손을 잡으면서) 비앙카 씨…….

비앙카 그런데 우리가 만난 것이 어디였지…… 어디였지…… 아, 그래요!

막스 기억나세요…….

비앙카 당연하지요. 그렇죠, 페테르부르크 아니었어요……?

아나톨　(재빨리 그녀의 손을 놓으면서) 그건…… 페테르부르크가 아니었어요, 아가씨……. (나가기 위해 돌아선다.)

비앙카　(겁을 먹고 막스를 향해) 왜 저러죠? 저 사람에게 모욕을 준 건가요?

막스　저기 나가 버리는군요……. (아나톨이 뒤쪽의 문을 통해 사라진다.)

비앙카　도대체 이게 뭘 의미하는 거죠?

막스　그래, 저 친구가 누군지 못 알아보셨어요?

비앙카　알아보긴 했죠…… 예, 맞아요. 하지만 그게 언제 어디에 서였는지를 모르겠어요.

막스　하지만 비앙카, 저 친구 아나톨이었어요!

비앙카　아나톨 ─?…… 아나톨……?

막스　아나톨 ─ 피아노 ─ 등 …… 그 붉은색-녹색의…… 바로 이 도시에서요 ─3년 전에…….

비앙카　(이마를 짚으면서) 대체 뭘 보고 있었던 거야? 아나톨! (문 쪽으로) 그를 다시 불러와야겠어요……. (문을 열면서) 아나톨! (밖으로 달려 나가면서, 무대 뒤로, 계단에서) 아나톨, 아나톨!

막스　(미소를 지으며 서 있다. 문쪽으로 그녀를 따라가며) 어때요?

비앙카　(들어서며) 벌써 길까지 나갔나 봐요. 잠시만요! (재빨리 창문을 열면서) 저 아래에 가고 있어요.

막스　(그녀의 뒤에서) 예, 저 사람이 맞아요.

비앙카 (외친다.) 아나톨!

막스 더 이상 안 들려요.

비앙카 (발로 살짝 바닥을 구르며) 아쉬워라…… 저 대신 아나톨에게 사과해 주셔야 해요. 제가 저 착하고 사랑스러운 사람의 마음을 상하게 했어요.

막스 그러니까 기억이 나긴 났군요?

비앙카 물론이죠. 하지만…… 페테르부르크의 누군가와 혼동할 만큼 닮았어요.

막스 (진정시키며) 그렇게 전해 줄게요.

비앙카 그리고, 3년 동안 생각하지도 않은 사람이 갑자기 눈앞에 나타난다면 — 모든 일을 다 기억해 낼 수는 없는 것 아니에요.

막스 창문을 닫을게요. 차가운 공기가 들어오네요. (창문을 닫는다.)

비앙카 그래도 제가 여기 있는 동안 다시 만나게 되겠지요?

막스 아마도요. 그런데 보여 드릴 것이 있어요. (책상 위의 봉투를 집어 그녀 앞에 내민다.)

비앙카 그게 뭐예요?

막스 꽃이에요. 그날 밤——**그날** 밤에 당신이 가지고 있었던 거지요.

비앙카 아나톨이 그걸 보관했나요?

막스 보다시피요.

비앙카 그가 그러니까 나를 사랑했던 건가요?

막스 뜨겁게, 끝없이, 영원히——여기 모든 다른 여자들과 마찬가지로요. (꾸러미들을 가리킨다.)

비앙카 어떻게…… 이 모든 여자들이라고요!…… 그게 무슨 소리예요? 이게 전부 다 꽃들이에요?

막스 꽃도 있고 편지, 머리카락, 사진들도 있지요. 우리는 지금 막 이것들을 정리하던 중이었어요.

비앙카 (화난 목소리로) 다양한 제목으로 분류되어 있군요.

막스 예, 그런 것 같군요.

비앙카 저는 어디에 속하지요?

막스 제 생각에는…… 여기 같아요! (벽난로에 봉투를 집어던진다.)

비앙카 아!

막스 (혼잣말로) 할 수 있는 만큼 내가 복수를 해 줄게, 아나톨…… (크게) 자, 이제 화내지 말고…… 여기 제 쪽으로 와 앉으세요. 그리고 무엇이든 지난 3년간의 얘기를 좀 해 주세요.

비앙카 지금 참 그럴 기분이겠군요! 이런 식으로 환영을 받고 나서 말이에요!

막스 하지만 전 당신 친구잖아요…… 이리 와 보세요, 비앙카 씨. 무엇이든 얘기해 봐요!

비앙카 (벽난로 옆에 놓인 안락의자에 앉는다.) 도대체 무슨 얘기요?

막스 (그녀의 맞은편에 앉으면서) 예를 들면 그 페테르부르크의 "닮은 사람"에 대해서요.

비앙카 당신 정말 못 참겠군요!

막스   자…….

비앙카   (화가 나서) 그런데 도대체 저더러 뭘 얘기하란 말이에요.

막스   일단 시작만 해 보세요…… 옛날에…… 그러니까…… 옛날에 커다랗고 커다란 도시가 있었지요…….

비앙카   (불쾌한 목소리로) 거기에 커다랗고 커다란 서커스가 있었지요.

막스   그리고 거기에 또 하나 작고도 작은 서커스단 아가씨가 있었지요.

비앙카   그녀는 커다랗고 커다란 굴렁쇠를 뛰어서 통과했어요……. (나지막하게 웃는다.)

막스   보세요…… 잘 되잖아요! (막이 천천히 내려오기 시작한다.) 특별석에…… 이제…… 특별석에 어느 날 밤…….

비앙카   특별석에는 매일 밤 아름답고, 아름다운…… 아!

막스   그래서요…… 다음은요……?

막

기념 보석

아나톨, 에밀리에.

에밀리에의 방. 적당히 우아하게 꾸며져 있다.

해질 무렵. 창문은 열려 있다. 창밖으로 공원이 보인다. 아직 나뭇잎이 거의 나지 않은 나무의 꼭대기가 열려진 창문 쪽으로 솟아 있다.

에밀리에　…… 아…… 너 여기 있구나—! 그런데 내 책상 앞에?…… 그래, 너 도대체 뭐 하는 거야? 내 서랍을 뒤지고 있잖아?…… 아나톨!

아나톨　이건 내 당연한 권리야—그리고 지금 막 드러난 것처럼 내가 **옳았어**.

에밀리에　그래—뭘 찾았어—? 네가 쓴 편지들……!

아나톨　뭐?—그럼 여기 이건—?

에밀리에　여기 이거—?

아나톨　이 작은 보석 두 개는……? 하나는 루비고, 다른 하나는 어두운 색?―두 개 다 내가 모르는 거야, 내가 준 게 아니라고……!

에밀리에　…… 아니야…… 나…… 잊어……버렸어…….

아나톨　잊어버렸다고?…… 이렇게 잘 보관돼 있었어. 제일 아래 서랍 구석에. 다른 사람들처럼 거짓말하지 말고 그냥 바로 고백해 봐…… 자…… 아무 말 안 해?…… 아, 그 손쉬운 분노라면…… 죄를 짓고 완전히 제압당했을 때 침묵하는 건 아주 쉽지…… 자, 하지만 난 이제 계속 찾아봐야겠어. 다른 보석들은 어디에 숨겼어?

에밀리에　다른 건 없어.

아나톨　자―. (서랍들을 마구 열어젖히기 시작한다.)

에밀리에　찾지 마…… 맹세할게, 아무것도 없다니까.

아나톨　그럼 여기 이건 뭐야…… 여기 이건 왜 숨겨 놨지?

에밀리에　내가 잘못 생각했나 봐…… 아마도……!

아나톨　"아마도"라고!…… 에밀리에! 내가 너를 내 여자로 만들려고 한 날이 바로 내일이야. 나는 정말로 모든 과거를 다 청산했다고 생각했어…… 모든 것을 다…… 난 너와 함께 편지들, 봉투들, 우리가 아직 서로 몰랐던 때를 기억나게 하는 수많은 사소한 것들…… 너와 함께 난 그 모든 것들을 다 벽난로의 불 속에 집어던졌어…… 팔찌, 반지, 귀고리…… 우리는 그것들을 선물로 주고, 던져 버렸어. 다리 위에서 강으로 던져 버리거나 거리를 향해 창밖으로 날려 버렸지…… 넌 여기 내 앞에 누워서 맹세했어…… "모든 게 다 끝났어 — 그리고 이제 네 품에 안겨서야 난 비로소 사랑이 뭔지를 느껴……"라고. 난 당연히 널 믿었지…… 왜냐하면 우리는 여자들이 하는 모든 말을, 그러니까 우리를 행복하게 해 주는 그 첫 번째 거짓말부터 우리는 모두 다 믿어 버리기 때문이야…….

에밀리에　다시 맹세할까?

아나톨　그게 무슨 소용이야?…… 끝이야…… 너하곤 끝났어…… 푸하, 어찌나 연기를 잘하던지! 그 편지들, 그 편지들을 묶고 있던 끈들, 그리고 작은 장식품들이 타들어 갈 때, 넌 마치 과거의 모든 오점들을 닦아 내기라도 하려는 듯 그렇게 정열적으로 여기 불길 앞에 서 있었지…… 그리고 넌 내 품에서 얼마나 흐느껴 울었지? 그때 강가에서 산책하다가 그 비싼 팔찌를 회색빛 강물에 집어던졌을 때, 그리고 그 팔찌가 금세 물속으로 가라앉아 버렸을 때 말이야…… 어찌나 울어댔는지, 정화의 눈물, 후회의 눈물…… 바보 같은 코미디였어! 모든 것이 다 헛된 일이었다는 걸 알겠니? 내가 그럼에도 불구하고 널 신뢰하지 않는다는 걸? 그리고 내가 여기서 이렇게 뒈지는 게 올바른 일이었다는 걸?…… 왜 아무 말도 하지 않는 거야? 왜 변명하지 않는 거야?……

에밀리에　네가 날 떠나려고 하니까.

아나톨　이 보석 두 개가 무엇을 의미하는지는 알아야겠어…… 왜 **이것들**만 보관해 둔 거지?

에밀리에　이제 날 사랑하지 않아……?

아나톨　진실을 말해, 에밀리에…… 난 진실을 알고 싶다고!

에밀리에　더 이상 날 사랑하지 않는다면 무엇 때문에?

아나톨　어쩌면 그 진실 속에 뭔가가 있을 수도 있겠지.

에밀리에　뭐가?

아나톨　내가 사태를…… 이해할 수 있도록 해 주는 뭔가가……
들어 봐 에밀리에, 난 너를 비열한 여자로 생각하고 싶지는 않아.

에밀리에　용서해 주는 거야?

아나톨　이 보석들이 뭘 의미하는지를 말해야 해!

에밀리에　그러면 날 용서해 주는 거야?

아나톨　이 루비, 이것이 뭘 의미하는지, 그리고 왜 네가 이것을
보관하고 있었는지 —.

에밀리에　— 그럼 조용히 들어 줄래?

아나톨　…… 그래!…… 하여튼 빨리 말해 봐…….

에밀리에　…… 이 루비는 메달에 달려 있던 거야…… 거기
서…… 떨어진 거야…….

아나톨　누가 그 메달을 줬지?

에밀리에　그건 중요하지 않아…… 난 그걸 단지…… 어떤 특별
한 날에 — 수수한 목걸이에 달아서 — 목에 걸었어.

아나톨　누구에게서 받은 거냐니까 —!

에밀리에　그건 중요하지 않아…… 내 생각에 엄마였던 것 같
아…… 봐봐, 만약 내가 네가 생각하는 것처럼 그렇게 비열하
다면 이렇게 말할 수도 있었을 거야. "엄마에게 받은 거라 보관
하고 있었던 거야"라고 말이야 — 그랬으면 넌 믿었겠지……

하지만 이 루비는, 그게 특별한 날…… 그러니까 그날을 기억하는 게 내게는 중요한, 바로 그날 메달에서 떨어졌기 때문에…… 보관하고 있었던 거야…….

아나톨　…… 계속해 봐!

에밀리에　아, 너에게 말해도 된다니 마음이 너무 편해진다. ― 만약에 내가 네 첫사랑에 질투를 느낀다고 하면 넌 날 비웃을 테지?

아나톨　무슨 소리야?

에밀리에　그렇지만 첫사랑에 대한 기억은 뭔가 달콤한 거야. 우리를 애무해 주는 것 같은 고통 중의 하나지…… 그리고…… 나를 ― 너와 이어 주는 그 감정을 알게 된 그날은 내겐 의미가 있어. 아, 내가 지금 너를 사랑하는 것처럼 사랑하기 위해서는 우선 사랑하는 법을 **배워야**만 했어!…… 사랑이 뭔가 새로운 것을 의미했던 시절에 우리가 서로를 만났더라면, 누가 알겠어. 서로 눈치 채지 못하고 그냥 지나쳐 갔을지?…… 아, 그렇게 고개를 가로젓지 마, 아나톨. 사실이 그렇다고. 그리고 너 자신도 그렇게 얘기한 적이 있어 ―.

아나톨　내가?

에밀리에　"어쩌면 그것도 괜찮은지 몰라" 하고 네가 말했어. "우리 둘은 모두 이미 성숙해져 있었기 때문에 이렇게 대단한 열정을 가질 수 있는 거야"라고 말이야.

아나톨　그래…… 타락한 여자를 사랑할 때는 항상 그런 종류의 위안거리 하나를 마련해 놓지.

에밀리에 이 루비는, 솔직히 말할게, 그날에 대한 기억을 의미해…….

아나톨 …… 계속 말해 봐…… 계속…….

에밀리에 —이미 다 아는 얘기야…… 그래…… 아나톨…… 그날에 대한 기억…… 아, 난 열여섯의…… 어리석은 아이였어!

아나톨 그리고 그 남자는 스무 살이었지—검은 머리에 키가 크고!……

에밀리에 (천진난만하게) 이젠 잘 모르겠어, 자기야…… 그냥 우리를 둘러싸고 쏴쏴 소리를 내던 숲과 나무 위에서 웃고 있던 그 봄날만이 기억날 뿐이야…… 아, 그 햇살도 기억이 나. 관목들 사이를 뚫고 들어와 한 무리의 노란 꽃들 위에 반짝거리던—.

아나톨 그리고 너는 내가 너를 알기도 전에 너를 낚아채 갔던 그날을 저주하지 않는단 말이지?

에밀리에 어쩌면 그날이 날 너에게 준 건지도 몰라……! 아니야, 아나톨…… 그게 어떻든, 난 그날을 저주하지도 않지만, 내가 예전에 했던 일들을 너에게 거짓으로 말하고 싶지도 않아…… 아나톨, 내가 이전의 그 누구보다 더 너를 사랑한다는 걸, 네가 이만큼 사랑받아 본 적이 없다는 걸—너도 알잖아…… 하지만 너의 첫 번째 키스로 내가 그 동안 경험했던 모든 시간이 다 의미를 잃었고—내가 만났던 모든 남자들이 내 기억 속에서 사라져 버렸다고 해도—그 때문에 나를 여자로 만들어 주었던 그 순간을 내가 잊어버릴 수 있겠어?

아나톨 그러고도 나를 사랑한다고 거짓말을 한단 말이야—?

에밀리에   난 그 남자의 얼굴도 거의 기억하지 못해. 그 사람의 눈빛이 어땠는지도 이제 생각나지 않는다고 —.

아나톨   하지만 네가 그의 품 안에서 첫 번째 사랑의 신음을 웃었다는 사실…… 예감에 가득 찬 소녀를 경험 있는 여인으로 만들어 준 그 온기가 그의 가슴에서 처음으로 네 가슴 속에 흘러들었다는 사실, 그 남자가 그랬다는 사실을 네가 잊어버릴 수 있을 것 같니, 이 고마워하기도 잘하는 아가씨야! 그리고 이 고백이 날 돌아 버리게 만들 수밖에 없다는 걸, 그리고 네가 완전히 잠들었던 과거를 단번에 깨워 버렸다는 걸 모르겠니!…… 그래, 이제 잘 알았어. 넌 나 아닌 다른 사람의 키스를 꿈꿀 수도 있는 거구나! 네가 내 품에서 눈을 감고 있을 땐 아마도 내가 아닌 다른 사람의 모습이 네 눈앞에 서 있겠구나!

에밀리에   내 말을 완전히 잘못 이해하고 있어!…… 우리가 헤어져야 한다고 한 네 말이 역시 옳았던 거야.

아나톨   그래 — 그럼 대체 내가 어떻게 이해해야 한다는 거지?

에밀리에   거짓말할 수 있는 여자들은 얼마나 행복할까. 아니야…… 그런 사람들은 진실을 견뎌 낼 수 없어……! 하나만 말해 봐. 넌 왜 나에게 항상 그런 부탁을 했어? "모든 걸 다 용서해 줄 테니 거짓말만 하지 마!"…… 너의 그 말이 아직도 내 귀에 생생해…… 그리고 나는…… 나는 너에게 모든 걸 다 고백했어. 네 앞에서 나 자신을 그렇게 비굴하고 불쌍한 사람으로 만들었다고. 그리고 네 앞에서 외쳤지. "아나톨, 난 버림받은 사람이야, 하지만 널 사랑해……!" 다른 사람들이 하는 변명도 난 입에 올리지 않았어 ─아니, 난 모두 다 말했다고. 아나톨, 난 풍족한 생활을 사랑했어. 아나톨, 난 욕망으로 가득했고, 피가 끓었어 ─난 나를 팔았고, 그냥 줘 버리기도 했어 ─난 네 사랑을 받을 가치가 없어…… 그것도 기억해? 네가 처음으로 내 손에 키스하기 전에 내가 말했던 거?…… 그래, 난 너를 사랑하기 때문에 네게서 도망치려 했고, 넌 날 따라왔어…… 네가 내게 애원했다고…… 그래도 난 널 원하지 않았어. 내가 더욱, 내가 달리 ─아, 내가 사랑했던 첫 번째 남자를 차마 더럽힐 수 없었기 때문이야……! 그리고 넌 날 가졌고, 난 네 여자가 되었던 거야!…… 내가 얼마나 몸을 떨었고…… 전율했고…… 울었는지…… 그리고 넌 나를 그렇게도 높이 끌어올려 줬어. 나에게 모든 것을 다시 돌려주었어. 하나씩 하나씩, 그 사람들이 내게서 앗아 갔던 것들을…… 나는 네 거친 품 속에서 예전과는 완전히 다른 존재였어. 순수하고…… 또 행복하고…… 너는 그렇게 속이 넓었어…… 넌 용서해 줄 줄 알았어…… 그런데 이제…….

아나톨　…… 그런데 이제……?

에밀리에　그런데 이제 넌 다시 나를 쫓아내려고 하잖아. 내가 그저 다른 사람들과 마찬가지라는 이유로 ─.

아나톨　아니…… 아니야. 넌 다른 사람들과 마찬가지가 아니야.

에밀리에　(부드러운 목소리로) 그러니까 뭘 어떻게 했으면 좋겠어…… 버릴까…… 이 루비를……?

아나톨　나는 속이 넓지 않아. 아, 아니야…… 속이 아주, 아주 좁은 사람이야…… 그 루비…… 버려…… (루비를 바라본다.) 메달에서 떨어졌다…… 잔디 위에 놓여 있다 — 노란 꽃들 아래…… 햇살이 그 위로 쏟아졌다…… 거기에서 루비가 반짝거렸다…… (긴 침묵.) — 이리 와 에밀리에…… 밖이 어두워진다. 우리 공원에서 산책하자…….

에밀리에   너무 춥지 않을까……?

아나톨   아, 아니야, 벌써 깨어나고 있는 봄의 향기가 나고 있어…….

에밀리에   좋을 대로 해, 자기야!

아나톨   그래 — 그리고 저 보석은…….

에밀리에   아, 저거…….

아나톨   그래, 저기 저 검은 거 — **저건** 어떻게 된 거야 — 저건 뭐지……?

에밀리에   저게 무슨 보석인지 알아?

아나톨   뭔데 — .

에밀리에   (자랑스러운, 탐욕스러운 눈빛으로) 흑다이아몬드야!

아나톨   (일어선다.) 아!

에밀리에   (계속 보석을 바라보며) 귀한 거야!

아나톨   (격분을 참으며) 왜…… 음…… 왜 저걸…… 보관해 뒀어?

에밀리에   (계속해서 보석을 바라보며) 저거…… 저거 굉장히 비싼 거야!……

아나톨   (소리 지른다.) 아!…… (보석을 벽난로에 집어던진다.)

에밀리에　(소리친다.) 뭐 하는 거야!…… (몸을 굽혀 불쏘시개를 집는다. 보석을 찾기 위해 불쏘시개로 벽난로의 불을 이리저리 뒤집는다.)

아나톨　(에밀리에가 벌겋게 달아오른 볼을 하고 벽난로 불 앞에 무릎을 꿇고 있는 사이, 그녀를 몇 초간 바라본다. 그러고는 조용히) 창녀! (퇴장한다.)

막

이별의 저녁 만찬

아나톨, 막스, 안니, 식당 종업원.

자허의 별실. 아나톨이 문 옆에 서서 식당 종업원에게 주문을 한다. 막스는 안락의자에 눕듯이 기대어 앉아 있다.

막스 어때 ─ 아직도 안 끝났어 ─ ?

아나톨 …… 다 됐어, 다 됐어! ─ 자, 모두 이해했지요? ─ (식당 종업원 퇴장.)

막스 (아나톨이 방 중앙으로 돌아올 때) 그런데 ─ 안니가 아예 오지 않으면!?

아나톨 뭐가 대체 "아예 오지 않"는다는 거야! ─ 이제 ─ 이제 겨우 10시라고! ─ 아직 도착할 수가 없는 시간이야!

막스 발레는 이미 오래전에 끝났어!

아나톨 제발 그만 해 ─ 화장도 지우고 ─ 옷도 갈아입어야지! ─ 그리고 난 저쪽에서 기다리겠어!

막스 버릇 잘못 들이지 마!

아나톨 버릇을 잘못 들인다고?! ─ 네가 만약 그 사실을 안다
면…….

막스 알아, 알아. 넌 그 아가씨를 과격하게 다루지…… 그것 역
시 버릇을 잘못 들이는 방법 중의 하나가 아니라는 것처럼 말이
야…….

아나톨 난 전혀 다른 얘기를 하려고 했어! ─ 그래…… 네가 만
약 그 사실을 안다면…….

막스 자, 어서 말해 봐…….

아나톨 난 지금 아주 엄숙한 기분이야!

막스 결국 약혼하려는 거야 ─?

아나톨 아니, 아니야 ─ 훨씬 더 엄숙한 일!

막스 내일 그 여자랑 결혼해? ─

아나톨 아니야. 너 참 외적인 일들만 생각하는구나! ─ 외부에서
벌어지는 그 모든 사소한 일과 상관없는 정신적인 일 중에는 축
하할 일이 존재하지 않는다는 투야.

막스 그러니까 ─ 넌 지금까지 모르고 있었던 네 감정 세계의 한
구석을 찾아냈구나 ─ 그렇지? 그 여자가 그걸 조금이라도 이해
해 주는 모양이지!

아나톨 잘못짚었어…… 난 그냥 단순히…… 마지막을 축하하는
거야!

막스 아!

아나톨 이별의 저녁 만찬!

막스   그래…… 그러면 난 거기서 뭘 해야 하는 거지 —?

아나톨   죽은 사람 눈을 감겨 주듯 우리 사랑의 눈을 감겨 줘야지.

막스   제발 그런 저속한 비유는 그만둬!

아나톨   난 이 만찬을 벌써 8일째 미뤄 왔어 —.

막스   그럼 오늘 넌 최소한 맛있게는 먹을 수 있겠구나.

아나톨   …… 무슨 얘기냐면…… 우린 지난 8일 동안…… 매일 저녁 함께 식사를 했지만 — 하지만 — 난 올바른 표현을 찾지 못했어! 감히 그렇게 못했다고…… 넌 그게 얼마나 사람을 짜증 나게 만드는지 짐작도 못할 거야!

막스   그런데 대체 내가 어디에 필요한 거야? 대사를 읽어 주기라도 해야 하는 거야 —.

아나톨   어찌 됐든 넌 같이 있어야 해 —그리고 필요한 경우엔 내 편을 들어 줘 — 넌 그녀의 기분을 부드럽게 만들고 — 진정시키고 — 이해하도록 만들어야 해.

막스   우선 좀 설명해 주겠어? 왜 이 모든 일이 벌어져야 하는지?

아나톨   기꺼이 해 주지…… 그녀가 날 따분하게 만들기 때문이야.

막스   다른 여자가 널 즐겁게 해 주고 있는 거구나 —?

아나톨   맞았어……!

막스   그럼 그렇지……!

아나톨   그것도 아주 멋진 여자야!

막스   전형적인 아가씨야?

아나톨   전혀 아니야!…… 새로운 — 다른 데선 찾아볼 수 없는 유형이야!

막스 뭐, 그래…… 어떤 유형인지는 항상 마지막이 다 되어서야 알게 되는 법이지…….

아나톨 이런 아가씨를 생각해 봐—뭐라고 해야 좋을까…… 4분의 3박자—.

막스 넌 아직 발레의 영향을 받고 있는 것 같다!

아나톨 그래…… 어떻게 다른 방법이 없어…… 그녀는 장엄한 빈의 왈츠를 생각나게 한다니까—우울한 즐거움…… 웃고 있는, 장난스러운 우수…… 그게 바로 그녀의 존재야…… 금발 머리의 작고 귀여운 얼굴, 알겠어?…… 그렇게…… 나 참, 묘사하기가 힘들어!…… 그녀 곁에 있으면 따뜻해지고 만족스러워진다고…… 그녀에게 제비꽃다발을 가져다주면 그녀의 눈가엔 눈물이 맺혀…….

막스 다음엔 팔찌를 한번 사다 줘 봐!

아나톨 …… 아, 친구—이 경우엔 안 통해—네가 잘못 생각하고 있는 거야—믿어 봐…… 그녀하고는 **여기서** 식사를 하고 싶지도 않다고…… 그녀에겐 저 교외의 작은 식당, 그 편안한 곳 말이야—유치한 벽지가 발라져 있고 옆 테이블엔 작은 공무원이 앉아 있는!—지난 며칠 밤 난 그녀하고 항상 그런 식당에서 있었어!

막스 뭐라고?—조금 전에 너 안니와—.

아나톨 그래, 그것도 맞아. 난 지난주에 매일 밤 저녁 식사를 두 번 했어. 내가 얻고자 하는 여자와 한 번—내가 떨쳐 버리고자

하는 다른 여자와 한 번…… 유감스럽게도 아직 둘 중 아무것도 성공하지 못했어.

막스 그거 알아?─안니를 한번 그런 교외 식당으로 데려가 봐─그리고 그 금발의 새로운 아가씨를 자허로 데려가는 거야…… 그러면 아마도 잘될 거야!

아나톨 넌 그 새로운 아가씨를 아직 모르기 때문에 상황을 제대로 이해할 수 없는 거야. 그녀는 소박함 그 자체라고!─아, 얘기 하나 해 줄게─이 아가씨가─내가 좀 좋은 와인을 시키려고 하면 이 아가씨가 어떻게 하는지 네가 한번 봐야만 해!

막스 눈가에 눈물이 그렁그렁─아니야?

아나톨 허락하질 않아─그 어떤 경우에도, 그 어떤 경우에도 말이야!……

막스 그럼 넌 지난 며칠간 마커스도르프산 와인을 마셨단 말이야?

아나톨 그렇다니까…… 10시 전에는─그 후에는 당연히 샴페인이지…… 인생이란 게 그렇다니까!

막스 나 참…… 미안하지만…… 인생은 그렇지가 않다네!

아나톨 이 분명한 대조를 생각해 봐! 이제 난 그 대조를 충분히 맛봤어!─이번 일 역시 내가 원래 굉장히 진지한 천성을 가진 사람이라는 느낌을 가지게 되는 그런 경우 중 하나야─.

막스 오호!

아나톨 난 이 양다리 걸치기를 더 이상은 못하겠어…… 내 모든 자긍심을 다 잃어버리고 있어……!

막스 이봐! —나야, 나, 나라고······ 내 앞에선 코미디 할 필요 없어!

아나톨 왜 —네가 바로 여기 있으니까 하는 말이야······ 하지만 진짜야······ 난 내가 더 이상 아무것도 느끼지 못하는 곳에서 사랑하는 체하지는 못해!

막스 넌 네가 아직 뭔가 느끼는 곳에서만 사랑하는 체하는 거구 나······.

아나톨 난 안니에게 분명하게 말했어. 곧바로 —아주 처음에 곧바로 말이야······ 우리가 영원한 사랑을 맹세했을 때. "알았어, 안니? —우리 둘 중 하나가 어느 날이고 '이제 끝이다'라고 느끼면 —다른 사람에게 분명하게 말해 주는 거야."······

막스 아, 영원한 사랑을 맹세하는 순간에 그걸 약속했단 말이야······ 멋지군!

아나톨 난 안니에게 자주 반복해서 말했어. —"우린 서로에게 그 어떤 의무도 가지고 있지 않아. 우린 자유롭다고! 우리의 시간이 다하면 조용히 다른 길을 가는 거야 —바람피우지만 말자 —난 그걸 경멸해!"

막스 뭐, 그럼 아주 쉽게 해결될 수밖에 없겠네 —오늘!

아나톨 "쉽게"라고!······ 막상 얘기를 해야 하는 지금은 용기가 나질 않아······ 아무래도 안니 마음이 아플 거 아니야······ 난 우는 걸 참지 못해 —그녀가 울면 결국엔 다시 그녀를 사랑하게 될 거야 —그러면 난 다시 다른 사람을 속이게 되는 거고!

막스 아니, 아니 —바람피우지만 말자 —난 그걸 경멸해!

아나톨 네가 옆에 있으면 모든 게 훨씬 자연스럽게 될 거야!……
너에게선 이별의 감상을 굳어 버리게 만드는 차갑고 건강한
즐거움의 숨결이 불어 나오거든!…… 네 앞에선 아무도 울지
않아!

막스 뭐, 어쨌든 난 여기 있을게 ― 하지만 그게 내가 너를 위해
서 해 줄 수 있는 전부야…… 그녀를 설득하라고? ― 아니, 아
니…… 그건 안 돼 ― 그건 내 신조에 어긋나는 일이야…… 넌
사람이 너무 좋아…….

아나톨 이거 봐, 막스 ― 그래도 아마 어느 정도는 네가…… 이
렇게는 말해 줄 수도 있잖아. 나와 헤어지더라도 특별히 잃는
게 많은 건 아니라든가.

막스 뭐 ― 그 정도까지는 괜찮아 ―.

아니톨 더 멋지고, 더 돈이 많은 사람을 수백 명은 찾을 수 있을
거라거나 ―.

막스 더 똑똑한 사람들도 ―.

아나톨 아니, 아니 ― 제발 ― 과장하지는 마 ―.
(종업원이 문을 연다. 안니가 들어선다. 레인코트를 어깨에 걸
치고 있다. 흰색 털목도리. 손에는 노란 장갑을 끼고 있다. 눈에
띄게 독특하고 챙이 넓은 모자를 대충 쓰고 있다.)

안니 아 ― 안녕!

아나톨 안녕, 안니!…… 미안해 ―.

안니 넌 참 믿을 만한 사람이더구나! (레인코트를 던져 놓는
다.) ― 주위를 둘러봐도 ― 오른쪽 ― 왼쪽 ― 아무도 없어 ―.

아나톨　—다행히 먼 길을 온 건 아니잖아!

안니　자기가 한 말은 지키는 거야! — 안녕, 막스 씨! — (아나톨에게) 나 참 — 주문은 그 사이에 미리 해 놓았겠지…….

아나톨　(그녀를 품에 안는다.) 코르셋 안 했어?

안니　뭐 — 내가 제대로 화장하고 차려입어야 한다는 거야 — 널 위해서? — 미안하군 — .

아나톨　나야 괜찮지 — 막스에겐 사과를 해야지!

안니　무엇 때문에? — 막스 씨도 분명 괜찮을 거야 — 막스 씨는 질투하지 않으니까!…… 자…… 그러니까…… 먹자 — (종업원이 문을 두드린다.) 들어오세요! — 오늘은 노크를 하네 — 다른 때 같았으면 그런 생각 못했을 텐데! (종업원이 들어온다.)

아나톨　음식 가져오세요! — (종업원 퇴장.)

안니　오늘 공연장에 안 왔어 —?

아나톨　아니 — 난 — — .

안니　뭐, 별로 놓친 건 없어! — 오늘은 모든 게 너무 졸렸어…….

아나톨　그 전의 오페라는 어떤 거였어?

안니　모르겠어…… (모두 식탁 주위에 앉는다)…… 난 내 분장실로 갔다가 — 다음엔 무대로 — 아무것도 신경 쓰지 않았어…… 아무것도! 그런데 나 할 말이 있어, 아나톨!

아나톨　그래, 자기야? — 아주 중요한 거야 —?

안니　응, 상당히!…… 아마도 놀랄 거야……. (종업원이 식탁에 음식을 올려놓는다.)

아나톨　그거 진짜 아주 궁금해지는데!…… 나도…….

안니 응…… 잠깐만…… 저기 저 사람이 들을 얘기는 아니야―.

아나톨 (종업원에게) 그만 가 봐요…… 벨을 울리도록 할게요! (종업원 퇴장.)…… 자, 그래서…….

안니 ―그래…… 아나톨…… 아마 놀랄 거야…… 그런데 그럴 이유가 또 어디 있어! 전혀 놀라지 않을 거야―넌 전혀 놀라지 않을 거야…….

막스 출연료 인상?

아나톨 말 끊지 마!

안니 그렇지 않아―아나톨…… 오스텐트*산인지 아니면 화이츠테이블*산인지 말해 줄래?

아나톨 또 굴 얘기구나! 오스텐트산이야!

안니 난 또…… 아, 난 굴이 너무 좋아…… 굴이야말로 매일 먹을 수 있는 유일한 음식이야!

막스 먹을 수 있다고요?―먹어야죠! 먹어야만 하는 거죠!

안니 맞아요! 제 말이 바로 그거예요!

아나톨 나한테 뭔가 아주 중요한 걸 말하려고 했잖아―?

안니 맞아…… 물론 중요하긴 해―그것도 아주!―너 그때 그 말 기억나?

아나톨 어떤 거―어떤 거 말이야?―네가 어떤 얘기를 하는 건지 알 수가 없잖아!

막스 아나톨 말이 맞아요!

안니 그러니까, 이 얘기 말이야…… 기다려 봐…… 그게 어떻게 되더라―"안니, 말해 봐…… 우리는 절대로 바람피우지 말자."……

아나톨 그래…… 그래…… 그래서……!

안니 그런데 그게 너무 늦었다면? —

아나톨 무슨 말이야?

안니 아—너무 늦지는 않았어! —난 딱 적당한 시점에 너에게 말하고 있어—가까스로 적당한 시점에…… 내일이었다면 아 마 너무 늦었을 거야!

아나톨 너 미쳤어, 안니?!

막스 뭐라고?

안니 아나톨, 굴이나 계속 먹어…… 그렇지 않으면 아무것도 얘 기하지 않을 거야…… 전혀 아무것도!

아나톨 그게 무슨 소리야? — "계속 먹어"라니 —!

안니 먹어!!

아나톨 넌 얘기해야만 해…… 난 이런 종류의 놀이를 참지 못해!

안니 자—우리 아주 조용히 얘기하기로 약속했잖아—일단 상 황이 그렇게 되면 말이야…… 그리고 이제 상황이 막 그렇게 된 거야—.

아나톨 그 말은?

안니 그 말은, 유감스럽게도 오늘 내가 너와 마지막으로 함께 저 녁을 먹는다는 뜻이지.

아나톨 좀 더 자세하게 설명해 줄 정도의 아량은 있겠지?

안니 우리 사이는 끝났어—끝나야만 한다고…….

아나톨 그래…… 말해 봐—.

막스 이거 훌륭하군.

안니 뭐가 훌륭하다는 거예요? ─훌륭하든 ─아니든 ─어쨌든 그렇게 된 거야!

아나톨 자기야─ 난 아직도 제대로 이해하지 못했어…… 아마도 청혼을 받은 모양이지……?

안니 아, 그런 거라면! ─그런 거라면 너에게 이별을 고할 이유가 되지 못해.

아나톨 이별을 고한다고!?

안니 뭐, 결국 말해야 하는 걸. ─난 사랑에 빠졌어─아나톨─엄청나게 사랑에 빠졌다고!

아나톨 그런데 상대가 누군지 물어봐도 되겠어?

안니 …… 막스 씨, 말 좀 해 봐요─대체 왜 그렇게 웃는 거예요?

막스 너무 재미있어요!

아나톨 막스는 내버려 둬…… 서로 얘기해야 할 건 우리 두 사람이야, 안니! ─아마도 내게 해명을 해 줘야 할 것 같은데…….

안니 그래─말하잖아…… 난 다른 사람과 사랑에 빠졌다고─그리고 너에게 분명하게 밝히는 거야─우리가 그렇게 약속했기 때문에…….

아나톨 그래…… 하지만, 제기랄─누구와 사랑에 빠진 거야?!

안니 이봐, 자기야─거칠게 굴지 마!

아나톨 내가 요구하고 있잖아…… 내가 아주 단호하게 요구하고…….

안니 부탁이에요, 막스 씨 ― 벨을 울려 줘요 ― 배가 많이 고프다고요!

아나톨 거기다가 또 ― 식욕까지!! 이런 대화 중에 식욕을 느껴!

막스 (아나톨에게) 안니는 오늘 **처음으로** 저녁 먹는 거잖아!

(종업원이 들어선다.)

아나톨 뭐예요?

종업원 벨이 울렸어요.

막스 계속 음식을 가져다주세요! (종업원이 빈 그릇을 치우는 사이)

안니 맞아요…… 카탈리니가 독일로 가요…… 그렇게 얘기 됐어요…….

막스 그렇군요…… 그런데 그렇게 가도록 그냥 내버려 둔대요?

안니 뭐…… 사실 그냥 ― 이라고는 할 수 없어요.

아나톨 (일어서서 방 안을 왔다 갔다 한다.) 와인이 어디 있지?! 이거 보세요!…… 장!! ― 보아하니 오늘 잠을 자고 있는 것 같군!

종업원 죄송합니다 ― 와인은…….

아나톨 저기 탁자 위에 있는 걸 말하는 게 아니에요 ― 그 정도는 생각할 수 있잖아! ― 샴페인을 말하는 거예요! ― 식사가 시작될 때 바로 샴페인을 원했던 걸 알고 있잖아요! (종업원 퇴장)

아나톨 …… 이제 그만 해명을 해 줬으면 좋겠어!

안니 너희 남자들 말은 아무것도 믿으면 안 돼, 아무것도 ― 정말 아무것도! ― 네가 얼마나 멋지게 얘기를 늘어놨는지 생각해 보면 말이야. "'이제 끝났다'라는 느낌을 우리가 가지게 되면 ―

그러면 우리는 서로에게 얘기하고 평화롭게 헤어지는 거야."—

아나톨 이제 그만 해명을—.

안니 이게 그러니까—이 사람의 평화예요!

아나톨 하지만, 자기야—하지만 내가 궁금해하는 걸 이해할 수 있잖아—누구인지—.

안니 (천천히 와인을 한 모금씩 마신다.) 아⋯⋯.

아나톨 끝까지 마셔⋯⋯ 끝까지!

안니 왜, 너 아마도—.

아나톨 다른 때는 한 번에 다 마셨잖아—.

안니 하지만, 아나톨—이제 난 보르도하고도 이별을 하고 있다고—얼마나 오랫동안이 될지 누가 알겠어!

아나톨 이런 제기랄!—도대체 무슨 얘길 늘어놓고 있는 거야!⋯⋯

안니 이제 아마도 보르도는 없을 거 아니야⋯⋯ 굴도 없을 테고⋯⋯ 또 샴페인도 없을 거야! (종업원이 다음 코스 요리를 가지고 들어온다.)—그리고 송로버섯이 곁들여진 스테이크도 없을 거야!—그런 것들은 이제 모두 끝이야⋯⋯.

막스 맙소사—감상적인 위장을 가지고 계시군요! (종업원이 음식을 차려놓는다.)—덜어 드릴까요?—

안니 정말 고마워요! 자⋯⋯.

아나톨 (담배에 불을 붙인다.)—

막스 넌 더 안 먹어?

아나톨 일단은! (종업원이 나간다.)⋯⋯ 그러니까 이제 좀 알고 싶어. 그 행복한 사람이 누구냐고!

안니   내가 이름을 말한다고 해도—그래도 넌 누군지 몰라—.

아나톨   그럼—어떤 종류의 인간이야?—어떻게 알게 됐어?— 어떻게 생겼어—?

안니   예뻐—그림처럼 예쁘게 생겼어!—물론 그건 전부…….

아나톨   그러니까—그 정도면 너한텐 충분한 거구나…….

안니   그래—이제 굴은 더 이상 없을 거야…….

아나톨   이미 얘기했잖아…….

안니   …… 그리고 샴페인도!

아나톨   하지만 이거 좀 봐—그 사람이 굴과 샴페인을 사 줄 능 력이 없다는 것 말고 다른 특징도 가지고 있을 것 아니야—.

막스   아나톨 말이 맞아요—그게 그 사람이 하는 일은 아니잖아 요…….

안니   뭐, 그게 무슨 상관이야—내가 그 사람을 사랑하는데?— 난 모든 걸 다 포기한다고—그건 뭔가 새로운 거야—지금까 지 내가 전혀 경험하지 못했던 것 말이야.

막스   아, 하지만 보세요…… 꼭 필요하다면 아나톨도 나쁜 음식 을 사 줄 수 있다고요!—

아나톨   뭐 하는 사람이야?—점원이야?—굴뚝 청소부—?— 석유나 팔고 다니는 외판원—?

안니   이봐, 그 사람을 모욕하면 가만두지 않을 거야!

막스   그러니까 이제 그만 뭐 하는 사람인지 말해 보세요!

안니   예술가예요!

아나톨　무슨 예술가? — 공중 곡예사? 그렇다면 너희들에게 딱 어울리지 — 서커스에 등장하는 공중 곡예사 말이야 — 뭐? 곡마사라고?

안니　욕하지 마! — 그 사람은 내 동료야…….

아나톨　그러니까 — 오래전부터 알고 있던 사람이야?…… 몇 년 동안 매일 같이 있었던 사람이란 말이지 — 그리고 아마도 벌써 오래전부터 그놈과 바람을 피우고 있었겠지! —

안니　이럴 줄 알았으면 아무것도 이야기하지 않았어! — 난 네 말을 믿었어 — 그래서 너에게 모든 걸 다 고백한 거야, 너무 늦기 전에 말이야!

아나톨　하지만 — 넌 이미 그 사람을 사랑하고 있었던 거야 — 얼마나 오래됐는지 누가 알겠어? — 그러니 정신 속에선 넌 이미 오래전부터 바람을 피워 왔던 거야.

안니　그건 막을 수 없는 일이야!

아나톨　넌 완전히…….

막스　아나톨!!

아나톨　…… 내가 아는 사람이야? —

안니　글쎄 — 아마 네 눈에 띄지는 않았을 거야…… 합창이 있을 때만 춤을 추니까…… 하지만 잘나가게 될 거야 —.

아나톨　언제부터…… 그 사람이 네 마음에 들었어 — ?

안니　오늘 밤부터!

아나톨　거짓말!

안니　진짜야! — 오늘 난…… 그 사람이 나의 숙명임을 느꼈어…….

아나톨   숙명이래!…… 들었어, 막스 ─ 숙명이래!!

안니   그래, 그런 것도 숙명이야!

아나톨   들어 봐 ─ 하지만 모두 다 알고 싶어 ─ 나에게는 그럴 권
리가 있어!…… 지금 이 순간 너는 아직 내 애인이야!…… 난
언제부터 이 일이 진행됐는지 알아야겠어…… 어떻게 시작됐
는지…… 언제 그 사람이 감히 네게 접근했는지 ─.

막스   그래요…… 그건 정말로 우리에게 얘기해 주셔야 해
요…….

안니   진짜라니까!…… 정말이야 ─ 나도 프리첼이 그 남작한테 하
는 것처럼 해야만 했어 ─ 그 사람은 아직 아무것도 모른다고 ─
프리첼은 석 달째 5기병대 소위하고 사귀고 있는데 말이야!

아나톨   그 남작도 곧 알게 될 거야!

안니   그럴 수도 있지! 하지만 넌 절대로 알아차리지 못했을 거
야, 절대로! ─ 그러기에 난 너무 영리하고…… 넌 너무 멍청
해! (자기 잔에 와인을 따른다.)

아나톨   그만 좀 마실래!

안니   오늘은 안 돼! ─ 오늘은 ─ 취기가 돌 때까지 마실 거야! ─
어차피 마지막인 걸…….

막스   일주일 동안은요!

안니   영원히요! ─ 왜냐하면 난 카를의 곁에 머물러 있을 거거든
요. 카를을 정말로 사랑하니까요 ─ 왜냐하면 카를은 돈이 없어
도 즐겁기 때문이에요 ─ 카를은 나를 괴롭히지도 않을 거고 ─

귀엽고, 귀여운 —사랑스런 사람이기 때문이에요! —

아나톨 넌 약속을 지키지 않았어! —이미 오래전부터 넌 그 녀석과 사랑에 빠졌던 거야! —오늘 밤부터라는 말은 어리석은 거짓말이야!

안니 믿지 않아도 돼!

막스 자, 안니…… 그러지 말고 어떻게 된 일인지 한번 얘기해 봐요…… 아시겠어요 —전부 다요 —그렇지 않으면 아예 아무 말도 하지 않았던 게 낫지요! —평화롭게 헤어지길 원하신다면 —그러지 말고 아나톨을 위해서 얘기를 해 줘요…….

아나톨 그러면 나도 네게 뭔가 얘기를 해 줄게…….

안니 뭐…… 그렇게 시작된 거야……. (종업원 들어온다.)…….

아나톨 그냥 얘기해 —그냥 얘기해……. (그녀의 옆에 앉는다.)

안니 아마도 14일 정도 되었을 거야…… 어쩌면 더 오래됐는지도 몰라. 그 사람이 나에게 장미꽃 몇 송이를 줬어 —출구에서 말이야…… 난 웃을 수밖에 없었어! —그러면서 나를 아주 수줍게 바라봤어 —.

아나톨 왜 나한테 거기에 대해서 아무 말도 하지 않았지 —.

안니 거기에 대해서? —이봐, 그날 할 말이 많았던 모양이지! (종업원 퇴장.)

아나톨 자, 계속해 봐 —계속!

안니 …… 그러고는 연습 때 항상 이상하게 내 주위로 접근하는 거야 —뭐 —나도 알아차렸지 —처음에는 화가 났어 —그러고 나서는 그게 즐거웠어 —.

아나톨　정말 단순하군…….

안니　뭐…… 그러고는 얘기를 했지—그러면서 그 남자의 모든 것이 마음에 든 거야—.

아나톨　도대체 무슨 얘기를 했는데?—

안니　모든 가능한 이야기들—어떻게 학교에서 쫓겨났는지—그 후 어떻게 한 수공업자의 도제가 될 뻔했는지—뭐—그리고 어떻게 그의 내부에서 연극의 피가 끓어오르기 시작했는 지…….

아나톨　그래…… 그리고 그 모든 것에 대해서 나는 아무것도 듣지 못했군…….

안니　음…… 그러고는 우리 둘이, 우리가 어렸을 적에, 두 집 건너에 살았다는 게 밝혀졌어—우리는 이웃이었던 거야—.

아나톨　아! 이웃!—그거 감동적이군, 감동적이야!

안니　그럼…… 그럼……. (와인을 마신다.)

아나톨　…… 계속해 봐!

안니　뭘 계속하라는 거야?—난 벌써 전부 다 이야기했어! 이건 나의 숙명이야—그리고 숙명에 대항해서…… 난 아무것도 할 수 없어…… 그리고…… 숙명에…… 대항해서…… 난…… 아무것도…… 할 수가…… 없다고…….

아나톨　오늘 밤에 일어난 일에 대해서도 알아야겠어!

안니　나 참…… 대체 뭘—. (고개가 떨궈진다.)

막스　잠들고 있잖아—.

아나톨　깨워!—와인을 안니 멀리 치워!…… 오늘 밤에 무슨 일이 있었는지 알아야겠어 ─ 안니 ─ 안니!

안니 오늘 밤에…… 그가 내게 말했어 ─ 날 ─ 사랑 ─ 한다고!

아나톨 그래서 너는 ─ .

안니 난 말했지 ─ 그 말을 들어 기쁘다고 말이야 ─ 그리고 난 그를 속이고 싶지 않기 때문에 ─ 그래서 너에게 말하는 거야. 안녕이라고 ─ .

아나톨 그를 속이고 싶지 않아서!! ─ 그럼 나 때문이 아니라는 말이야 ─ ?…… 그 사람 때문에?

안니 그래, 그래서 뭐가 어쨌는데! ─ 난 너를 전혀 좋아하지 않아!

아나톨 그래, 좋아! ─ 운 좋게도 난 그 모든 일이 더 이상 신경쓰이지 않는군.

안니 그래!?

아나톨 나 역시 너의 그 오래전에 사라져 버린 사랑스러움을 편안하게 포기할 수 있어!

안니 응…… 그래!

아나톨 그럼…… 그럼! ─ 이미 오래전부터 난 너를 사랑하지 않았어!…… 난 다른 여자를 사랑한다고!

안니 하하…… 하하…… .

아나톨 오래전부터! ─ 막스에게 한번 물어봐! ─ 네가 오기 전에 ─ 막스에게 얘기했던 말이야!

안니 …… 그래…… 그래…… .

아나톨 오래전부터 그랬다고!…… 그리고 그 다른 여자는 너보다 천 배는 더 낫고 예뻐…….

안니   그래…… 그래…….

아나톨   …… 너 같은 여자라면 천 번이라도 포기할 수 있는 그런 아가씨야 — 알겠어 — ?

안니   (웃는다.) …….

아나톨   웃지 마! — 막스에게 물어보라고 — .

안니   너무 웃기지 않니! — 지금 나에게 그걸 믿게 만들려고 하는 게 — .

아나톨   사실이야 — 내가 말하잖아 — 그게 사실이라는 걸 맹세한 다니까! — 오래전부터 난 너를 사랑하지 않았어!…… 너와 함께 있는 동안에도 난 너를 전혀 생각하지 않았다고 — 그리고 네게 키스를 할 때에도 난 다른 사람을 생각했어! — 다른 사람! — 다른 사람! —

안니   그래 — 그럼 피차일반이군!

아나톨   그래! — 그렇게 생각해?

안니   그래 — 피차일반! 그거 아주 좋군 그래!

아나톨   그래? — 우린 피차일반이 아니야 — 아니고말고 — 전혀 그렇지 않아! — 그러니까 그건 똑같은 게 아니란 말이야…… 네가 경험한 것…… 그리고 내가!…… 내 얘기는 조금 덜 — 순결해…….

안니   …… 뭐라고? — (진지해지면서)

아나톨   그래…… 내 얘기는 조금은 달라 — .

안니   왜 네 얘기가 다르다는 거야?

아나톨　그러니까 — 난 — 난 바람을 피웠거든 —.

안니　(일어선다.) 뭐라고? — 뭐라 그랬어?!

아나톨　난 널 속이고 바람을 피웠다고 — 넌 당해도 싸 — 매일매일 — 밤이면 밤마다 — 너를 만날 때 난 그녀에게서 온 거였고 — 널 떠나면 그녀에게로 갔지 —.

안니　…… 비열해…… 이건…… 비열해!! (옷걸이로 간다. 레인코트와 목도리를 걸친다.) —

아나톨　너희 같은 여자들을 만날 땐 아무리 서둘러도 충분하지 않아 — 그렇지 않으면 너희가 먼저 일을 저지르거든!…… 뭐 다행히도 난 환상 같은 건 가지고 있지 않아…….

안니　그래, 다시 한번 알아봤어! — 그래!!

아나톨　그래…… 알아봤지, 그렇지 않아? 이제 알아봤지!

안니　남자들은 여자들보다 백 배는 더 무분별하다는 걸 말이야 —.

아나톨　그래, 이제 알아봤지! — 난 그렇게 무분별했어…… 그래!

안니　(이제 목도리를 목에 두르고 모자와 장갑을 손에 든다. 아나톨 앞에 선다.) — 그래…… 무분별해! — 하지만 난 너에게 **그건**…… 말하지 않았어! (가려고 한다.)

아나톨　뭐?! (그녀를 따라간다.)

막스　내버려 둬! — 그녀를 잡으려는 건 아니겠지! —

아나톨　"그건" — 말하지 않았다고? — 뭐야!? — 너…… 너…… 너 —.

안니　(문 옆에서) 절대로 너에게 얘기하지 않으려고 했는데…… 절대로!…… 그렇게 무분별할 수 있는 건 오직 남자들

뿌이거든 ―.

종업원 (크림을 가지고 온다.) ― 아 ―.

아나톨 그 빌어먹을 크림을 가지고 나가!

안니 …… 뭐!? 바닐라 크림!! …… 그래! ―

아나톨 거기다 또 감히! ―

막스 그냥 내버려 둬! ― 크림하고도 이별을 해야 할 것 아니야 ― 영원히 ― !

안니 그래…… 즐겁게! ― 보르도하고도, 샴페인하고도 ― 굴하고도 ― 그리고 특히 너하고도, 아나톨 ― ! (갑자기 문에서 멀어져서는 ― 저속한 미소를 지으며 ― 트뤼모 위에 놓여 있던 담뱃갑으로 간다. 한 주먹의 담배를 핸드백 안에 집어 넣는다.) 내가 피울 게 아니야! ― 카를에게 가져다 줄 거라고! (퇴장.)

아나톨 (그녀의 뒤를 따라가다가 문 옆에서 멈춰 선다.) …….

막스 (조용히) 자…… 거봐…… 아주 쉽게 해결됐잖아! ……

막

죽기 전의 몸부림

아나톨, 막스, 엘제.

아나톨의 방. 막 해가 지기 시작할 무렵. 방은 잠시 비어 있다.

아나톨과 막스, 들어온다.

막스 자…… 이제 진짜 너하고 함께 올라왔지!

아나톨 조금만 더 있다 가.

막스 난 내가 방해된다고 생각했는데?

아나톨 부탁이야, 조금 더 있다 가! 혼자 있고 싶은 생각이 전혀
없단 말이야— 게다가 엘제가 정말 올지 안 올지 누가 알겠어!

막스 아!

아나톨 열 번 중 일곱 번은 나 혼자 기다려!

막스 나 같으면 못 참는다!

아나톨 때로는 변명을 믿어야만 해—아, 그리고 그 변명은 사실
이기까지 해.

막스 일곱 번 모두?

아나톨 내가 어떻게 알겠어!…… 들어 봐, 애인이 유부녀인 것만큼 끔찍한 일은 없어!

막스 아, 그렇지 않을 걸…… 예를 들어 그 여자의 남편이 되는 게 더 끔찍할 거야.

아나톨 그래도 꽤 오래됐어 — 얼마나 됐더라 — ? — 2년 — 아, 뭐라고! — 더 됐어! — 카니발 때 이미 2년이 됐어 — 그리고 이제 세 번째 맞는 "우리 사랑의 봄"이야…….

막스 무슨 소리야?

아나톨 (여전히 외투를 입고 있다. 지팡이를 창가에 있는 안락의자에 던진다.) — 아, 난 피곤해 — 신경이 곤두서 있고, 내가 뭘 원하는 건지 잘 모르겠어…….

막스 여행을 떠나!

아나톨 왜?

막스 끝을 앞당기기 위해서!

아나톨 그게 무슨 소리야 — 끝이라니!?

막스 난 네가 그러는 걸 벌써 여러 번 봤어 — 마지막 본 건, 기억나? 네가 한 바보 같은 여자에게 이별을 고해야겠다고 결정을 내리는 데 얼마나 오래 걸렸는지? 정말로 네 고통에 걸맞지 않은 그런 여자에게 말이야.

아나톨 너 그럼 내가 엘제를 더 이상 사랑하지 않는다고 생각하는 거야……?

막스 아! 그래? 그렇다면 그거 참 훌륭하겠군…… 그 단계에 이르면 더 이상 괴롭지도 않거든!…… 지금 넌 죽음보다 더 끔찍한 일을 해내고 있는 거야 — 바로 "치명적인 것" 말이야.

아나톨 마치 좋은 일인 것처럼 얘기하는군! — 하지만 네 말이 맞긴 해 — 이건 죽기 전의 몸부림이야!

막스 거기에 대해 터놓고 얘기하는 건 분명 위로가 될 거야. 그러기 위해 철학이 필요한 것도 아니야! — 대단한 일반성의 문제에까지 들어갈 필요도 없지 — 그저 특별한 것 하나를 아주 깊이, 그 숨겨진 근원에 이르기까지 이해하기만 하면 된다고.

아나톨 네가 제안하는 건 별로 재미있을 것 같지는 않군.

막스 뭐 내 생각이 그렇다는 거야. — 하지만 난 오후 내내 네 상태를 알아차릴 수 있었어. 저 아래 프라터에서부터 말이야. 안색은 창백했고, 또 그보다 더 따분해할 수가 없었잖아.

아나톨 엘제가 오늘 마차로 거기에 오겠다고 했어.

막스 하지만 넌 우리가 엘제의 마차와 마주치지 않아서 기뻤잖아. 분명 2년 전에 그녀를 반길 때 지었던 그 미소를 더 이상 보여 줄 수 없기 때문에 그랬을 거야.

아나톨 (일어선다.) 대체 왜 그렇게 된 걸까! — 말해 봐, 왜 그렇게 된 거지 —? — 그러니까 그런 일이 또 내게 닥친 건가? — 천천히, 점진적으로 진행되는, 말할 수 없이 슬픈 소멸 —? 넌 내가 그 앞에서 얼마나 공포의 전율을 느끼는지 알지 못해 — !

막스 그래서 내가 얘기하는 거 아니야! 여행을 떠나라고! — 아니면 모든 진실을 그녀에게 고백할 용기를 가지든가.

아나톨 도대체 뭘 고백해? 그리고 어떻게?

막스 뭐, 아주 간단해. "끝났어"라고 말해.

아나톨 그런 종류의 진실을 그렇게 자랑스럽게 생각할 필요는 없어. 그건 그저 피로해진 거짓말쟁이의 난폭한 솔직함일 뿐이야.

막스 당연하시겠지! 빨리 결정을 내리고 헤어지느니 차라리 천 개의 계략을 써서 숨겨 보라고. 너희가 더 이상 예전 같지 않다는 사실을 말이야. 도대체 무엇 때문에 그러는데? —

아나톨 왜냐하면, 뭐 우리조차도 그 사실을 믿지 않기 때문이지. 죽음을 앞둔 몸부림의 끝없는 단조로움 속에는 사람을 현혹하는 이상한 순간이 있어서, 그 순간에는 모든 것이 그 전의 어느 때보다도 더 아름다워 보이는 거야……! 사랑의 마지막 날들에 우리는 그 어느 때보다 더 행복을 동경한다고 — 그리고 그때 그 어떤 기분, 어떤 도취, 어떤 무(無)가 행복으로 가장하고 찾아오면 우리는 가면의 뒤쪽을 보려 하지 않아…… 그리고 나면 모든 달콤함이 끝났다고 생각했던 사실을 부끄러워하게 되는 순간이 찾아오지 — 그러면 우리는 말로 하지는 않지만 서로에게 아주 많은 것을 요구하게 돼. — 우리는 죽음의 두려움에 너무도 지쳐 있었는데 — 이제 갑자기 삶이 다시 나타난 거야 — 그 어느 때보다 더 뜨겁고, 더 달궈진 채로 — 그리고 그 어느 때보다 더 기만적으로! —

막스 하나만 잊지 마. 그 종말은 흔히 우리가 예감하는 것보다 더 빨리 시작된다고! — 첫 번째 키스와 함께 죽어 버리기 시작하는 행복도 종종 있어 — 마지막 순간까지 자신이 건강하다고 생각하는 중환자들 몰라?

아나톨 나는 그런 행복한 사람들에 속하지 않아!—그건 확실해!—나는 항상 사랑의 우울증 환자였어…… 어쩌면 내 감정은 내가 그렇다고 생각하는 만큼 병들어 있지 않은 건지도 몰라—더 화나는 일이지!—난 가끔 사악한 눈빛의 전설*이 내게서 실제로 일어나고 있는 것 같다고 느껴…… 단지 나의 사악한 눈빛은 내부로 향하고 있고, 그래서 내 최고의 감정이 그 눈빛 앞에 서서히 죽어 가는 거야.

막스 그렇다면 바로 그 사악한 눈빛에 대해서 자부심을 가져야겠군.

아나톨 아, 아니야. 난 오히려 다른 사람들을 부러워해! 알겠어?—그 행복한 사람들 말이야. 모든 삶의 순간이 새로운 승리인 사람들!—나는 항상 무언가를 끝내기 위해 결단을 내려야만 해. 나는 자꾸 멈춰 서는 거야—깊이 생각하고, 쉬고, 다시 그 무언가를 질질 끌고 가지—! 다른 사람들은 놀이하듯 쉽게 극복해 버려. 아직 경험을 하고 있는 동안에도 말이야 …… 그 사람들에게는 다 그게 그거야.

막스 부러워하지 마, 아나톨—그 사람들은 극복하는 게 아니라 그냥 지나쳐 갈 뿐이야!

아나톨 그거 역시 행복 아니야—?—그 사람들은 적어도 이 희한한 죄책감, 우리가 이별을 할 때 느끼는 괴로움의 비밀인 그 죄책감을 느끼지는 않잖아.

막스 무슨 죄책감?

아나톨 우리는 여인들에게 영원을 약속했으니 그 여인들을 사랑하는 몇 해, 혹은 몇 시간 안에 그 영원을 불어넣어야 할 의무를 가지고 있는 것 아니겠어? 하지만 우리는 결코 그렇게 할 수 없었다고! 결코! ─우리는 이런 죄책감을 가지고 그 모든 여인들과 이별을 하는 거야─ 그리고 우리의 우울은 이에 대한 묵묵한 자백이지. 그게 우리에게 남은 마지막 정직함이야! ─

막스 최초의 정직함인 경우도 종종 있지…….

아나톨 그리고 그 모든 것은 이렇게 고통스러워……─.

막스 이 친구야, 너에겐 이렇게 오래 계속되는 관계는 전혀 좋지 않아…… 넌 너무 섬세한 후각을 가지고 있다니까─.

아나톨 내가 그 말을 어떻게 이해해야 하지?

막스 너의 현재는 항상 아직 소화되지 않은 과거의 모든 무게를 함께 끌고 다녀…… 그리고 이제 네 사랑이 시작되던 처음의 몇 해가 다시 한번 부패하기 시작하는 거야. 너의 영혼은 그 과거를 완전히 몰아낼 놀라운 힘을 가지고 있지 못한데 말이지. ─그러면 이제 자연스러운 결과는 뭐지─?─너의 가장 건강하고 가장 활짝 피어나는 현재의 시간들 주위에조차 부패의 냄새가 흐르는 거야─그리고 네 현재의 대기는 어쩔 수 없을 만큼 오염되어 있는 거고.

아나톨 그럴 수도 있겠군.

막스 바로 그래서 네 안에 '한때'와 '지금'과 '다음에'가 영원히 혼란스럽게 뒤엉켜 있는 거야. 영원하고 불분명한 과도기! 과거는 너에게 그냥 확정된 사실이 되지 못해. 과거가 그것을 경험했던 순간의 '분위기'로부터 이탈해 버렸기 때문이야 — 그래, 그 순간의 분위기는 저 건너편에 무겁게 자리를 잡고 있다가 그저 점점 창백해지고 시들어 버리지 — 그러고는 죽어 없어지고 마는 거야.

아나톨　그래, 좋아. 그토록 자주 내 최고의 순간에 퍼졌던 그 괴로운 냄새가 거기에서 나오는 거야. — 나는 그 냄새로부터 도망치고 싶어.

막스　놀랍게도 나는 누구나 한 번쯤은 명언을 하게 된다는 사실을 깨달았어!…… 이제 내가 그런 명언을 하나 해 볼게. "강해야 해, 아나톨 — 건강해져야 해!"

아나톨　말하면서 너조차도 웃고 있잖아!…… 뭐 내게 그럴 능력이 있을 수도 있을 거야. 하지만 내겐 훨씬 중요한 게 결여되어 있어 — 바로 그러고 싶다는 욕구야! — 언젠가 좋은 날이 와서 내가 스스로를 '강하다'고 느끼게 되면, 나는 내가 얼마나 많은 것을 잃어버렸는지 알게 될 거야!…… 이 세상에는 아주 많은 병들과 단 하나의 건강이 있어!…… 사람은 항상 다른 사람들과 똑같이 건강할 수밖에 없어 — 하지만 모든 다른 사람들과 다르게 아플 수는 있지!

막스　그거 그냥 허영심 아니야?

아나톨　그러면 어때? — 너 또 허영심이 잘못이라는 걸 아주 잘 알고 있다고 말하려는 거지, 그렇지?

막스　난 네 모든 말에서 여행을 떠날 의사가 없다는 사실밖에 알아들을 수가 없군.

아나톨 어쩌면 떠날지도 몰라 — 그래, 좋아! — 하지만 즉흥적으로 해야만 해 — 결심을 해야 하는 상황이어서는 안 돼 — 결심은 모든 걸 망쳐 버린다고! — 이런 일에서 끔찍한 건 — 짐을 싸고, 마차를 불러서는 — "역으로 갑시다!" 하고 말하는 거야!

막스 그건 내가 다 해 줄게! (아나톨이 재빨리 창가로 가서 밖을 내다보자) — 왜 그래?

아나톨 아무것도 아니야…….

막스 맞아…… 완전히 잊어버리고 있었군. — 이제 갈게.

아나톨 …… 알겠어? — 이 순간 난 다시 — ?

막스 …….

아나톨 마치 그녀를 열렬히 사랑하고 있는 것만 같아.

막스 그건 아주 간단히 설명할 수 있어. 그러니까 넌 정말로 그녀를 열렬히 사랑하고 있는 거야 — **지금 이** 순간에는 말이야!

아나톨 그럼 잘 가 — 아직 마차를 부르지는 마!

막스 너무 그렇게 들떠 있지는 마! — 트리에스테*로 가는 급행열차는 네 시간 뒤에야 출발해 — 그리고 짐은 나중에 부치면 되고 — .

아나톨 정말 고마워!

막스 (문 옆에서) 이 경구를 말하지 않고는 못 가겠어!

아나톨 뭔데?

막스 여자는 수수께끼다!

아나톨 아!!!

막스 끝까지 들어 봐! 여자는 수수께끼다 — 사람들은 그렇게 말한다! 하지만 여자들이 우리에 대해 깊이 생각할 수 있을 만큼 이성적이라면 우리는 여자들에게 얼마나 큰 수수께끼일까?

아나톨　브라보, 브라보!

막스　(인사를 하고 퇴장한다.)

아나톨　(잠시 동안 혼자 남아 있다. 방 안을 이리저리 걸어 다닌다. 그러고는 다시 창가에 앉아 담배를 한 대 피운다. 위층에서 바이올린 소리가 들린다 — 잠시 아무 소리도 들리지 않는다 — 복도에서 발자국 소리가 들린다…… 아나톨, 주의를 기울인다. 일어서서 담배를 재떨이에 놓고 베일을 깊게 드리운 채 이제 막 들어선 엘제에게 다가간다.)

아나톨　드디어 왔구나! —

엘제　많이 늦었어…… 그래, 그래! (모자와 베일을 벗어 놓는다.) — 더 일찍 올 수는 없었어 — 불가능했어! —

아나톨　미리 연락해 줄 수 없어? — 기다리는 건 이렇게 사람을 예민하게 만든다고! — 그런데 — 좀 있을 거지 — ?

엘제　오래는 못 있어, 자기야 — 남편이 — .

아나톨　(기분이 상해서 돌아선다.)

엘제　봐 — 네가 또 어떻게 하고 있는지! — 나도 어쩔 수가 없는 일이잖아!

아나톨　그래 맞아 — 네 말이 맞아! — 상황이 그러니 어쩔 수 없지 — 적응하는 수밖에…… 이리 와…… 자기야! (창가 쪽으로 간다.)

엘제　누가 보면 어떡해! —

아나톨 어둡잖아 ― 그리고 여기 이 커튼이 우리를 가려 주잖아! 네가 오래 머무를 수 없다는 게 정말 화가 나! ― 난 이미 이틀 동안이나 널 보지 못했다고! ― 그리고 지난번에도 겨우 몇 분뿐이었어!

엘제 나 사랑해 ―?

아나톨 아, 너도 잘 알잖아 ― 넌 전부야, 내게는 네가 전부야!…… 항상 너와 함께 ―.

엘제 나도 네 곁에 있는 게 너무 좋아! ―

아나톨 이리 와……. (엘제를 자기 옆으로 끌어 당겨 안락의자로 데려간다.) ― 손 줘 봐! (엘제의 손을 입술로 가져간다.)…… 저 위에서 노인이 연주하는 게 들려? ― 멋지다 ― 그렇지 않아 ―?

엘제 자기야!

아나톨 아, 그래 ― 코모 호수에서 우리 함께…… 아니면 베네치아에서 ―.

엘제 거기는 신혼여행 때 가 봤어 ―.

아나톨 (화를 꾹 참으며) 그걸 굳이 지금 말해야 하겠어?

엘제 하지만 난 너만을 사랑하잖아! 오직 너만을 사랑한다고! 다른 사람은 절대로 사랑하지 않아 ― 나의 남편조차도 ―.

아나톨 (손을 깍지 끼며) 부탁이야! ― 최소한 몇 초 동안이라도 결혼하지 않은 것처럼 생각할 수 없어? ― 이 순간의 매력을 좀 음미해 봐 ― 이 세상에 우리 둘만이 있는 것처럼 생각해 보라고……. (시계 종소리가 울린다.)

엘제 몇 시지 —?

아나톨 엘제, 엘제 — 묻지 마! — 다른 사람들이 존재한다는 걸 잊어버려 — 내 곁에 있잖아!

엘제 (부드럽게) 널 위해 충분히 많은 걸 잊어버렸잖아? —

아나톨 자기야 —. (그녀의 손에 키스하며)

엘제 아나톨 —.

아나톨 (부드럽게) 또 뭔데, 엘제 —?

엘제 (미소 지으며 손짓으로 집에 가야 한다는 것을 암시한다.)

아나톨 무슨 소리야?

엘제 가야 해!

아나톨 꼭 그래야 해?

엘제 응.

아나톨 꼭 그래야만 해? 지금 — 지금 —? — 그럼 가! (그녀로부터 멀어진다.)

엘제 너하고는 얘기가 안 되는구나 —.

아나톨 나하고 얘기가 안 된다고! (방 안을 이리저리 걸어 다닌다.) — 그리고 넌 이런 생활이 날 미치게 만들 수밖에 없다는 걸 이해 못해? —

엘제 그게 나에 대한 감사야!

아나톨 감사, 감사라고! — 뭐에 대한 감사? — 네가 내게 해 준 것만큼 나도 네게 해 주지 않았어? — 네가 나를 사랑하는 것보다 내가 너를 덜 사랑하니? — 네가 나를 행복하게 해 주는 것보다 내가 널 덜 행복하게 해 주니? — 사랑 — 광기 — 고통 —!

하지만 감사라니? ─ 도대체 그 바보 같은 단어가 어디서 나온 거야? ─

엘제 그러니까 내가 네게 조금도 감사를 받을 가치가 없단 말이야? ─ 너를 위해 모든 것을 희생한 내가?

아나톨 희생했다고? ─ 난 희생을 원하지 않아 ─ 그리고 그것이 희생이었다면 넌 나를 사랑한 것이 아니야.

엘제 거기다 그런 말까지?…… 내가 그를 사랑하지 않는다고 ─ 내가, 그를 위해 남편을 속인 내가 ─ 내가, 내가 ─ 그를 사랑하지 않는다고!

아나톨 난 그렇게는 이야기하지 않았어!

엘제 아, 내가 무슨 짓을 한 거야!

아나톨 (그녀 앞에 선 채로) 아, 내가 무슨 짓을 한 거야! ─ 그래, 바로 이 훌륭한 발언이 빠져 있었어! ─ 네가 뭘 했느냐고? 내가 말해 주지…… 넌 7년 전에 바보 같은 어린애였어 ─ 그러고는 한 남자와 결혼을 했지. 누구나 결혼을 해야만 하는 것이기에. ─ 넌 신혼여행을 갔고…… 그리고 행복했지…… 베네치아에서 ─ .

엘제 전혀 그렇지 않았어! ─

아나톨 행복했지 ─ 베네치아에서 ─ 코모 호수에서 ─ 그것도 역시 사랑이야 ─ 최소한 어떤 특정한 순간에는 그렇지.

엘제 절대로 아니야!

아나톨 뭐라고? ─ 그가 네게 키스해 주지 않았어? ─ 포옹해 주지 않았어? ─ 너는 그의 여자가 아니었어? ─ 그리고 너희는 돌아왔지 — 그리고 넌 따분해진 거야 — 당연하지 — 왜냐하면 넌 아름답고 — 우아하고 — 그리고 여자니까 — ! 게다가 남편은 완전 바보야! — 교태의 날들이 온 거야…… 내 생각에, 오로지 교태뿐인 날들! — 넌 나 이전엔 아무도 사랑하지 않았다고 말하지. 뭐, 그건 증명할 수가 없어 — 하지만 난 그걸 받아들여. 그 반대는 내게 불쾌하거든.

엘제 아나톨! 교태라고! 내가! —

아나톨 그래…… 교태! 그리고 교태를 부린다는 게 뭔지 알아? 욕망에 휩싸여 있으면서도 항상 거짓말만 하는 걸 말하는 거야!

엘제 그게 나란 말이야? —

아나톨 그래…… 너! — 그러고는 투쟁의 날들이 왔지 — 넌 흔들리는 거야! — 내게는 소설 같은 일이 한 번도 일어나지 않는 걸까? — 너는 점점 더 예뻐졌지 — 네 남편은 점점 더 따분해지고, 어리석어지고, 추해지고……! 결국은 일이 벌어질 수밖에 없었던 거야 — 넌 애인을 하나 만들었어. 그 애인이 우연히도 나였던 거고!

엘제 우연히…… 너!

아나톨 그래, 우연히 나 — 왜냐하면, 내가 아니었다면 — 다른 사람이 그 자리에 있었을 것이기 때문이야! — 넌 결혼 생활에서 불행하다고 느꼈거나 아니면 충분히 행복하지 못하다고 느꼈지 — 그리고 사랑받고 싶었던 거야. 너는 나하고 조금 시시덕거리고는 커다란 열정이라고 떠들어 댔지 — 그리고 어느 날, 네 친구 중 하나가 마차를 타고 네 곁을 스쳐 지나가는 걸 봤을 때,

아니면 아마도 특별석에서 너희 옆에 앉았던 한 접대부를 봤을 때 생각한 거야: 나라고 즐기면 안 될 이유가 뭐가 있겠어! ― 그렇게 넌 내 애인이 된 거야! ――넌 바로 그런 짓을 한 거야! ―그게 다야―그리고 나는 이런 작은 모험을 위해서 네가 왜 그렇게 허황되고 공허한 말들을 필요로 하는지 이해하지 못하겠어.

엘제　아나톨―아나톨! ―모험이라고?!

아나톨　그래!

엘제　네가 말한 것 취소해―부탁이야! ―

아나톨　도대체 무슨 말을 취소하라는 거야―사실과 다른 게 뭐가 있다고 생각하는데―?

엘제　정말로 그렇게 생각해―?

아나톨　그래!

엘제　좋아―그럼 난 가야겠어!

아나톨　가―잡지 않아. (잠시 침묵.)

엘제　날 보내는 거야? ―

아나톨　내가―널 보낸다고―2분 전에 네가 말했잖아―"나 가야만 해!"라고.

엘제　아나톨―그래야 하긴 해―! 너 도대체 모르겠니―.

아나톨　(결심한 듯) 엘제!

엘제　왜?

아나톨　엘제―너 날 사랑해―? 말해 봐―.

엘제　내가 말하잖아―맙소사―도대체 무슨 증거를 원하는 거야 ─?

아나톨 그게 알고 싶어 ─? 좋아! ─ 어쩌면 네가 나를 사랑한다는 걸 믿을 수 있을지도 몰라…….

엘제 어쩌면이라고? ─ 그걸 지금에야 말해!

아나톨 날 사랑한다고 ─?

엘제 너무나 사랑한다니까 ─.

아나톨 좋아 ─ 그럼 내 곁에 있어!

엘제 뭐? ─

아나톨 나랑 도망가자 ─ 응? 나와 함께 ─ 다른 도시로 ─ 다른 세계로 ─ 난 너와 단둘이만 있고 싶어!

엘제 도대체 무슨 생각을 하고 있는 거야 ─?

아나톨 무슨 생각을 하고 있는 거냐고 ─? 유일하게 자연스러운 것 ─ 그래! ─ 내가 대체 너를 어떻게 떠나게 내버려 둘 수 있겠어 ─ 그에게 ─ 내가 도대체 어떻게 그래 왔지? ─ 그래 ─ 넌 도대체 어떻게 그럴 수 있지? ─ 너! 나를 '너무나 사랑하는' 네가! ─ 어떻게? 내 키스에 불탄 채로, 내 품에서 멀어져 그 집으로 돌아간단 말이야? 네가 내 것이 된 이후로 네게 그토록 낯선 곳이 되어 버린 그 집으로? ─ 아니야 ─ 아니야 ─ 우리는 거기에 익숙해진 거야 ─ 우리는 그게 얼마나 끔찍한 일인지 생각해 보지 않은 거라고! 이렇게 계속 사는 건 불가능해 ─ 엘제, 엘제, 나하고 함께 가자! ─ 이제…… 아무 말도 하지 않는구나 ─ 엘제! ─ 시칠리아로 가자…… 네가 원하는 곳으로 ─ 바다를 건너서 가고 싶다면 그래도 좋아 ─ 엘제!

엘제　─도대체 무슨 얘길 하는 거야?

아나톨　너와 나 사이에 아무도 없는 곳으로─바다를 건너가자, 엘제!─그러면 우리는 단둘이 남게 되는 거야.

엘제　바다 건너─?

아나톨　어디든 네가 원하는 곳으로!……

엘제　나의 사랑스럽고 사랑스러운…… 자기야…….

아나톨　망설이는 거야?

엘제　봐, 자기야─도대체 그럴 필요가 뭐가 있어─?

아나톨　뭐가?

엘제　멀리 떠나는 거 말이야─전혀 그럴 필요가 없다고…… 우리는 빈에서도 거의 우리가 원하는 만큼 자주 볼 수 있잖아─.

아나톨　거의 우리가 원하는 만큼 자주.─그래 그래…… 우리는…… 그럴 필요가 전혀 없지…….

엘제　그건 환상이야…….

아나톨　…… 네 말이 맞아……. (잠시 침묵.)

엘제　…… 화났어─? (시계 종소리.)

아나톨　너 가야 하잖아!

엘제　…… 맙소사─이렇게 늦어 버렸네……!

아나톨　자─이제 가…….

엘제　내일 다시 봐─6시면 올 수 있을 거야!

아나톨　…… 좋을 대로!

엘제　키스 안 해 줘─?

아나톨　아, 그래…….

엘제　내가 널 다시 원래대로 만들어 놓을 거야…… 내일! ─

아나톨　(문까지 함께 간다.) 잘 가!

엘제　(문에서) 키스 한 번 더 해 줘!

아나톨　안 될 게 뭐 있어 ─ 자! (키스한다. 엘제 떠난다.)

아나톨　(다시 방으로 돌아와서) 이제 난 이 키스로 그녀를 그녀
에게 걸맞은 존재로 만들어 버렸어…… 또 한 사람을! (몸을 떤
다.) 한심해, 한심해……!

막

아나톨이 결혼하는 날 아침

아나톨, 막스, 일로나, 프란츠(하인).

세련되게 꾸며진 젊은 남자의 방. 오른쪽에 있는 문은 현관으로 통한다. 왼쪽에 있는 문은 침실로 통한다. 왼쪽 문이 있는 쪽으로 커튼이 쳐 있다.

아나톨 (평상복을 입고 왼쪽 방에서 살금살금 걸어 나와 문을 조용히 닫는다. 눕는 의자에 앉아 버튼을 누른다. 벨이 울린다.)

프란츠 (오른쪽에서 나타나서 아나톨을 보지 못하고 왼쪽에 있는 문으로 간다.)

아나톨 (처음에는 아무것도 눈치 채지 못하고 있다가 프란츠의 뒤를 따라가서 문을 열지 못하도록 막는다.) 왜 그렇게 살금살금 다니는 거야? 네가 오는 소리를 전혀 듣지 못했잖아!

프란츠 뭘 할까요, 주인님?

아나톨 사모바르*를 가져와!

프란츠 알겠습니다. (퇴장.)

아나톨 조용히, 이 멍청아! 더 조용히 걸을 수 없어? (왼쪽 문으로 살금살금 걸어가 문을 조금 연다.) 자는군!…… 아직도 자고 있어! (문을 닫는다.)

프란츠 (사모바르를 가지고 온다.) 잔을 두 개 놓을까요, 주인님?

아나톨 그래! (벨이 울린다.) …… 밖을 내다 봐! 누가 이렇게 이른 시간에 온 거지? (프란츠 퇴장.)

아나톨 난 오늘 결단코 결혼할 기분이 아니야. 취소하고 싶어.

프란츠 (오른쪽 문을 열자 막스가 들어선다.)

막스 (진심으로) 안녕, 친구!

아나톨 쉿…… 조용!…… 잔 하나 더, 프란츠!

막스 저기 벌써 잔이 두 개 놓여 있는데!

아나톨 잔 하나 더, 프란츠—그리고 나가 봐. (프란츠 퇴장.) 자…… 그런데 막스, 무엇 때문에 오전 8시에 날 찾아온 거야?

막스 10시야!

아나톨 그럼 무엇 때문에 오전 10시에 날 찾아온 거야?

막스 내 건망증 때문에.

아나톨 더 조용히…….

막스 그래, 그런데 왜? 너 신경이 곤두서 있구나!

아나톨 응, 아주 많이!

막스 그렇지만 너 오늘 그러면 안 되잖아.

아나톨 그래서 뭘 원하는 거야?

막스 너도 알지? 내가 오늘 네 결혼식 증인이잖아. 네 매력적인 사촌 알마가 내 여자 파트너고!

아나톨 (맥없는 목소리로) 본론만 얘기해.

막스 그러니까—부케 주문하는 걸 깜빡했는데, 지금 이 와중에 알마가 어떤 차림을 하고 오는지도 모르겠단 말이야. 흰색 옷을 입을까? 분홍색? 파란색? 아니면 녹색?

아나톨 (화가 나서) 녹색은 절대 아니야!

막스 왜 녹색은 절대 아니라는 거야?

아나톨 내 사촌은 절대로 녹색 옷을 입지 않아.

막스 (화가 나서) 그걸 내가 알 리가 없잖아!

아나톨 (역시 화가 나서) 그렇게 소리치지 마! 그런 건 전부 조용히 해결할 수 있잖아.

막스 그러니까 넌 알마가 오늘 어떤 색깔의 옷을 입을지 전혀 모른단 말이지?

아나톨 분홍색 아니면 파란색!

막스 하지만 그건 완전히 다른 색이잖아.

아나톨 나 참, 분홍이든 파랑이든 전혀 중요하지 않다고!

막스 하지만 내 부케한테는 아주 중요해!

아나톨 두 개를 주문해. 그러고 나서 다른 하나는 네 단추 구멍에 꽂으면 되잖아.

막스 난 너의 그 같잖은 농담을 들으러 온 게 아니야.

아나톨 난 오늘 2시에 더 같잖은 농담을 해야만 한다고!

막스 너 결혼식 날 아침에 기분이 아주 제대로 좋구나.

아나톨 난 신경이 곤두서 있어!

막스 너 뭔가 숨기고 있는 게 있지.

아나톨 없어!

일로나의 목소리 (침실 쪽에서) 아나톨!

막스 (놀라서 아나톨을 바라본다.)

아나톨 잠깐 실례할게. (침실 문 쪽으로 가서 잠시 침실로 사라진다. 막스는 눈이 휘둥그레져서 아나톨의 뒷모습을 바라본다. 아나톨은 문 옆에서, 그러나 막스가 볼 수 없는 곳에서 일로나에게 키스를 한다. 문을 닫고 다시 막스에게로 온다.)

막스 (격노해서) 사람이 그러는 게 아니야!

아나톨 들어 봐, 막스. 그러고 나서 판단해.

막스 난 여자의 목소리를 듣고 판단하는 거야. 너 아주 일찍부터 바람을 피우기 시작하는구나!

아나톨 앉아 봐. 그리고 내 말을 들어 봐. 아마 곧 생각이 달라질 거야.

막스 절대로. 나는 물론 성인군자는 아니야, 하지만 이런 건……!

아나톨 내 말을 듣지 않겠다는 거야?

막스 말해 봐! 하지만 빨리. 나는 네 결혼식에 초대받았다고. (두 사람, 앉는다.)

아나톨 (슬프게) 아 그래!

막스 (조급하게) 자.

아나톨 그러니까…… 그러니까 어제 내 미래의 처갓집에서 결혼식 전야제가 있었어.

막스 알아. 나도 거기에 있었지!

아나톨 맞아, 너도 거기에 있었어. 하여튼 아주 많은 사람이 거기에 있었지! 사람들은 아주 기분이 좋았어. 샴페인을 마시고 축배를 들었지……

막스 나 역시 그랬어…… 너의 행복을 위해서!

아나톨 그래, 너 역시…… 내 행복을 위해서! (막스의 손을 잡는다.) 고마워.

막스 이미 어제 말했어.

아나톨 사람들은 그러니까 한밤중까지 아주 즐거웠어.

막스 나도 알아.

아나톨 한순간 나는 내가 마치 행복한 것처럼 느꼈다니까.

막스 네가 네 잔째 샴페인을 마신 뒤였지.

아나톨 (슬프게) 아니야―여섯 잔째를 마시고 나서부터야…… 이건 너무 슬퍼. 그리고 이해하기가 힘들어.

막스 거기에 대해선 우리 충분히 얘기했어.

아나톨 내가 확실히 아는데, 분명 내 신부의 어릴 적 남자 친구였던 젊은 남자도 그곳에 있었어.

막스 아, 그 젊은 랄멘 말이로군.

아나톨 그래―시인이라던가, 뭐 그런 종류였다고 생각돼. 여러 여자들의 첫사랑이 되긴 하지만 절대로 마지막 사랑은 되지 못할 그런 운명을 가진 것 같은 사람들 중 하나야.

막스 본론으로 들어가면 좋겠군.

아나톨 그 사람은 원래 내게 전혀 중요하지 않았어. 기본적으로 나는 그 사람을 비웃고 있었지…… 자정이 되자 손님들은 돌아가기 시작했어. 나는 키스를 하고 신부와 이별했지. 그녀도 내게 키스를 했고…… 추웠어…… 계단을 내려가는 동안 몸이 얼어붙었어.

막스 아, 그렇군…….

아나톨 대문 앞에서 또 이 사람 저 사람 내게 축하를 했어. 에두아르트 삼촌은 술에 취해 나를 끌어안았어. 어떤 법학 박사는 학생 가요를 불렀지. 그 어릴 적 남자 친구는, 그 시인 말인데, 옷깃을 세우고 옆 골목길로 사라졌어. 누군가 나를 약 올렸어. 내가 이제 분명 사랑하는 이의 창문 앞에서 밤새 어슬렁거릴 거라는 거야. 나는 비웃듯 미소 지었지…… 눈이 내리기 시작했어. 사람들은 점점 흩어져 가고…… 나는 혼자 서 있었지…….

막스 (유감스러워하며) 홈…….

아나톨 (더 따뜻하게) 그래, 거리에 나 홀로 서 있었어 — 차가운 겨울바람 속에 커다란 눈송이가 내 주위에 휘몰아치는 동안 말이야. 그건 어떤 의미에서는…… 소름끼치는 일이었어.

막스 부탁이야 — 이제 그만 말해 봐, 네가 어디로 갔는지?

아나톨 (크게) 난 — — 가면무도회장으로 가야만 했어!

막스 아!

아나톨 너 놀라는 거야, 왜 — ?

막스 이제 그 다음에 무슨 일이 벌어졌는지 알겠군.

아나톨 아니야, 친구 — — 차가운 겨울밤에 내가 그렇게 서 있었을 때 — .

막스 오들오들 떨면서……!

아나톨 꽁꽁 얼어 가면서! 그때 내가 더 이상 자유로운 남자가 아니라는 사실, 나의 달콤하고 멋진 총각 시절의 삶에 영원히 이별을 고해야 한다는 사실이 마치 어마어마한 고통처럼 내게 엄습해 왔어! 마지막 밤, "어디 갔다 왔어……?"란 질문을 받지 않고 집으로 들어갈 수 있는 마지막 밤. 자유와 모험과…… 어쩌면 사랑의 마지막 밤!

막스 아!

아나톨 그래서 나는 그 혼잡한 군중의 한복판에 서 있었던 거야. 내 주변에선 비단옷과 공단옷들이 바스락거렸고, 눈들이 뜨겁게 타오르고 있었고, 가면들이 고개를 끄덕이고 있었고, 하얗게 반짝이는 어깨들이 향기를 내고 있었어―그 카니발 전체가 숨을 쉬고 또 날뛰고 있었어. 나는 그 북적거리는 속으로 뛰어들어 내 영혼의 주위가 소란스러워지도록 만들었던 거야. 나는 그 북적거림을 빨아들여야만 했어. 그 속에서 목욕을 해야만 했어!……

막스 본론으로…… 시간이 없어.

아나톨 나는 그렇게 군중 속으로 계속 들어갔지. 그 전에는 내 머리가 취했다면, 이제는 주위에서 물결치는 그 모든 향수 때문에 내 호흡이 취해 갔어. 모든 것들이 내게 쏟아져 들어왔어. 전에 없던 일이었지. 카니발은 내게, 그래 내게 개인적으로 이별의 축제를 해 주었던 거야.

막스 난 세 번째 도취를 기다리고 있어…….

아나톨 세 번째도 있었어…… 마음의 도취……!

막스　감각의!

아나톨　마음의……! 그래 좋아, 감각의…… 너 카타리네 기억
해……?

막스　(크게) 아, 카타리네…….

아나톨　쉿…….

막스　(침실 문쪽을 가리키며) 아…… 그 여자야?

아나톨　아니 — 그 여자는 아니야. 하지만 그 여자도 거기에 있었
어 — 그리고 또 매력적인 갈색 머리의 여자 — 이름은 말 안 하
겠어…… 그리고 또 테오도르의 여자 친구인 그 작은 금발의
리치 — 하지만 테오도르는 거기 없었어 — 등등. 그 여자들이
가면을 썼음에도 불구하고 난 누구인지 알아차릴 수 있었어 —
목소리에서, 걸음걸이에서, 특정한 행동에서. 그런데 희한하
지…… 딱 한 여자는 바로 알아보지 못했어. 난 그녀를 좇았어.
어쩌면 그녀가 나를 좇았거나. 그녀의 모습은 내가 아주 잘 알
고 있는 것이었어. 어찌 됐든 우리는 끊임없이 만났어. 분수 옆
에서, 뷔페 테이블 옆에서, 무대 앞 귀빈석 옆에서도 만났
어…… 끊임없이! 마침내 그녀가 내 팔을 잡았어. 그리고 난 그
게 누구인지 알 수 있었어! (침실 문을 가리키면서) 그녀야.

막스　원래 알고 있던 사람이야?

아나톨　이봐, 전혀 감도 못 잡았단 말이야? 너도 왜 6주 전에 내
가 이 아가씨에게 뭐라고 얘기했는지 알잖아, 내가 약혼할 때.
그 케케묵은 동화 말이야. "난 내일 여행을 떠나. 곧 다시 돌아
올 거야. 너를 영원히 사랑해 줄게."

막스　일로나……?

아나톨　쉿…….

막스　일로나 아니야……?

아나톨　그래 ― 하지만 바로 그래서 조용히 해야 해! 그러니까 넌 다시 돌아왔구나, 그녀가 내 귓속에 속삭이는 거야. 그래, 난 거침없이 대답했지. 언제 왔어? 오늘 밤에. ― 왜 미리 편지하지 않았어? ― 우편이 닿지 않는 곳이었어. ― 어딘데? ― 황량한 마을이었어. ― 그런데 이제는……? 행복해, 다시 와서. 바람피우지 않았어. ― 나도 ― 나 역시 ― 더없는 행복, 샴페인, 그리고 다시 더없는 행복.

막스　그리고 다시 샴페인.

아나톨　아니야 ― 샴페인은 더 이상 마시지 않았어 ― 아, 그러고 나서 우리가 어떻게 함께 마차를 타고 집으로 왔는지…… 예전처럼 말이야. 일로나는 내 가슴에 기대 있었어. 이제 우리 다시는 헤어지지 않기로 해 ― 하고 그녀가 말했어…….

막스　(일어선다.) 이제 잠에서 깨어나, 아나톨. 그리고 네가 끝장나고 있는 모습을 봐.

아나톨　"다시는 헤어지지 않기로 해"―――(일어서며) 그리고 오늘 2시에 난 결혼을 한단 말이야!

막스　다른 여자와.

아나톨　뭐 그렇지. 결혼은 항상 다른 여자와 하잖아.

막스　(시계를 바라보며) 이제 가야 할 시간인 것 같아. (일로나를 떠나보내는 것이 좋을 것이란 얘기를 표현하는 몸짓.)

아나톨   그래, 그래, 일로나가 그럴 준비가 돼 있는지 한번 보겠어. (문으로 가서 그 앞에 선다. 막스를 향해 돌아서서) 그런데 이거 슬픈 일 아니니?

막스   부도덕한 일이야.

아나톨   그래, 하지만 슬픈 일이기도 해.

막스   이제 그만 좀 들어가 봐.

아나톨   (옆방의 문 쪽으로)

일로나   (머리를 내밀고는 우아한 도미노*를 입고 밖으로 나온다.) 막스 씨뿐이잖아!

막스   (고개를 숙여 인사하며) 막스뿐이지요.

일로나   (아나톨에게) 그런데 나에게는 아무것도 말하지 않았다 이거지 — 난 낯선 사람이 와 있는 줄 알았잖아. 그렇지 않았더라면 벌써 오래전에 나와서 함께 있었을 텐데. 어떻게 지내세요, 막스 씨? 이 악동에 대해 어떻게 생각하세요?

막스   그래요, 이 친구 악동이지요.

일로나   난 6주 동안이나 아나톨 때문에 울었다고요…… 아나톨은…… 자기, 어디에 있었다고 그랬지?

아나톨   (커다란 손짓과 함께) 왜 거기 — — .

일로나   당신께도 편지를 쓰지 않았나요? 하지만 이제 아나톨은 다시 내 거예요. (아나톨의 팔을 잡으며)…… 이제 여행을 떠나는 일은 없어…… 헤어짐은 없다고. 키스해 줘!

아나톨   하지만……

일로나   아, 막스 씨는 괜찮아. (아나톨, 키스한다.) 그런데 왜 그

렇게 인상을 써!…… 이제 제가 여러분께 차를 따라 드리겠어
요. 그리고 괜찮다면 제 잔에도 따르겠어요.

아나톨 그래…….

막스 일로나 씨, 유감스럽지만 전 함께 아침 식사를 하자는 초대
는 받아들일 수가 없네요…… 그리고 제가 또 이해할 수 없는
건…….

일로나 (사모바르를 조작한다.) 뭘 이해하지 못하시는데요?

막스 원래는 아나톨도 역시…….

일로나 아나톨이 뭘요ㅡ?

막스 (아나톨에게) 너도 원래는 이미ㅡ.

일로나 아나톨이 뭘요?

막스 너도 이미 옷을 차려입고 있어야 해!

일로나 에이, 바보 같은 소리 마세요. 막스 씨. 우리는 오늘 집에
있을 거예요. 우리는 어디 가지 않을 거예요…….

아나톨 자기야, 유감스럽지만 그게 가능하지 않을 것 같아…….

일로나 아, 충분히 가능할 거야.

아나톨 초대를 받았거든…….

일로나 (차를 따르며) 거절해.

막스 거절할 수가 없어요.

아나톨 결혼식에 초대받았어.

막스 (아나톨에게 격려의 신호를 보낸다.)

일로나 뭐, 그게 무슨 상관이야.

아나톨 그게 상관이 없지가 않아ㅡ 왜냐하면 내가, 말하자면 들

러리 역할을 맡았거든.

일로나   네 여자 파트너*가 널 사랑해?

막스   그런 게 중요한 게 아니에요.

일로나   하지만 난 아나톨을 사랑해요. 그리고 그게 가장 중요한 거라고요······ 자꾸 그렇게 끼어들지 좀 마세요!

아나톨   자기야······ 난 가야만 해.

막스   그래요. 아나톨은 가야 해요 ― 아나톨 말을 믿으세요 ― 가야 한다니까요.

아나톨   내게 두세 시간 휴가를 줘야만 해.

일로나   이제 좀 앉아 줄래요······ 설탕은 몇 덩어리 넣을까요, 막스 씨?

막스   세 덩어리요.

일로나   (아나톨에게) 자기는······?

아나톨   이제 정말 가야 할 시간이야.

일로나   몇 덩어리?

아나톨   알잖아······ 항상 두 덩어리 ― .

일로나   크림, 아니면 럼주?

아나톨   럼주 ― 그것도 알잖아!

일로나   럼주와 설탕 두 덩어리, (막스에게) 항상 규칙이 있다니까요!

막스   난 가야겠어!

아나톨   (조용히) 날 혼자 내버려 두려고?

일로나   차를 다 마시고 가요, 막스 씨!

아나톨 자기야, 난 이제 옷을 갈아입어야 해 ─!

일로나 맙소사 ─ 대체 그 불행한 결혼식이 언젠데?

막스 두 시간 뒤죠.

일로나 막스 씨도 아마 초대받은 모양이죠?

막스 예!

일로나 역시 들러리로요?

아나톨 그래…… 막스도.

일로나 도대체 누가 결혼하는 건데?

아나톨 네가 모르는 사람이야.

일로나 이름이 뭔데 그래? 비밀은 아닐 거 아니야.

아나톨 비밀이야.

일로나 뭐?

아나톨 결혼식은 비밀리에 치러져.

일로나 남자 들러리와 여자 들러리들이 있는데도 말이야? 말도
안 돼!

막스 부모들만 모르면 되거든요.

일로나 (자기 차를 홀짝홀짝 마시면서) 이거 보세요, 제게 거짓
말을 하고 있군요.

막스 에이, 그러지 마세요.

일로나 당신들이 오늘 어디에 초대받았는지 누가 알겠어요!……
하지만 그렇게는 안 돼요 ─ 막스 씨는 당연히 원하시는 대로 갈
수 있어요 ─ 하지만 저기 저 사람은 여기에 있을 거예요.

아나톨 아니, 아니야. 내 가장 친한 친구의 결혼식에 빠질 순 없어.

일로나   (막스에게) 아나톨에게 휴가를 줘야만 할까요?

막스   멋지고 멋진 일로나 씨 ─ 그러셔야만 해요 ─ .

일로나   어떤 교회에서 결혼식을 하는데?

아나톨   (불안하게) 왜 그런 걸 물어?

일로나   나도 최소한 결혼식을 보기라도 해야겠어.

아나톨   하지만 그건 안 돼…….

일로나   왜 안 된다는 건데?

아나톨   왜냐하면 결혼식이 완전히…… 완전히 지하에 있는 예배 당에서 치러지기 때문이야.

일로나   거기로 통하는 길은 있을 거 아니야?

아나톨   아니…… 무슨 말이냐면 ─ 당연히 길은 있지.

일로나   난 네 여자 파트너를 봐야겠어, 아나톨. 난 그 여자한테 질투가 난다고. ─ 나중에 들러리 파트너하고 결혼한 남자들 얘 기가 있잖아. 그리고 아나톨, 알겠어? ─ 난 네가 결혼하는 걸 원치 않아.

막스   만약 아나톨이 결혼한다면…… 어떻게 할 건데요?

일로나   (아주 조용히) 결혼식을 방해할 거예요.

아나톨   ─ 그래 ─ ?

막스   어떻게요?

일로나   아직 확실치는 않아요. 아마도 교회 문 앞에서 큰 스캔들 을 일으키게 되겠죠.

막스   그건 진부한데요.

일로나   아, 전 뭔가 새로운 방식을 찾게 될 거예요.

막스 예를 들면?

일로나 신부하고 똑같이 차려입고 가는 거예요 — 신부 화환을 쓰고서요 — 그거라면 독창적이지요?

막스 대단히 독창적이네요……. (일어선다.) 이제 가야만 해…… 잘 있어, 아나톨!

아나톨 (일어선다. 단호하게) 미안해, 일로나. 하지만 나 이제 옷을 갈아입어야겠어 — 때가 됐어.

프란츠 (부케를 가지고 들어온다.) 꽃을 가지고 왔습니다, 주인님.

일로나 무슨 꽃?

프란츠 (놀란, 그리고 조금은 은밀한 표정으로 일로나를 바라본다.) …… 꽃을 가지고 왔습니다, 주인님.

일로나 너 아직도 프란츠를 데리고 있네! (프란츠 퇴장.) 내쫓으려고 했잖아?

막스 그게 가끔은 아주 어렵죠.

아나톨 (비단 종이에 싸여진 부케를 손에 들고 있다.)

일로나 네 취향이 어떤지 한번 보자!

막스 네 여자 파트너를 위한 부케야?

일로나 (비단 종이를 확 벗겨 낸다.) 이건 신부용 부케잖아!

아나톨 맙소사, 이제 잘못된 부케까지 보내는군…… 프란츠, 프란츠! (재빨리 부케와 함께 퇴장.)

막스 불쌍한 신랑은 자기 부케를 받게 될 거야.

아나톨 (다시 들어서며) 이미 뛰어가 버렸어, 프란츠 말이야 — .

막스 이제 절 용서해 주셔야겠습니다 — 가야만 해요.

아나톨   (막스를 문까지 배웅하며) 어떻게 해야 하지?

막스   고백해.

아나톨   불가능해.

막스   자, 어쨌든 최대한 빨리 돌아올게.

아나톨   부탁해—그래!

막스   그런데 그 색깔은…….

아나톨   파란색 아니면 빨간색이야——예감이 그래——잘 가—.

막스   안녕히 계세요, 일로나 씨!——(나지막하게) 한 시간 뒤에 다시 올게!

아나톨   (방으로 돌아온다.)

일로나   (아나톨의 품에 안긴다.) 드디어! 아, 난 얼마나 행복한지 몰라. —

아나톨   (기계적으로) 나의 천사!

일로나   왜 그렇게 썰렁해.

아나톨   내가 지금 막 말했잖아. 나의 천사라고.

일로나   그런데 너 정말 그 바보 같은 결혼식에 가야만 하는 거야?

아나톨   진심이야, 자기야. 가야만 해.

일로나   알아, 자기야? 나 자기 들러리 파트너의 집에 가는 마차에 같이 타고 갈 수 있어…….

아나톨   무슨 생각을 하고 있는 거야. 우리 오늘 저녁때 만나기로 했잖아. 오늘 극장에도 가야 하고.

일로나   출연 못한다고 하면 돼.

아나톨   아니야, 아니야. 내가 데리러 갈게. ─이제 연미복을 입어야만 해. (시계를 본다.) 시간이 이렇게 빨리 간다니까. 프란츠, 프란츠!

일로나   대체 뭐 하려고 그래?

아나톨   (들어서는 프란츠에게.) 내 방에 모두 준비해 놨어?

프란츠   연미복과 흰색 넥타이를 말씀하시는 거라면─.

아나톨   그래──.

프란츠   즉각 준비해 놓겠습니다──(침실로 들어간다.)

아나톨   (이리저리 왔다 갔다 한다.) 이봐, 일로나─그러니까 오늘 밤─연극 공연이 끝난 후에─그렇지─?

일로나   나 오늘 정말로 너와 함께 있고 싶어.

아나톨   어린애같이 굴지 마─나도─해야 할 일들이 있다고. 너도 잘 알잖아!

일로나   난 너를 사랑해, 다른 건 아무것도 몰라.

아나톨   물론 그럴 필요도 있지.

프란츠   (침실에서 나오면서) 모두 준비됐습니다, 주인님. (퇴장.)

아나톨   좋아. (침실로 들어간다. 문 뒤에서 계속 얘기한다. 그 사이 일로나는 무대 위에 남아 있다.) 내 말은, 네가 그걸 이해하는 게 정말로 필요하다는 얘기야.

일로나   그러니까 정말로 옷을 갈아입는단 말이지?

아나톨   이렇게 입고 결혼식에 갈 수는 없잖아. ─

일로나   도대체 왜 가는 건데?

아나톨   또 시작이야? 가야만 하니까 가는 거야.

일로나 그럼 오늘 밤에.

아나톨 그래. 무대로 이어지는 문에서 기다리고 있을게.

일로나 늦지만 마!

아나톨 안 늦어 — 내가 왜 늦겠어?

일로나 쳇, 생각해 봐 — 한 번은 연극이 끝나고 한 시간이나 기다린 적도 있다고.

아나톨 그랬나? 기억이 안 나는데. (잠시 침묵.)

일로나 (방 안을 이리저리 돌아다닌다. 천장과 벽들을 바라본다.) 아나톨, 자기야. 여기 새 그림이 있네.

아나톨 응. 마음에 들어?

일로나 뭐, 나야 그림에 대해 전혀 모르니까.

아나톨 그거 아주 좋은 그림이야.

일로나 자기가 가져온 거야?

아나톨 왜? 어디에서 가져온 것 같아?

일로나 뭐, 여행 갔다 올 때라든가.

아나톨 그래, 맞아. 여행에서 가지고 온 거야. 아니, 그런데 그거 선물로 받은 거야. (잠시 침묵.)

일로나 아나톨, 자기야.

아나톨 (신경이 곤두서서) 왜 그러는데?

일로나 그런데 어디에 갔었던 거야.

아나톨 이미 얘기해 줬잖아.

일로나 아니, 한마디도 안 했어.

아나톨 어젯밤에 얘기했잖아.

일로나 그럼 나 다 잊어버렸나 봐!

아나톨 보헤미아 근처에 있었어.

일로나 네가 보헤미아에 무슨 볼일이 있는데?

아나톨 보헤미아에 있었던 게 아니야. 그냥 그 근처에 있었다니까 — .

일로나 아 그렇구나. 아마도 사냥에 초대받은 모양이구나.

아나톨 그래, 총으로 토끼를 잡았어.

일로나 6주 동안?

아나톨 그래, 쉬지도 않고.

일로나 왜 나에게 작별 인사도 하지 않은 거야?

아나톨 네 기분을 상하게 하고 싶지 않았어.

일로나 아나톨, 자기야. 날 버려두고 싶었던 거지?

아나톨 바보 같은 소리.

일로나 뭐, 한 번 그러려고 했던 적이 있잖아.

아나톨 그러려고 했던 적 — 그래. 하지만 성공하지 못했지.

일로나 뭐? 뭐라 그랬어?

아나톨 그래 좋아. 난 너에게서 떠나 버리고 싶었어. 너도 알잖아.

일로나 무슨 말도 안 되는 소리야. 자기는 내게서 떠날 수 없다고!

아나톨 하하!

일로나 뭐라는 거야?

아나톨 하하, 하고 말했어.

일로나 자기야, 웃지는 마. 그때도 자기는 내게 다시 돌아왔잖아.

아나톨 뭐 — 그때는!

일로나   그리고 이번에도――그러니까 자기는 날 사랑하고 있
는 거야.

아나톨   유감스럽게도.

일로나   뭐라고―?

아나톨   (소리친다.) 유감스럽게도!

일로나   자기, 자기 다른 방에 있을 때는 아주 용기가 넘치는구나.
나랑 마주보고 있을 때는 그런 말 하지 않으면서.

아나톨   (문을 열고 머리를 내민다.) 유감스럽게도.

일로나   (문 쪽으로) 그게 무슨 뜻이야, 아나톨?

아나톨   (다시 문 뒤에서) 무슨 말이냐 하면 이게 영원히 계속될
수는 없다는 얘기야!

일로나   뭐라고?

아나톨   이렇게 계속될 수는 없다고 말했어. 영원히 계속될 수는
없다고.

일로나   이번에는 내가 웃어 주지. 하하.

아나톨   뭐라고?

일로나   (문을 확 열어젖힌다.) 하하!

아나톨   닫아! (문이 다시 닫힌다.)

일로나   아니야, 자기야. 자기는 날 사랑하고 있고, 날 떠날 수
없어.

아나톨   그렇게 생각해?

일로나   난 알고 있어.

아나톨   그걸 안다고?

일로나   그걸 느껴.

아나톨   그러니까 네 말은 내가 영원히 네 발 밑에 누워 있게 되리라는 거야?

일로나   자기는 결혼하지 않을 거야 — 난 알아.

아나톨   정신이 나간 모양이구나, 자기야. 난 너를 사랑해 — 그건 뭐 아주 좋아 — 하지만 우리는 영원히 묶여 있는 것이 아니야.

일로나   내가 너를 보내 줄 거라고 생각해?

아나톨   한 번은 그래야 할 걸.

일로나   그래야만 한다고? 대체 언제?

아나톨   내가 결혼할 때.

일로나   (문을 두드리며) 그게 언제인데, 자기야?

아나톨   (비웃으며) 어, 아주 금방이야, 자기야!

일로나   (더 흥분해서) 도대체 언제인데?

아나톨   문 좀 그만 두드려. 1년 뒤면 난 결혼한 지 아주 오래된 상태일 거야.

일로나   바보!

아나톨   뭐 또 두 달 뒤에라도 결혼할 수 있는 거고.

일로나   아마 기다리고 있는 여자가 있나 보지!

아나톨   그래 — 지금 — 지금 이 순간에 한 여자가 기다리고 있지.

일로나   그러니까 두 달 뒤에?

아나톨   의심하고 있는 것 같네…….

일로나   (웃는다.)

아나톨   웃지 마 — 나 8일 뒤에 결혼해!

일로나   (더 크게 웃는다.)

아나톨   웃지 마, 일로나!

일로나   (웃으며 안락의자에 주저앉는다.)

아나톨   (문 옆에서 연미복을 입고 나오며) 웃지 마!

일로나   (웃으며) 언제 결혼한다고?

아나톨   오늘.

일로나   (아나톨을 바라보며) 언제 ―?

아나톨   오늘, 자기야.

일로나   (일어선다.) 아나톨, 농담 그만해!

아나톨   진짜야, 자기야. 나 오늘 결혼해.

일로나   너 미쳤구나, 그렇지?

아나톨   프란츠!

프란츠   (온다.) 예, 주인님 ―?

아나톨   내 부케를 가져다 줘! (프란츠 퇴장.)

일로나   (아나톨 앞에 위협적으로 선다.) 아나톨……!

프란츠   (부케를 가져온다.)

일로나   (돌아서서 소리를 지르며 부케를 향해 덤벼든다. 아나톨
이 프란츠에게서 재빨리 부케를 넘겨받는다. 프란츠, 미소 지으
며 천천히 퇴장한다.)

일로나   아!! ― 그럼 정말이야.

아나톨   보시다시피.

일로나   (아나톨에게서 부케를 낚아채려고 한다.)

아나톨   도대체 뭐 하는 거야? (아나톨은 그녀에게서 도망칠 수

밖에 없다. 일로나는 아나톨을 쫓아 방안을 사방으로 가로질러 뛰어다닌다.)

일로나 비열한 자식, 비열한 자식!

막스 (한 손에 장미꽃 부케를 들고 들어선다. 놀라서 문 옆에 선다.)

아나톨 (소파 위로 도망쳐서 부케를 허공으로 높이 들고 있다.) 도와줘, 막스!

막스 (일로나를 말리며 그녀를 향해 급히 달려간다. 일로나, 막스를 향한다. 그의 손에서 부케를 빼앗아 바닥에 던지고는 발로 짓밟는다.)

막스 일로나, 정신 나갔군요. 내 부케를! 이제 어떻게 하지!

일로나 (격렬한 울음을 터뜨리며 의자에 주저앉는다.)

아나톨 (당황해서 어쩔 줄 몰라하며 안락의자 위에 서 있다.) 일로나가 나를 자극했어…… 그래, 일로나. 이제 너 우는구나…… ―당연하지…… 그러게 왜 날 비웃어…… 일로나가 날 조롱했어――알겠어, 막스?…… 일로나가 말하길…… 내가 결혼할 수 없을 거라는 거야…… 그래서…… 그래서…… 난 당연히 그 말이 틀렸다는 걸 보여 주기 위해서―결혼하는 거라고. (안락의자에서 내려오려고 한다.)

일로나 이 위선자, 사기꾼.

아나톨 (다시 안락의자 위에 선다.)

막스 (자신의 부케를 집어든다.) 내 부케!

일로나 난 아나톨의 부케를 망쳐 놓으려 한 거예요. 하지만 당신

것도 더 나을 게 없다고요 — 당신도 책임이 있어요.

아나톨 (여전히 안락의자 위에서) 이제 이성을 되찾나 봐.

일로나 그래 — 너희는 미친 짓을 해 놓고 나선 항상 그렇게 얘기 하지! 하지만 이제 너희도 알게 될 거야! 아주 멋진 결혼식이 될 거야! 기다려 봐…… (일어선다.) 그때까지 잘 있어!

아나톨 (안락의자에서 뛰어내리며) 어디 가는데 — ?

일로나 곧 알게 될 거야.

아나톨과 막스 어디 가는데?

일로나 내버려 둬!

아나톨과 막스 (출구를 막아서며) 일로나 — 무슨 짓을 하려는 거 야 — ?

일로나 내버려 둬!…… 날 가게 내버려 둬.

아나톨 분별 있게 행동해 — 진정하라고 — !

일로나 날 못 나가게 해! — 뭐야…… (방안을 이리저리 뛰어 다 닌다. 분노 속에 찻잔 등을 탁자에서 아래로 집어던진다.)

아나톨과 막스 (어쩔 줄을 모른다.)

아나톨 이제 나 스스로에게 묻게 돼 — **이렇게 엄청나게** 사랑을 받 고 있는데 결혼이 필요한 일인지!

일로나 (낙심해서 안락의자에 주저앉는다. 운다. 잠시 침묵.)

아나톨 이제 진정하는군.

막스 우리 가야만 해…… 나는 — 부케도 없이 — .

프란츠 (나온다.) 주인님, 마차가 도착했습니다. (퇴장.)

아나톨 마차…… 마차가 — 어떻게 한다. (뒤쪽에서 일로나에게 접근하며, 머리에 키스를 한다.) 일로나! ―

막스 (다른 쪽 편에서) 일로나 ― (일로나는 손수건을 얼굴에 대고 계속해서 조용히 운다.) 이제 넌 그만 가. 내게 맡겨. ―

아나톨 난 정말 가야 해 ― 하지만 내가 어떻게…….

막스 가…….

아나톨 일로나를 떼어 낼 수 있겠어?

막스 결혼식 중에 내가 귓속말로 얘기하게 될 거야…… "모두 잘됐어"라고.

아나톨 나 무섭다 ― !

막스 이제 가기나 해.

아나톨 아……. (가려고 돌아섰다가 살금살금 돌아와서는 일로나의 머리에 조용히 키스를 하고 급히 사라진다.)

막스 (여전히 손수건을 얼굴에 대고 울고 있는 일로나의 건너편에 앉는다. 시계를 본다.) 흠, 흠.

일로나 (꿈에서 깨어난 듯 주위를 둘러본다.) 아나톨은 어디 있죠…….

막스 (일로나의 손을 잡아 준다.) 일로나…….

일로나 (일어서며) 어디 있어요…….

막스 (일로나의 손을 놓지 않으며) 찾지 못할 거예요.

일로나 하지만 찾아야겠어요.

막스 일로나 씨는 이성적인 분이잖아요. 스캔들을 원하는 건 아니겠지요…….

일로나 놓아주세요 ― .

막스   일로나!

일로나   결혼식이 어디서 열리죠?

막스   그건 중요하지 않아요.

일로나   난 거기로 가야겠어요. 가야만 해요!

막스   당신은 그러지 않을 거예요…… 도대체 무슨 생각을 하고 있는 거예요!

일로나   아, 이 조롱!…… 이 배신!

막스   이건 조롱도 아니고, 배신도 아니에요 ― 인생이란 게 그런 거예요!

일로나   그만두세요 ― 막스 ― 그런 뻔한 말은.

막스   어린애 같군요. 일로나. 그렇지 않다면, 모두 다 헛된 일이라는 걸 이미 알아차렸을 거예요.

일로나   헛된 일이라고요 ―?!

막스   무의미한 일이에요……!

일로나   무의미한 일요! ― ?

막스   본인 꼴만 우스워진다고요. 그게 다예요.

일로나   뭐라고요 ― 거기다 모욕까지 하는 거예요!

막스   슬픔은 잊게 될 거예요!

일로나   아, 저에 대해 잘 모르시는군요!

막스   좋아요. 그럼 아나톨이 미국으로 떠나 버린다면요.

일로나   그게 무슨 말이에요?

막스   아나톨이 정말로 당신에게서 떠나 버린다면요!

일로나   그게 무슨 뜻이에요?

막스 중요한 것은—아나톨이 속인 건 당신이 아니라는 사실이
에요!

일로나 ……!

막스 당신에게는 돌아올 수 있어요. 아나톨이라면 믿어도 돼요!

일로나 아, 그게 그렇다면……. (거칠고 기쁜 표정이 얼굴에 떠
오른다.)

막스 당신은 고상한 분이에요……. (그녀의 손을 잡으며)

일로나 복수할 거예요…… 그래서 내가 당신의 말을 듣고 기뻐
하는 거예요.

막스 당신은 '사랑하면 물어뜯는' 그런 사람들 중 하나군요.

일로나 그래요. 나는 그런 사람들 중 하나예요.

막스 이제 일로나 씨가 대단해 보이네요—마치 여성 전체를 위
해서 우리에게 복수하고자 하는 그런 여인 같아요.

일로나 ——그래요…… 난 그렇게 할 거예요.

막스 (일어서면서) 전 아직 일로나 씨를 집에 모셔다 드릴 시간
이 있어요. (혼잣말로) 그렇게 하지 않으면 아직 불행한 일이
일어날지도 몰라—(일로나에게 손을 내밀며) 이제 이 방들과
이별을 해야지요!

일로나 아니에요, 막스 씨—이별이 아니에요. 전 다시 돌아올
거예요.

막스 이제 본인이 악마라고 생각하시는군요—하지만 그저 한
여인일 뿐이에요! (기분 나쁜 듯한 일로나의 몸짓에)…… 하지
만 그걸로도 충분하죠……. (일로나에게 문을 열어 주며) 자,

가실까요, 아가씨? ─

일로나 (밖으로 나가기 전에 다시 한 번 돌아서서 짐짓 대단한
척하며) 다시 보자!…… (막스와 함께 퇴장.)

막

구스틀 소위

도대체 얼마나 더 있어야 끝나는 거지? 시계를 한번 봐야겠군…… 이런 진지한 음악회에선 아마도 적절치 못한 행동이겠지만, 뭐, 눈치 채는 사람이 있겠어? 만약 누군가 눈치를 챈다면 그도 나처럼 음악회에 집중을 못하고 있는 사람일 테고, 그런 사람 앞에서라면 나 역시 부끄러워할 필요가 없겠지…… 뭐? 이제 겨우 9시 45분? 한 세 시간은 지난 줄 알았는데…… 역시 난 이런 음악회엔 익숙하지 않아…… 도대체 지금 공연하고 있는 게 뭐야? 프로그램을 한번 봐야겠다…… 아, 그래! 오라토리오*였지! 나는 또 무슨 미사곡쯤 되는 줄 알았네. 이런 곡들은 어쨌든 교회에서나 연주하는 거잖아! 그래도 교회라면 아무 때고 빠져나갈 수나 있지―구석에 자리를 잡고 앉았다면 말이야! 자, 참자, 참자! 아무리 오라토리오라고 해도 끝은 있는 거야! 어쩌면 이 음악회도 실제로는 아주 멋진데 내 기분이 이래서 제대로 느끼지 못하는 것일 수도 있어. 하지만 내가 대체 어떻게 좋은 기분일 수가 있겠어? 근심을 떨쳐 버리고 기분 전환이나 하려고 여기에 왔다는 걸 생각해 본다면 말이야…… 그냥 이런 걸 좋아하는 베테데크에게 표를 줄 걸 그랬나? 그 친구는 직접 바이올린도 켜잖아. 아니야, 그랬다면 코페츠키가 기분 나빠했을 거야. 내게 표를 준 건 정말 고마운 일이야. 최소한 좋은 뜻에서 그렇게 한 거지. 코페츠키, 멋진 녀석! 세상에서 신뢰할 수 있는 유일한 인간…… 맞아, 코페츠키의 누이가 저 무대 위의 사람들 사이에서 노래를 하고 있지. 적어도 백 명은 되는 아가씨들이 전부 검은 옷을 입고 있군. 저기서 대체 코페츠키의 누이를 찾을 수 있을까? 그녀가 무대 위에 오르기 때문에 코페츠키가 입장권을 가지고 있었던 거야…… 그런데 왜 직접 오지 않았을까? ― 저 아가씨들 노래 정말 잘하는군. 기분을 매우 들뜨게 하는 노래야 ― 그렇지! 브라보! 브라보!…… 그래, 함께 박수를 쳐 주자. 내 옆에 앉은 이 사람은 미친 듯이 박수를 치는군. 정말로 음악이 그렇게 마음에 든 걸까? ― 저기 건너편 특별석에 앉은 아가씨 정말 예쁜데? 나를 보는 거야, 아니면 저기 앉은 금발 턱수염을 기른 남자를 보는 거야?…… 아, 이제 독창이구나! 저게 누구지? 알토: 발커 양, 소프라노: 미하엘레크 양…… 저건 소프라노 같은데…… 오페라에 가 본 지도 참 오래됐구나. 아무리 지루한 오페라라도 난 항상 재미가 있어. 원래는 내일모레 다시 오페라를 보러 갈 수 있었는데, 「트라비아타」* 말이야, 힘들게 됐어. 내일모레면 나는 아마도 이미 싸늘한 시체가 되어 있을 테니까 말이지. 아, 말도 안 되는 소리! 그렇게 되리라고는 전혀 생각하지 않으면서! 조금만 기다리시오, 박사 양반. 다시는 그렇게 지껄이지 못하게 될 테니! 당신의 그 잘난 코끝을 갈겨 주겠어…….

저기 특별석에 앉은 아가씨를 자세히 볼 수 있다면 좋으련만! 옆자리에 앉은 남자의 오페라용 망원경을 빌리고 싶지만, 저렇게 집중해서 듣고 있는 걸 방해하면 날 잡아먹으려 들겠지…… 코페츠키의 누이는 어디쯤 있는 걸까? 내가 그녀를 알아볼 수나 있을는지? 고작해야 두세 번 정도 본 것뿐인데…… 마지막은 장교 카지노에서였지. 저 백 명의 아가씨들은 모두 순수하고 도덕적인 여인들일까? 아!…… '성악회*와의 협연'이라고! ― 성악회…… 웃기는군! 성악회 회원이라면 대충 빈의 무희들과 비슷한 부류라고 생각했는데 말이야. 그러니까 나는 저 무대 위의 아가씨들이 순수함과는 거리가 멀다는 걸 일찌감치 알고 있었다는 얘기지!…… 즐거운 기억이야! 그때 레스토랑 '녹색 문'에서 말이야…… 그 여자 애 이름이 뭐였더라? 나중에 베오그라드에서 그림엽서를 한 번 보내 왔지…… 베오그라드 역시 아름다운 곳이야! ― 코페츠키 녀석은 좋겠군…… 지금쯤이면 이미 레스토랑에 앉아 버지니아 시가를 피우고 있겠지!

저기 저 녀석은 왜 저렇게 계속 나를 쳐다보는 거야? 마치 내가 지루해하고 있고 딴 생각을 하고 있다는 걸 눈치 챈 것 같군…… 이거 보시오. 내 충고 하나 하겠는데, 좀 덜 뻔뻔스러운 표정을 하고 있는 편이 좋을 거요. 그렇지 않으면 내 이따가 극장 로비에서 해명을 요구할 테니! ― 곧바로 고개를 돌리는군!…… 하여튼 모두 내 눈빛을 두려워한다니까…… "네 눈은 내가 보았던 그 어떤 눈보다 아름다워!" 하고 최근에 슈테피가 말했지…… 아, 슈테피, 슈테피, 슈테피! ―내가 이렇게 앉아서 몇 시간 동안 불평이나 늘어놓고 있어야 하는 건 사실 모두 그녀 책임이야. ―아, 매번 나와 만날 것을 편지로 거부하는 슈테피의 행동은 이제 정말 짜증이 나! 그녀와 함께 있었더라면 오늘 밤이 얼마나 멋졌을까. 슈테피의 편지가 무척 읽고 싶은데. 아, 지금 하나 가지고 있지. 하지만 내가 지금 지갑을 꺼낸다면 옆자리에 앉은 저 인간이 나를 잡아먹으려 들 거야! ―하긴, 편지 내용이 뭔지는 잘 알고 있지…… '그'와 저녁 식사를 함께해야 하기 때문에 나올 수 없다…… 아, 8일 전에, 슈테피와 그가 가르텐바우게젤샤프트*에 있었을 때, 그리고 내가 그 건너편에 코페츠키와 있었을 때, 정말 웃겼어. 슈테피가 나에게 뭔가 약속하는 듯한 눈빛으로 계속 신호를 보내는데도 그 인간은 전혀 눈치 채지 못했잖아 ―믿을 수가 없어! 그리고 아마도 유대인이 틀림없을 거야! 당연하지. 은행에서 일하고 있고 검은색 턱수염을 기르고 있잖아…… 예비역 장교이기도 하다더군! 무기 연습을 위해 우리 연대로 오기만 해 봐라! 그건 그렇다 치더라도 여전히 그렇게 많은 유대인들을 장교로 만든다는 건…… ―상황이 이런데 반유대주의라니, 웃기는 소리! 최근에 그 박사와의 일이 벌어졌던 만하이머 씨 부부 집의 모임에서…… 그 부부 역시 유대인이라더군. 물론 개종했지만…… 그 사람들이 유대인이라는 건 전혀 알아챌 수가 없어 ―특히 그 부인은 완전한 금발에, 그림처럼 아름다운 몸매…… 전체적으로는 무척 즐거운 저녁 모임이었어. 뛰어난 음식과 훌륭한 시가…… 하긴, 돈이 많은 사람들이니…….

브라보, 브라보! 이제 곧 끝나는 건가? — 그래, 이제 무대 위의 사람들이 모두 일어서는군…… 잘되어 가고 있어 — 오르간 연주도 있나? 난 오르간을 무척 좋아하지…… 그래 한번 즐겨 보자 — 아주 좋아! 사람들이 더 자주 음악회에 가야만 한다는 건 진짜 맞는 말이야…… 음악회가 무척 훌륭했다고 코페츠키에게 말해 줘야지. 오늘 밤에 카페에서 코페츠키를 만나게 될까? — 아, 오늘은 카페에 가고 싶은 생각이 없어. 어제도 정말 화가 났었지. 한 자리에서 160굴덴*을 잃었잖아 — 너무 어리석었어! 그리고 누가 그 돈을 전부 따 갔겠어? 다른 사람도 아니고 그 돈이 전혀 필요 없는 발러르트였지…… 내가 이 바보 같은 음악회에 와야만 했던 건 사실은 발러르트 탓이야. 뭐 그렇지 않았더라면 오늘도 도박을 할 수 있었을 테고, 또 어제 잃었던 돈을 조금은 되찾을 수 있었을지도 모르니까. 하지만 한 달간 카드를 건드리지 않겠다고 나 스스로에게 맹세한 것은 역시 잘한 일이야…… 내 편지를 받으면 엄마는 또 인상을 찌푸리시겠지! —

아, 어머니는 삼촌에게 가야 해. 돈을 산더미처럼 쌓아 놓고 있잖아. 삼촌에게 1~200굴덴은 아무것도 아니야. 삼촌에게서 정기적으로 금전적 지원을 받는 데 성공할 수만 있다면…… 하지만 안 될 거야. 단 1크로이처*를 받아 내려 해도 삼촌에게는 통사정을 해야 해. 그러면 항상 나오는 얘기는 작년 수확이 형편없었다는 거지!…… 올여름에도 2주간 삼촌댁에 가 있어야 할까? 거기는 원래 따분하기가 이루 말할 수 없는 곳이지…… 만약 내가 그 여자 애를…… 그 애 이름이 뭐였더라?…… 이렇게 사람 이름을 전혀 기억하지 못하다니 희한한 일이군!…… 맞아, 에텔카!…… 독일어를 한마디도 이해하지 못했지만, 뭐 군이 그래야 할 이유도 없었지…… 말을 해야 할 필요가 전혀 없었으니까!…… 그래, 14일 동안 낮에는 시골 공기와, 에텔카가 됐든 다른 누가 됐든 밤에는 시골 아가씨와 함께 지내는 것도 아주 좋을 것 같아…… 하지만 8일 동안은 다시 부모님 댁에 머물러야 해…… 지난 크리스마스엔 어머니가 아주 안돼 보였는데…… 뭐, 아마 지금쯤이면 언짢았던 마음도 다 가라앉았겠지. 내가 어머니였다면 아버지가 은퇴하신 걸 기뻐할 텐데—그리고 클라라도 곧 결혼할 남자를 구하게 될 거야…… 삼촌이 좀 나서 줄지도 모르지…… 스물여덟이 그래도 그렇게 많은 나이는 아니잖아…… 슈테피 역시 분명 그보다 더 어리지는 않을 거야…… 하지만 신기한 건 여자들이 남자들보다 더 오래 젊음을 유지한다는 사실이야. 그렇게 본다면 「마담 상-젠」에서 연기했던 마레티는—분명 서른일곱은 됐을 텐데 외모는…… 뭐, 내게 접근했더라면 분명 거절하지 않았을 거야!—그러지 않아서 유감일 뿐이지…….

더워지는군! 아직도 안 끝났어? 아, 어서 밖에 나가 신선한 공기를 마실 수 있었으면! 산책을 조금 해야지, 링 거리 쪽으로 말이야…… 그리고 오늘 해야 할 일은: 일찍 잠자리에 들 것, 그리고 내일 오후 좋은 컨디션을 유지할 것! 웃기는군. 그 일에 대해 이렇게 별 생각을 안 하고 있다니. 그만큼 내겐 대수롭지 않은 일이란 거지! 물론 결투를 처음 했을 때는 조금 흥분되긴 했어. 두려웠던 건 아니었지만. 그래도 전날 밤 불안하긴 했어…… 당연하잖아. 비잔츠 중위는 만만한 상대가 아니었거든─하지만 봐, 그래도 내겐 아무 일도 없었잖아. 그러고 보니 벌써 1년 반 전의 일이군. 시간이 얼마나 빨리 가는지! 비잔츠조차도 나를 어떻게 하지 못했으니 분명 그 박사 역시 내게 아무 짓도 하지 못할 거야. 물론 그런 초보 검사(劍士)들이 때때로 가장 위험한 상대이기는 해. 도신츠키 말로는 처음으로 군도를 손에 쥔 한 녀석이 정확하게 그의 목을 찔러 죽일 뻔했다고 했지. 지금 지역 예비 부대의 검술 교관으로 있는 그 도신츠키를 말이야. 물론─그 친구가 그때도 지금처럼 검을 잘 다뤘는지는 모르지만…… 중요한 것은: 냉정을 유지할 것. 지금은 더 이상 분노도 느껴지지 않지만 정말 파렴치한 짓이었어─있을 수 없는 일이야! 물론 그가 샴페인을 마시지 않았더라면 감히 그런 말을 하지는 못했겠지…… 파렴치한 놈 같으니라고! 틀림없이 빨갱이일 거야! 이 시대에 그렇게 법을 제멋대로 해석하는 놈들은 모조리 사회주의자들이야. 도둑놈들 같으니라고…… 그놈들은 그냥 군대를 전부 다 없애 버렸으면 제일 좋겠다고 하지. 하지만 중국 놈들이 자기들을 덮치면* 누가 도와줄지에 대해서는 생각도 하지 않아. 어리석은 것들!─가끔은 본보기로 혼을 내 줄 필요가 있어. 내가 전적으로 옳았던 거야. 그런 언사가 있은 후 그를 가만히 내버려 두지 않아서 기뻐. 그 일을 생각하면 화가 치밀어 오른다니까! 하지만 나는 훌륭하게 처신한 거야. 대령도 나의 행동이 절대적으로 적합한 것이었다고 말했잖아. 이 일이 내 앞길에도 도움이 될 거야. 뭐 그런 놈을 무사히 도망치도록 해 줄 사람들이 있기는 해. 밀러 같은 친구 말이야. 분명 또 자기는 객관적이네 어쩌네 그러겠지. 객관성만 따지다가는 항상 모욕만 당하게 돼…… "소위님!"…… 벌써 "소위님!"이라고 부르는 그 말투 자체가 뻔뻔스러웠어! …… "그래도 소위님 역시 제게 동의할 수밖에 없을 겁니다."…… ─그런데 왜 그 이야기가 나왔더라? 내가 왜 그 사회주의자하고 대화를 하게 된 거지? 시작이 뭐였더라?…… 내가 뷔페로 안내했던 그 까무잡잡한 부인도 옆에 있었던 것 같아…… 그리고 그 사냥 그림을 그렸던 젊은 사내 ─이름이 뭐였더라? 그래, 모두가 그놈 잘못이야! 그 인간이 기동 훈련에 대해 이야기했고, 그 다음에야 그 박사라는 자가 나타나서 뭔가 내가 적절하지 못하다고 느낀 그런 발언을 했지, 전쟁놀이라든가 뭐 그런…… ─나는 아직 거기에 대해 뭐라 이야기할 수 없는 상황이었고…… 그래, 그러고는 사관 고등학교에 대한 이야기가 나왔지…… 그래, 맞아…… 내가 애국적 분위기의 축제에 대해 이야기했고…… 그러자 그 박사가 말했지 ─ 직접은 아니지만 어쨌든 발단은 축제 이야기였어 ─"소위님, 모든 소위님의 동료들이 오로지 조국을 지키기 위해서만 입대한 것이 아니라는 점에는 소위님 역시 제게 동의할 수밖에 없을 겁니다!" 이런 뻔뻔스러운! 감히 장교의 면전에 대고 그런 이야기를 늘어놓다니! 내가 거기에 뭐라고 응대했더라?…… 아, 맞아, 잘 알지도 못하는 일에 끼어드는 사람들 이야기였지…… 그래, 맞아…… 그러자 누군가, 그 심한 코감기에 걸려 있던 중년의 남자가 나타나서 사태를 원만하게 수습해 보려고 애를 썼지…… 하지만 그러기에 나는 너무나 화가 나 있었어! 그 박사라는 자가 분명히 마치 내가 바로 그런 경우라는 투로 이야기했거든. 왜, 기왕이면 내가 김나지움*에서 퇴학당했고 바로 그 때문에 사관 고등학교에 처박힌 것 아니냐고 말할 것이지!…… 그런 종류의 사람들은 우리를 이해하지 못해. 너무 멍청하고 게다가…… 내가 처음으로 제복을 입었던 때를 생각해 본다면…… 그런 건 아무나 경험하는 일이 아니야…… 작년 기동 훈련에서는 ─ 갑자기 실제 상황으로 바뀌었으면 좋겠다는 생각도 했지…… 미로비치도 똑같은 생각을 했다고 했어. 그리고 대공 전하께서 전선을 순찰하다가 내게 말을 걸었을 때 ─ 그때 심장이 빨리 뛰지 않는다면 그건 심각한 놈팡이임에 틀림없어…… 그런데 평생 책 읽는 것 외엔 해 본 것이 없는 책벌레 같은 놈이 나타나서 감히 그런 파렴치한 말을 지껄여!…… 아, 기다려라, 이 양반아 ─ 완전히 싸울 기력을 상실할 때까지…… 그래, 넌 완전히 싸울 기력을 상실해 버려야 해…….

어, 뭐지? 이제 곧 끝나는 것이 틀림없지?…… "너희, 주의 천사들이여, 주를 찬양하라"…… 당연하지, 저건 마지막 합창이야…… 아름답다. 더 할 말이 없다. 아름답다! ─ 아까 막 꼬리를 치려던 그 특별석의 아가씨를 까맣게 잊고 있었군. 어디에 있는 거야?…… 벌써 가 버렸군. 하지만 저기 저 애도 괜찮아 보이는데……? 오페라용 망원경이 없다니 참 한심하군. 브룬탈러는 재치 있게 항상 자기 오페라용 망원경을 카페의 계산대 옆에 놓아두지. 그래서 손해 볼 것 없잖아…… 저기 앞에 있는 아가씨가 한번 뒤를 돌아보면 좋으련만! 계속 너무 참하게 앉아 있단 말이야. 바로 그 옆에 앉은 사람은 분명 엄마일 거야—나도 이제 한번 결혼에 대해 진지하게 생각해 봐야 하지 않을까? 빌리도 결혼했을 때 나보다 나이가 많지 않았어. 항상 집에 예쁜 여자를 하나 대기시켜 놓고 있는 것도 뭔가 괜찮은 일일 것 같아…… 제기랄, 왜 슈테피는 하필 오늘 같은 날 시간이 없는 거야! 어디에 있는지라도 알면 지난번처럼 그녀 건너편에 앉아 있기라도 하고 싶군. 만약 그가 슈테피의 사생활을 알아채기라도 한다면 상황이 재미있어지겠지. 나는 그녀 때문에 어려움을 겪게 될 테고…… 플리스가 빈터펠트와의 관계 때문에 얼마나 돈을 들이고 있는지를 생각한다면! 그런데 그녀는 또 플리스 모르게 이놈 저놈과 바람을 피우고 있잖아. 결국은 한 번 더 끔찍한 결말을 맞이하게 될 거야…… 브라보, 브라보! 아, 끝났다!…… 그래, 일어설 수 있으니, 움직일 수 있으니 좋군…… 그래. 어쩌면! 저기 저 사람이 오페라용 망원경을 케이스에 집어넣는 데 시간이 얼마나 걸릴까?

"죄송합니다, 죄송합니다, 좀 지나갈 수 있을까요?"……

되게도 밀어제치는군! 차라리 이 사람들을 그냥 먼저 지나가게 하자고…… 우아한 사람이로군…… 저게 진짜 다이아몬드일까?…… 저기 저 여자도 괜찮아 보인다…… 날 쳐다보는 눈빛 좀 봐!…… 그래요 아가씨, 저도 좋아요!…… 아, 저 코!—유대인이군…… 저기 또 하나 있다…… 기가 막히군, 저기도 절반은 유대인이야…… 이제 오라토리오마저도 조용히 감상할 수 없게 되었다니까…… 자, 이제 줄을 서자고…… 이 바보는 왜 내 뒤에서 이렇게 밀어 대는 거야? 내가 그 버르장머리를 고쳐 주마……

아, 나이 든 양반이었군!…… 저기서는 대체 누가 나에게 인사를 하는 거지?…… 안녕하세요, 안녕하세요! 누군지 도무지 모르겠군…… 라이딩거*에서 저녁 식사를 하는 게 가장 간편하지 않을까? 아니면 가르텐바우게젤샤프트로 가야 할까? 결국 슈테피도 거기에 있지 않을까? 대체 왜 편지에 그 남자와 오늘 저녁 어디로 갈지 적지 않은 걸까? 아마 자기도 몰랐나 보지. 사실은 그렇게 종속적인 삶을 살아가는 것도 끔찍한 일이야…… 불쌍한 것! ― 자, 이제 저기가 출구다…… 아, 저 여자 애 정말 예쁜데! 게다가 혼자야? 나를 향해 웃는 것 좀 봐. 저 애를 따라가 보는 것도 괜찮은 생각이겠어!…… 그래, 이제 계단을 내려가자. 아, 95 보병 연대의 대대장이다…… 내 인사에 아주 호의적으로 답해 줬어…… 여기에 장교가 나 혼자가 아니었군…… 그 예쁜 애 어디 갔지? 아, 저기…… 난간 옆에 있구나…… 자, 이제 옷 보관소로 가기만 하면 된다…… 도망가지만 말아라…… 도망쳐 버렸다! 저런 고약한 말괄량이 같으니라고! 저기로 한 남자가 마중 나오도록 해 놓았구나. 그러고는 지금 또 나를 보고 웃는 것 좀 봐! ― 여자들이란 아무짝에도 쓸모가 없다니까…… 맙소사, 옷 보관소는 난리구나!…… 우리 조금 기다리자고…… 자, 이 바보가 내 번호표를 받아 줄는지?……

"224번요! 저기 걸려 있어요! 눈이 있는 거요, 없는 거요? 저기 걸려 있다니까! 그래요, 천만다행이군!…… 자 이리 주세요!"

이 뚱뚱한 놈이 옷 보관소 전체를 거의 다 막고 서 있군……

"좀 비켜 주시오!"……

"기다려요. 기다려!"

이놈이 뭐라는 거야?

"조금만 기다리면 돼요!"

이런 놈한테는 대꾸를 해 줘야만 해······ "좀 비켜 봐요!"

"당신 차례가 곧 올 거라니까요!"

뭐라고? 지금 그 말 나에게 한 거야? 이건 너무한데! 참을 수가 없군! "이봐요, 입 닥치시오!"

"뭐라고요?"

어라, 이 말투 좀 봐라! 가만둬선 안 되겠군!

"밀지 말아요!"

"이봐요, 입 닥치시오!" 그렇게 말하는 게 아니었는데. 너무 거칠었어······ 뭐, 엎질러진 물이야!

"뭐?"

이제 돌아서는군······ 아는 사람이잖아! ─ 맙소사, 항상 카페에 오는 제빵사 아니야······ 여기서 대체 뭘 하는 거지? 성악 아카데미에 다니는 딸이 있거나 한 게 틀림없어······ 어, 이거 뭐야? 이 자가 대체 뭐 하는 거야? 혹시····· 그래, 맙소사, 내 군도의 손잡이를 잡았어······ 이놈이 미쳤나?····· "이거 보시오······"

"이봐, 소위. 입 닥치고 가만히 있으시오."

뭐라고? 맙소사, 들은 사람 없겠지? 없을 거야, 아주 작은 소리로 말하고 있잖아······ 아니, 그런데 왜 내 검을 놓지 않는 거야? 제기랄······ 아, 이제 실력을 행사하는 수밖에······ 이놈의 손을 검의 손잡이에서 떼어 낼 수가 없군······ 스캔들만 피하자!······

대대장이 내 뒤에 있는 건 아니겠지?…… 이자가 내 검을 잡고 있다는 걸 눈치 챈 사람은 없겠지? 나한테 뭐라고 말하고 있잖아! 뭐라는 거야?

"소위, 조금이라도 사람들 눈에 띄는 짓을 하면 검을 칼집에서 뽑아 두 동강을 내 당신 연대장에게 보내겠소. 무슨 말인지 알겠소, 멍청한 애송이 양반?"

뭐라고 했지? 꿈을 꾸고 있는 거 아니야? 정말로 이자가 나에게 말하고 있는 거야? 대답을 하긴 해야겠는데…… 그렇지만 이놈 거짓말하고 있는 게 아니야—진짜로 검을 뽑을 거야. 맙소사— 진짜로 한다니까!…… 벌써 잡아 뽑으려 하고 있는 것 같아! 또 뭐라고 하는 거야?…… 맙소사, 스캔들만 피하자——뭐라고 아직도 계속 이야기하는 거야?

"그렇지만 내 당신의 장래를 망쳐 버릴 생각은 없소…… 자, 그러니 얌전하게 있으시오!…… 두려워할 것 없소. 아무도 듣지 못했으니까…… 모두 다 잘될 거요…… 자! 이제 우리가 싸웠다는 걸 다른 사람들이 눈치 채지 못하도록 앞으로 당신에게 친절하게 대할 거요! 잘 있으시오, 소위. 만나서 즐거웠소—잘 있으시오!"

맙소사, 내가 꿈을 꾼 건가? 정말로 그렇게 이야기한 거야?…… 이 인간 어디 있지? 저기 가는군…… 검을 뽑아 들고 쫓아가 박살내 버려야 할 텐데——맙소사, 그런데 정말 들은 사람 없겠지? 아니야, 없을 거야, 아주 작게 이야기했잖아, 내 귀에다 대고 말이야…… 아니, 대체 나는 왜 저놈을 따라가서 머리를 박살내 버리지 않는 거야?…… 아니야, 안 돼, 안 돼…… 곧바로 해야 했어…… 그러면 대체 왜 곧바로 하지 않은 거야? 그럴 수가 없었잖아…… 저자가 검을 놓지 않았고, 나보다 열 배는 더 힘이 셌어…… 내가 한마디만 했더라면 정말로 검을 박살 냈을 거야…… 나는 오히려 저놈이 크게 말하지 않은 걸 기뻐해야 할 처지야! 만약 누군가가 들었더라면 나는 그 자리에서 총으로 자살을 했어야만 해…… 어쩌면 꿈이 아니었을까…… 저기 기둥 옆에 서 있는 저 양반은 왜 나를 저렇게 쳐다보는 거야? ─혹시 들은 거 아니야? ─난 지금 아주 창백해 보일 거야. ─이 개자식 어디 갔어?…… 죽여 버리고 말 테다! 가 버렸어…… 그뿐 아니라 모두 다 사라져 버렸군…… 내 외투는 어디 있지?…… 아, 벌써 입고 있잖아…… 몰랐네…… 누가 옷 입는 걸 도와줬지? 아, 저기 저 사람…… 은화를 하나 줘야겠군…… 자!…… 그런데 이게 도대체 뭐야? 진짜로 그런 일이 벌어졌던 거야? 정말로 누군가가 나에게 그렇게 말했단 말이야? 정말로 누군가가 나에게 "멍청한 애송이"라고 말한 거야? 그리고 나는 그자를 그 자리에서 두들겨 패지 않았던 거야?…… 그렇지만 그럴 수가 없었잖아…… 그놈은 쇳덩어리 같은 주먹을 가지고 있었다고…… 나는 못에 박힌 듯 꼼짝도 못하고 서 있었던 거야…… 아니야, 내가 제정신이 아니었나 봐. 그렇지 않았더라면 다른 한 손으로…… 하지만 그랬다면 그가 검을 뽑아서 부러뜨렸을 거야…… 그리고 그걸로 내 인생은 끝장나는 거지 ─ 그랬다면 모든 것이 끝장났을 거야! 그리고 그가 가 버렸을 때는 이미 너무 늦었어…… 등 뒤에서 검으로 내리칠 순 없었으니까…….

뭐야, 어느새 길에 나와 있네? 어떻게 여기까지 왔지? — 날이 차구나…… 아, 바람, 좋군…… 저 건너편에 누구지? 저 건너편 사람들은 왜 나를 저렇게 바라보는 거야? 저자들 뭔가 엿들었나 봐…… 아니야, 아무도 듣지 못했어…… 알잖아, 그 일이 있은 후 곧바로 주위를 둘러봤다고! 아무도 내게 주의를 기울이지 않았어, 아무도 듣지 못했단 말이야…… 하지만 아무도 듣지 못했다 해도 그가 그런 말을 했다는 사실은 변함이 없어. 그가 그렇게 말했다고. 그리고 나는 마치 이성을 잃어버린 사람처럼 멍청히 서서 모욕을 당하고만 있었던 거야!…… 하지만 나는 아무 말도 할 수 없었고, 아무 행동도 취할 수 없었잖아. 내가 할 수 있는 일이란 오로지 조용히 있는 것, 조용히 있는 것뿐이었어!…… 끔찍해, 참을 수가 없군. 그놈을 만나는 즉시 죽여 버려야 해!…… 내게 그런 말을 하다니! 그런 자식, 그런 개 같은 놈이 내게 그런 말을 하다니! 게다가, 맙소사, 그는 내가 누군지 알잖아. 나를 안다고, 내가 누군지를 그가 안다고! 내게 그런 말을 했다는 걸 그놈이 아무에게나 말하고 다닐 수도 있어!…… 아니야, 아니야, 그럴 리는 없어. 그럴 거라면 그렇게 작게 말했을 리가 없지…… 그 역시 다른 사람이 듣지 못하기를 바랐던 거야…… 하지만 내일이든 모레든 자기 부인에게, 딸에게 아니면 카페의 아는 사람들에게 말하지 않는다고 누가 장담할 수 있겠어 — — 맙소사, 내일이면 그를 다시 봐야 하잖아! 내일 카페에 가면 그는 매일 그렇듯 슐레징거 씨, 조화(造花) 상인과 함께 타로*를 하고 있겠지…… 아니야, 아니야, 그렇게는 안 돼…… 그자를 보면 두들겨 패 버리겠어…… 아니야, 그래서는 안 돼…… 그 자리에서 했어야지, 그 자리에서!…… 그럴 수만 있었다면! 연대장님께 가서 이 사실을 알려야겠어…… 그래, 연대장님께 가는 거야…… 항상 나에게 아주 친절하셨잖아 ― 그리고 말하는 거야: 연대장님, 보고합니다. 그자가 군도의 손잡이를 잡고 놓지 않았기 때문에 저는 무기가 없는 것과 다름없었습니다…… ― 그러면 연대장님이 뭐라고 말할까? ― 뭐라고 말하겠느냐고? ― 단 하나의 대답밖에는 없지: 불명예 제대 ― 옷을 벗는다고!…… 저기 건너편에 있는 사람들 자원입대자*들이잖아?…… 재수 없어. 밤에 보니 마치 장교처럼 보이는군…… 경례를 하네! ― 저들이 만약 무슨 일이 벌어졌는지 알기라도 한다면 ― 알기라도 한다면!…… ――카페 호흐라이트너로군…… 분명 몇몇 동료들이 앉아 있겠지…… 어쩌면 내가 아는 장교들도 하나둘쯤…… 만약 처음 만나는 가장 적당한 친구에게 이 이야기를 마치 내 일이 아니라 다른 사람 일인 것처럼 이야기한다면?…… ― 나 완전히 미쳐 버렸나 봐…… 도대체 어디를 헤매고 있는 거야? 길거리에서 대체 뭐 하고 있는 거야? ―그래, 하지만 그럼 어디로 가야 하지? 라이딩거로 가려던 것 아니었나? 하하, 사람들 사이에 앉는다고…… 모든 사람들이 다 내게 무슨 일이 벌어졌는지 알아차릴 거야…… 그래, 하지만 무슨 일이든 일어나야 해…… 대체 무슨 일이 일어나야 한다는 거야?…… 아무 일도 필요 없어, 아무 일도 ―아무도 들은 사람이 없다니까…… 아무도 거기에 대해서 몰라…… 지금 당장은 아무도 몰라…… 지금 그자의 집으로 찾아가서 아무에게도 말하지 말아 달

라고 통사정을 해 봐?…… 아, 그따위 짓을 하느니 차라리 머리
에 총을 쏴 버리고 말지!…… 그래, 그게 바로 가장 현명한 행동
일 거야!…… 가장 현명한 행동? 가장 현명한 행동? ─ 다른 수가
없잖아…… 다른 수가 없어…… 만약 연대장에게 물어본다면,
아니면 코페츠키나 ─ 블라니 ─ 아니면 프리트마이어에게 물어본
다고 해도 ─ 모두 다 이렇게 말할 거야: 다른 수가 없잖아!……
코페츠키와 한번 얘기해 본다면 어떨까? 그래, 그게 가장 이성적
인 행동일 거야…… 내일 문제 때문에라도, 그래 당연하지 ─ 내
일 문제 때문에…… 오후 4시 기마병사에서…… 그러니까 오후
4시에 결투를 해야 한다 이거지…… 그런데 나는 그럴 자격이 없
어. 나는 이제 결투에 응할 자격을 상실했거든…… 말도 안 되는
소리! 말도 안 되는 소리! 아무도 몰라, 아무도! ─ 나보다 더 심한
일을 겪고도 돌아다니는 사람들이 많아…… 데케너가 레데로우
와 결투를 했을 때 사람들이 데케너에 대해서 얼마나 수군거렸
어…… 그래도 명예 위원회는 결투를 해도 좋다고 판결을 내렸잖
아. 내 경우는 명예 위원회에서 어떤 판결을 내릴까? ─ 멍청한 애
송이 양반 ─ 멍청한 애송이 양반…… 그리고 나는 멍청히 서 있
었어 ─? 맙소사, 다른 사람이 아는가 모르는가 하는 것은 중요하
지 않아!…… **내가** 알고 있고, 그리고 그것이 중요한 거야! 바로
나 자신이 내가 한 시간 전과는 다른 사람이라는 것을 느끼고 있
고 ─ 바로 **나 자신이** 내가 결투를 할 자격이 없다는 것을 잘 알고
있어. 그리고 그래서 자살을 해야만 하는 거야…… 그렇지 않으
면 앞으로 내 인생에 단 한순간도 편안한 날이 없을 거야…… 항

상 누군가 어떻게든 알게 되면 어쩌나, 또 누군가 오늘 벌어졌던 일을 내 면전에서 이야기하면 어쩌나 하는 두려움을 가지고 살게 되겠지! —한 시간 전만 해도 나는 얼마나 행복한 인간이었는 지…… 코페츠키는 입장권을 선물해야만 했고, 슈테피는 오늘 만 날 수 없다고 거절을 해야만 하는 것이었어, 그 계집애! —그런 일들로 사람의 운명이 결정되다니…… 오후만 해도 모든 것이 다 좋았는데, 지금 나는 구제 불능의 인간이고 자살을 해야만 하다 니…… 무엇 때문에 이렇게 뛰어가는 거야? 무언가를 쫓아가는 것도 아닌데…… 시계가 몇 번이나 울리는 거지?…… 하나, 둘, 셋, 넷, 다섯, 여섯, 일곱, 여덟, 아홉, 열, 열하나…… 열한 번, 열 한 번…… 그래도 저녁을 먹으러 가야겠어! 어쨌든 어디로든 가 기는 가야 해…… 나를 아는 사람이 아무도 없는 어디 허름한 식 당에 앉아 있을 수도 있겠지 —어쨌든 사람이란 먹어야 하는 거 아니야. 아무리 그 뒤에 곧 자살을 하게 되더라도 말이야…… 하 하, 죽음은 애들 장난이 아니야…… 최근에 누가 이 말을 했더 라?…… 아, 그런 건 중요하지 않아.

내가 죽었을 때 누가 가장 슬퍼할지 알았으면 좋겠군…… 엄 마, 아니면 슈테피?…… 슈테피…… 맙소사, 슈테피…… 그 애 는 아마 표시도 내지 않을 거야. 그렇지 않으면 '그'가 떠나 버릴 테니까…… 불쌍한 인간! —연대에서는 —내가 왜 그랬는지 아 무도 알지 못할 거야…… 머리들을 쥐어짜겠지…… 대체 구스틀 이 왜 자살을 했을까? —아마 아무도 알아채지 못할 거야…… 내 가 한 야비한 제빵사 때문에 자살을 해야만 했다는…… 우연히도 나보다 더 센 주먹을 가지고 있던 그 비열한 놈 때문에…… 끔찍해, 끔찍해! ─ 그런 이유 때문에 나같이 젊고 멋진 청년이…… 그래, 틀림없이 훗날 모두 말하게 될 거야: 그래서는 안 되는 거였어, 그런 바보 같은 일 때문에 말이야. 안됐어!…… 하지만 내가 지금 누군가에게 물어본다면 모두 똑같은 대답을 하겠지…… 내 자신에게 물어봐도 나 역시 똑같은 대답을 하고 있잖아…… 하지만 더러운 일이야…… 우리는 시민들을 상대로는 완전히 무방비 잖아…… 한편에서는 우리가 검을 가지고 있기 때문에 더 유리하다고 말하지만…… 무기를 사용하기만 하면 곧장 우리가 모두 타고난 살인자라도 되는 것처럼 욕을 퍼부어 대지…… 신문에 "한 젊은 장교의 자살"이란 제목으로 기사가 날 수도 있겠군…… 뭐라고들 쓰더라?…… "자살의 동기는 알려지지 않고 있다"…… 하하!…… "그의 관 옆에는 애도하는……" ─ 하지만 사실이야…… 나는 계속 마치 내가 무슨 꾸며 낸 이야기를 늘어놓고 있는 것같이 느끼고 있지만…… 사실이야…… 나는 자살을 해야만 해, 다른 수가 없다고 ─ 내일 아침 일찍 코페츠키와 블라니가 나의 결투 입회 의뢰를 거부하고 "우리는 네 결투의 입회인이 될 수 없어!"라고 말하도록 내버려 둘 수 없어…… 내가 그 친구들에게 그런 무리한 요구를 한다면 나는 형편없는 놈일 거야…… 멍청한 애송이 소리를 듣고도 가만히 서 있는 나 같은 녀석…… 내일이면 뭐 모두 알게 되겠지…… 만약 그놈이 나불거리고 다니지 않을 거라고 잠시라도 생각한다면 그건 어리석은 일이야. 그놈은 사방에 떠들고 다닐 거야…… 그놈 마누라는 벌써 알고 있겠지…… 내일이면 카페에 오는 사람들이 모두 알게 될 테고…… 카페 종업원도 알게 되겠지…… 그 슐레징거 씨 — 계산대의 아가씨 — 그리고 설령 그놈이 내일 그렇게 하지 않는다고 하더라도 모레쯤에는 말하고 다닐 거야…… 모레도 아니라면 일주일 뒤에…… 만약 그가 오늘 밤 뇌졸중으로 쓰러진다 해도, 나는 내가 무엇을 해야 할지 알고 있어…… 알고 있다고…… 나는 그런 모욕을 당하고도 계속 제복을 입고 검을 차고 다닐 사람이 아니야…… 자, 나는 자살을 해야만 하고, 그걸로 끝이야! — 더 생각할 게 뭐가 있어? — 내일 오후면 그 박사가 나를 검으로 내리쳐 죽일 수도 있어…… 그런 일이 일어난 적이 있었다고…… 바우어 말이야, 그 불쌍한 친구는 뇌염에 걸려서 사흘 만에 죽어 버렸잖아…… 그리고 브레니취도 말에서 떨어져 목이 부러져 버렸지…… 그리고 마침내는 나도: 다른 수가 없어 — 나는 아니야, 나는 아니야! — 그런 일을 더 가볍게 생각하는 사람도 있잖아…… 생각해 봐, 별의별 인간이 다 있어!…… 링하이머는 훈제 고기 업자 부인과 놀아나다 들켜서 그 남편에게 따귀를 얻어맞았지. 그러고는 옷을 벗고 어디 시골로 가서 결혼을 했잖아…… 그런 인간과 결혼을 하는 여자가 있다니!…… — 맙소사, 그놈이 다시 빈으로 온다고 해도 나는 악수를 청하지 않을 거야…… 자, 봤지, 구스틀: — 끝난 거야, 끝난 거야, 이제 네 삶은 끝이 난 거라고! 완전히 끝난 거야!…… 자, 이제 알겠어, 이야기는 아주 간단해…… 자! 나는 사실 지금 아주 침착해…… 그런데 난 원래 알고 있었어. 언제고 이런 일이 닥치게 되면 난 침착하리라는, 아주 침착하리라는 사실을 말이야…… 하지만 이런 식으로 그런 상황에 닥치게 되리라곤 생각하지 못했지…… 이 따위 일 때문에 자살을 해야 하리라곤…… 어쩌면 내가 그 사람 말을 제대로 이해하지 못한 것인지도 몰라…… 사실은 그자가 뭔가 전혀 다른 말을 한 거야…… 노래와 더위에 난 완전히 멍해져 있었잖아…… 어쩌면 나는 완전히 미쳐 있었고…… 모든 일이 사실이 아닌 것이 아닐까? 사실이 아니라고, 하하, 사실이 아니라고! ―여전히 들리는데…… 내 귀에 여전히 울리는데…… 그리고 내가 어떻게 그자 손을 검의 손잡이에서 떼어 내려 했는지 아직도 내 손가락에서 느끼는데…… 힘이 장사인 놈이야, 야겐도르퍼* 같은 놈이란 말이야…… 그렇다고 내가 약골도 아닌데…… 연대에서 나보다 힘센 사람은 프란치스키밖에 없잖아…….

아스페른 다리로군…… 대체 어디까지 계속 갈 생각이야? ―계속 이렇게 가면 자정쯤엔 카그란에 도착해 있겠군…… 하하! ―그래, 지난 9월에 우리가 행군 끝에 그곳에 들어섰을 땐 정말 좋았어. 두 시간만 더 가면 빈…… 우리가 거기 도착했을 때 나는 죽도록 피곤했지…… 오후 내내 나는 마치 막대기처럼 뻗어 잠을 잤어. 그리고 밤에 우리는 이미 로나허*에 있었지. 코페츠키, 라딘저 그리고…… 누가 또 우리와 함께 있었더라? ―그래, 맞아, 행군 중에 유대인의 일화를 이야기하던 그 자원 입대자였지…… 1년만 복무하는 자원 입대자들 중에도 가끔 괜찮은 녀석들이 있기는 해…… 하지만 그 사람들은 모두 그저 상사 정도나 되어야 해 ― 왜냐하면…… 대체 그게 말이 되느냐구? 우리는 몇 년 동안 고생을 해야 하는데, 그런 놈들은 단 1년만 복무하고도 우리와 똑같은 계급에 이르다니…… 부당한 일이야! ─하지만 그게 이제 나랑 무슨 상관이야? ─내가 알게 뭐냐구! ─병참부의 계급장도 없는 하급 장교도 지금은 나보다 더 낫잖아: 나는 세상에 전혀 존재하지 않는 거야…… 나는 끝나 버린 거야…… 명예를 잃으면 모든 걸 다 잃는 거란 말이야!…… 권총을 장전하는 것 외에는 어쩔 도리가 없다고. 그러고는…… 구스틀, 구스틀, 너 아직도 네 상황을 진짜로 믿지 않는 것 같은데? 자, 잘 생각해 봐…… 이제 별수 없다고…… 아무리 머리를 쥐어짜 봐야 다른 수가 없어! ─이제 더 할 일이라고는 마지막 순간에 품위 있게 행동을 하는 것뿐이야. 남자답게, 장교답게, 그래서 연대장이 이렇게 말할 수 있도록 말이야: 훌륭한 녀석이었어, 우리는 그를 잊지 않을 거야!…… 소위의 장례식에 몇 개의 중대가 움직이더라?…… 분명 알고 있었는데…… 하하! 전체 대대가, 아니면 주둔군 전체가 출동해서 모두가 스무 발의 예포를 쏜다고 하더라도 나는 결코 다시 깨어나지 않아! ─저 카페 앞에서, 저기에서 작년 여름에 폰 엥겔 씨와 한 번 앉아 있었어. 스티플─체이스* 후에 말이야…… 웃기는군. 그 후로 그 사람을 한 번도 보지 못했어…… 왜 그는 왼쪽 눈을 붕대로 감고 있었을까? 항상 물어보려고 했지만 결례가 될 것 같아서 참았지…… 저기 포병 둘이 지나간다…… 저 사람들은 분명히 내가 저 창녀를 따라가고 있다고 생각하고 있어…… 그런데 저 여자가 틀림없이 나를 본 것 같아…… 아, 끔찍하군! ─저런 여자는 어떻게 밥벌이를 하는지 알았으면 좋겠어…… 저 여자를 따라갈 바에야 차라리…… 상황이 다급하면 악마는 파리라도 먹는다고 하지만…… 프르체뮈즐*에서—나중에는 너무 소름이 끼쳐서 앞으로는 절대로 다시 여자 몸에 손대지 않겠다고 생각했지…… 저 위쪽 갈리시아*에서의 시간은 정말 끔찍했어…… 우리가 빈으로 온 건 사실은 무지하게 기쁜 일이야. 보코르니는 아직도 여전히 잠보르*에 자리 잡고 있지. 아마도 앞으로 10년은 더 거기서 살 테고, 그렇게 나이가 들고 백발이 되어 버리겠지…… 하지만 내가 그곳에 머물렀더라면 오늘 벌어졌던 그 일이 내게 일어나지 않았을 거야…… 그리고 차라리 갈리시아에서 늙어 백발이 되는 편이 그것보다는 나아…… 무엇보다? 무엇보다?—그래, 그게 대체 뭐지? 그게 대체 뭐였지?—자꾸만 그걸 잊어버리다니, 나 이거 미쳐 버린 거 아니야? 그래, 맙소사, 나는 매순간 그 일에 대해 잊어버리는 거야…… 몇 시간 뒤에 자살할 사람이 자기와는 전혀 상관없는 온갖 일에 대해 생각한다는 게, 그래 들어 본 적이나 있는 얘기야? 맙소사, 마치 나는 도취 상태에 있는 것 같아! 하하! 멋진 도취군! 대단한 도취야! 자살의 도취!—하! 농담*까지 하는군, 멋졌어!—그래, 나 꽤나 흥분되어 있어—그런 건 타고나는 것이 틀림없어…… 내가 누군가에게 이야기를 한다면 아마 아무도 믿지 않을 거야.—내 생각엔, 만약 내가 총을 가지고만 있다면…… 지금 당장 방아쇠를 당겼을 거야—1초면 모든 것이 끝나…… 누구나 그렇게 쉽게 죽을 수 있는 것은 아니야—다른 사람들은 몇 달 동안 괴로워해야만 하지…… 불쌍한 내 사촌 누이는 2년 동안이나 침대에 누워 있었잖아. 움직이지도 못하고 끔찍한 통증에 시달렸지 — 비참해!…… 스스로 죽음을 준비할 수 있다면 더 낫지 않을까? 조준만 잘하면 되지, 작년에 사관생도 대표가 그랬던 것처럼 결국 불행한 일이 일어나지 않도록 말이야…… 불쌍한 녀석, 죽지는 않고 장님이 되어 버렸지…… 대체 무슨 일이 일어났던 것일까? 지금 어디에 살고 있는지? 끔찍해, 이리저리 떠돌아다니면서 — 그러니까 내 말은, 떠돌아다니지는 못하지, 누군가의 인도를 받아야만 하니까 — 그렇게 젊은 사람이, 아마 아직 스무 살도 안 됐을 거야…… 자기 애인은 잘 조준했어…… 즉사해 버렸잖아…… 대체 사람들이 무슨 이유로 자살들을 하는지, 믿을 수가 없어! 대체 어떻게 그렇게 질투심에 사로잡힐 수가 있을까? 지금까지 살아오는 동안 난 그런 건 알지도 못했어…… 슈테피는 지금 편안하게 가르텐바우게젤샤프트에 있을 테고, 그러고는 '그'와 집으로 가겠지…… 하지만 나는 아무렇지도 않아, 전혀! 슈테피는 집을 예쁘게 꾸며 놨어 — 붉은 등이 있는 작은 욕실 — 최근에 슈테피가 녹색 비단 잠옷을 입고 욕실로 들어왔을 땐 얼마나 예뻤는지…… 그 녹색 잠옷도 이제 영원히 볼 수가 없구나 — 그리고 슈테피 역시도…… 그리고 구스하우스 거리의 그 멋지고 넓은 계단도 이제 다시는 오를 수가 없구나…… 슈테피 양은 마치 아무 일도 없었다는 듯 계속 즐거워해야겠지…… 그녀가 사랑하는 구스틀이 자살했다는 사실을 그 누구에게도 얘기해서는 안 되니까 말이야…… 하지만 울기는 할 거야 — 아, 그래, 울기는 하겠지…… 하긴, 많은 사람들이 눈물을 흘릴 거야…… 맙소사, 어머니! —

아니야, 아니야, 거기에 대해서는 생각해선 안 돼. ─아, 아니야, 그 문제에 대해선 절대로 생각해선 안 돼…… 집에 대해서는 생각하지 말자, 알았지, 구스틀? ─눈곱만큼도 생각해선 안 돼……

나쁘지 않군, 이제 프라터까지 와 버렸네…… 한밤중에 말이야…… 아침에만 해도 오늘 밤에 프라터에서 산책을 하게 될 줄은 생각도 하지 못했어…… 저 방범대원은 무슨 생각을 하고 있을까?…… 자, 자, 계속 가기나 하자…… 아주 좋아…… 저녁 식사도 별 볼일 없고, 카페에 가는 것도 별 볼일 없어: 공기가 쾌적하군, 그리고 조용해…… 아주…… 뭐 물론, 나도 이제 곧 조용해지겠지만 말이야. 아주 조용히, 내가 원하는 것보다 훨씬 더 조용히. 하하! ─그렇지만 이거 숨이 찬데…… 마치 이성을 잃은 사람처럼 뛰어온 거야…… 천천히, 천천히, 구스틀, 아무것도 놓칠 것이 없어, 더 이상 해야 할 일도 없다고 ─전혀, 아무것도 없다고! ─추워서 떨고 있는 것 같네? ─아마도 흥분해서 그럴 거야…… 그리고 아무것도 먹지 않았잖아…… 이 특이한 냄새는 뭐지?…… 아직 꽃이 필 리는 없는데?…… 오늘이 며칠이더라? ─4월 4일…… 물론이지, 지난 며칠 사이에 비가 많이 내렸어…… 하지만 나무에는 아직 거의 싹이 나지 않았고 색깔도 칙칙하잖아, 후! 거의 무서울 지경이군. 내가 두려움을 느꼈던 건 사실은 내 인생에서 딱 한 번이었어. 그때 숲 속에서 말이야, 내가 소년이었을 때…… 하지만 그렇게 어렸던 것도 아니야…… 열네 살 아니면 열다섯 살 때였으니까…… 그게 그러니까 얼마 전 일이야? ─9년…… 당연하지 ─열여덟 살에 나는 상사였고, 스무 살에 소위가 되었지…… 그리고 내년이면…… 내년에 내가 무엇이 되느냐고? 내년이라는 게 대체 뭐야? 다음 주라는 게 뭐야? 내일모레라는 게 대체 뭐냐고?…… 뭐? 이가 덜덜 떨려? 오호! ― 좋아, 조금은 이가 덜덜 떨리도록 내버려 두자…… 소위, 당신은 지금 혼자요. 그러니 공연히 씩씩한 척할 필요 없어요…… 괴롭군, 괴로워…….

벤치에 앉아야겠다…… 아! ― 도대체 어디까지 와 버린 거야? ― 이렇게 어둡다니! 저기 내 뒤쪽에 있는 건 두 번째 카페가 틀림없어…… 지난여름 저기에도 한 번 가 본 적이 있어. 교회 합창단이 연주회를 했을 때 말이야…… 코페츠키도 함께 있었고 뤼트너도 있었지 ― 그 밖에도 몇 명이 더 있었어…… ― 하지만 피곤하다…… 정말이야, 마치 행군을 열 시간 한 것처럼 피곤해…… 그래, 그러니까 여기서 잠이 든다, 이런 거로군. ― 하! 집 없는 소위라…… 그래, 그래도 원래는 집으로 가야 하는 거야…… 그런데 집에서 뭘 하지? 그렇다면 나는 지금 프라터에서 대체 뭘 하고 있는 거지? ― 아, 전혀 일어설 필요가 없다면 ― 여기서 이렇게 잠들어서 다시는 깨어나지 않는다면 가장 좋겠어…… 그래, 그렇게 되면 편할 거야! ― 아니, 당신에겐 그렇게 편안하게 일이 진행되진 않을 거요, 소위…… 하지만 언제? 어떻게? ― 이제 정말 한번 이 일에 대해서 제대로 숙고해 볼 수 있을 것 같아. 모든 일에 대해서 숙고해야만 하는 거야…… 인생이란 게 다 그런 거야…… 그러니까 우리 생각해 보자고…… 대체 뭘?…… ― 아니야, 공기가 좋다…… 밤에 더 자주 프라터에 나와야 해…… 그래, 진작 그런 생각을 해야 했는데, 이제 공원도 끝이야, 신선한 공기도 산책도…… 그래, 그래서 어쨌다는 거야?—아, 모자를 벗자: 이놈의 모자가 뇌를 짓누르는 것만 같아…… 전혀 제대로 생각을 할 수가 없잖아…… 아…… 그래!…… 그러니까 이제 꼼꼼하게 생각해 보자, 구스틀…… 마지막 처리를 하는 거야! 그러니까 내일 아침 일찍 끝을 내자…… 내일 일찍 7시에…… 7시는 딱 좋은 시간이야. 하하!—그러니까 수업이 시작되는 8시면 모든 것이 끝나 있는 거지…… 하지만 코페츠키는 아마도 너무 충격을 받아서 수업을 할 수 없을 거야…… 하지만 그때까지 아무것도 모르고 있을 수도 있지…… 꼭 소식을 들으란 법도 없으니까…… 막스 리파이도 오후가 되어서야 발견됐잖아. 아침 일찍 자살을 했는데 아무도 그걸 몰랐던 거야…… 하지만 코페츠키가 수업을 하든 말든 그게 나랑 무슨 상관이야?…… 하!—그러니까 7시야!—그래…… 자, 그리고 또 뭐가 있지?…… 더 생각할 것도 없군. 방에서 방아쇠를 당기면 그걸로 끝이야! 장례식은 월요일이면…… 내 자살 소식에 기뻐할 사람을 하나 알고 있지: 바로 그 박사야…… 상대자의 자살로 인해 결투는 벌어질 수 없습니다…… 사람들은 만하이머 부부에게 뭐라고 말할까?—그 남편은 별로 대수롭지 않게 생각하겠지…… 하지만 그 예쁜 금발 부인은…… 그녀하곤 뭔가 해 볼 수도 있었을 것 같아…… 아 그래, 내가 좀 더 정신을 차리기만 했더라면 기회가 있었을 거야…… 그래, 그 여자라면 슈테피, 그 인간과는 좀 달랐을 테지…… 그렇지만 게을러서는 안 돼…… 비위를 맞춰 주고, 꽃을 보내고, 분별 있게 이야기하고…… 그러니까 "내일 오후에 병영으로 찾아와"라는 식으로 얘기해서는 안 된다는 거야. 그래, 그렇게 품위 있는 여자라면 뭔가 달랐을 거야…… 프르체뮈즐의 중대장 부인은 단정한 여자가 아니었어…… 리비츠키, 베르무테크 그리고 그 좀스런 상사도 다 그녀와 잤던 게 확실해…… 하지만 그 만하이머 부인은…… 그래, 그녀와의 관계라면 뭔가 다를 거야. 그거야말로 제대로 된 관계일 테고, 사람을 거의 다른 인간으로 만드는 관계가 됐을 거야—그런 관계에서라면 전혀 다른 매너로 상대를 대하게 될 테고—그런 관계에서라면 스스로를 대견해해도 좋을 거야——하지만 끊임없이 그 천한 계집애들…… 게다가 나는 무척이나 일찍 시작했어—내가 첫 번째 휴가를 받고 그라츠의 부모님 댁에 머물고 있을 때 난 아직 어린애였잖아…… 리들도 같이 있었지—보헤미아 여자였어…… 당시의 나보다 아마도 두 배는 나이가 많았을 거야—아침이 되어서야 나는 집에 돌아왔지…… 아버지가 나를 어떤 눈으로 바라봤는지…… 그리고 클라라…… 클라라 앞에서 나는 가장 부끄러웠어…… 그때 누나는 약혼 상태였지…… 그런데 왜 결혼까지 가지 못했을까? 거기에 대해서 사실은 별로 신경도 쓰지 않았지…… 불쌍한 누나, 한 번도 운이 좋은 적이 없었어—그리고 지금 하나뿐인 남동생까지 잃게 생겼으니…… 그래, 클라라도 나를 다시 보지 못할 거야—끝이야! 누나, 그렇지? 새해 첫날 나를 기차역까지 바래다주었을 때 나를 다시 보지 못하리라고는 생각지도 못했겠지? —그리고 어머니…… 맙소사, 어머니…… 아니야, 어머니에 대해선 생각해서는 안 돼…… 어머니를 생각하면 난 비열한 짓까지도 할 수 있게 될 거야…… 아…… 만약 우선 집으로 간다면? 가서 하루짜리 휴가라고 얘기한다면?…… 끝장을 내기 전에 한 번 더 아버지와 어머니, 클라라를 본다면…… 그래, 7시 첫 기차를 타고 그라츠로 떠나면 오후 1시에 도착하게 돼…… 어머니, 안녕하세요…… 클라라, 안녕! 자, 어떻게들 지내셨어요?…… 아니야, 모두 깜짝 놀라겠지!…… 하지만 뭔가 눈치를 챌 거야…… 아무도 눈치 채지 못한다고 하더라도 클라라는…… 클라라는 알 거야…… 클라라는 영리한 여자라서…… 최근에 얼마나 사랑스런 편지를 보내왔던지. 그리고 나는 아직 답장도 보내지 못했잖아―그리고 누나가 내게 던지는 그 선한 충고들…… 선량한 사람이야…… 만약 내가 집에 머물러 있었다면 모든 것이 완전히 달라지지 않았을까? 나는 경제학을 공부하고 삼촌에게로 갔겠지…… 내가 어렸을 때 모두 그러길 바랐잖아…… 그랬다면 지금쯤 나는 이미 사랑스럽고 착한 아가씨와 결혼을 했겠지…… 아마도 나를 그렇게 좋아했던 안나와…… 최근에 내가 마지막으로 집에 갔을 때에도 그걸 느꼈어. 안나는 이미 남편과 두 아이가 있는데도 말이야…… 나는 안나가 어떤 눈으로 나를 바라보는지를 봤다고…… 그리고 여전히 나를 옛날처럼 "구스틀"이라고 불렀어…… 내가 어떻게 죽었는지를 알면 안나는 아마 엄청 놀랄 거야―하지만 그녀의 남편은 그럴 줄 알았다고 말하겠지―건달 같은 놈! 모두 내가 빚을 졌기 때문이라고 생각할 거야…… 하지만 그건 사실이 아니야, 모두 다 갚았어…… 단지 마지막 160굴덴 — 뭐, 그 돈도 내일이면 장만하게 돼…… 그래, 발러르트가 160굴덴을 받을 수 있도록 신경을 써 놓아야만 해…… 방아쇠를 당기기 전에 적어 놓아야 해…… 끔찍하군, 끔찍해!…… 차라리 일어나서 떠나 버린다면 — 나를 아는 사람이 아무도 없는 미국으로…… 미국에서라면 아무도 오늘 밤 무슨 일이 일어났는지 알지 못하겠지…… 거기선 어떤 인간도 그 일에 대해 신경 쓰지 않아…… 얼마 전 신문에 룽게 백작이라는 사람에 대한 기사가 실렸지. 뭔가 지저분한 사연 때문에 미국으로 떠나야만 했는데, 지금은 그곳에 호텔을 하나 가지고 있고 지나간 모든 일을 비웃고 있다지…… 그리고 몇 년 후에 다시 돌아올 수도 있겠지…… 물론 빈은 아니고…… 그라츠도 아니지만…… 농장으로는 갈 수 있을 거야…… 그리고 어머니, 아버지, 클라라도 내가 살아 있는 것을 훨씬 더 좋아할 거야…… 그리고 대체 다른 사람들은 알게 뭐야? 대체 그 밖에 나를 좋게 생각하는 사람이 누가 있어? — 코페츠키를 빼고는 모두 다 없어져도 좋아…… 코페츠키야말로 하나밖에 없는…… 그런데 바로 그 코페츠키가 오늘 내게 음악회 표를 줘야 했단 말이야…… 그리고 그 표에 모든 책임이 있고…… 표가 없었더라면 나는 음악회에 가지 않았을 테고, 그랬다면 아무 일도 일어나지 않았겠지…… 대체 무슨 일이 일어난 거야?…… 마치 그 후로 100년은 지난 것 같아. 하지만 사실은 두 시간도 채 지나지 않았을 거야…… 두 시간 전에 누군가 나를 "멍청한 애송이 양반"이라고 말했고, 내 검을 부러뜨리려 했지…… 맙소사, 내가 지금 한밤중에 소리까지 지르려 하고 있잖아! 대체 무엇 때문에 그 모든 일이 벌어진 거야? 옷 보관소가 텅 빌 때까지 기다릴 수는 없었을까? 그리고 대체 왜 나는 "입 닥치시오!"라고 말해야 했을까? 어떻게 그런 말실수를 했을까? 다른 때 나는 친절한 사람이었잖아…… 내 하인조차 그렇게 거칠게 대하지는 않는데…… 하지만 당연하지. 나는 신경이 날카로워져 있었어 — 함께 일어난 모든 일이…… 도박에서의 불운과 슈테피의 끊임없는 거절 — 그리고 내일 오후의 결투와 — 그리고 최근에 나는 잠을 너무 적게 잤어 — 그리고 병영에서의 고생 — 그런 걸 오랫동안 견뎌 내지는 못해!…… 그래, 조만간 병이 났을 거야 — 휴가를 요청해야만 하는 거였어…… 이제 더 이상 그럴 필요가 없지 — 이제 긴 휴가가 올 거야 — 무급 휴가지만 말이야 — 하하!……

대체 얼마나 오랫동안 여기에 앉아 있으려는 거지? 틀림없이 자정이 지났을 것 같은데…… 시계 종소리를 못 들었나? — 저게 뭐야…… 마차가 다녀? 이 시간에? 고무 바퀴 마차인 것 같군…… 저 사람들은 나보다 나아 — 어쩌면 발러르트와 베르타인지도 모르지…… 왜 하필 발러르트여야만 하는 거야? — 더 빨리 달려라! — 대공 전하는 프르체뮈즐에 멋진 마차를 하나 가지고 있었지…… 그 마차로 항상 시내 로젠베르크까지 내려가셨어…… 대공 전하는 무척 인자하셨지 — 진짜 동료 같은 분이셨어, 모든 사람에게 친구처럼 말을 걸었지…… 멋진 시절이었어…… 물론 그 지역은 따분하고 여름이면 끔찍한 더위에 고통을 겪어야 하는 곳이지만 말이야…… 한 번은 어느 날 오후에 세 명이 일사병으로 쓰러졌지…… 우리 소대의 하사도 쓰러졌어…… ─그 하사는 아주 쓸모가 많은 사람이었어…… 어느 날 오후 우리는 침대 위에 발가벗고 누워 있었지 ─ 갑자기 비제녀가 나를 찾아 들어왔는데 아마도 나는 막 꿈을 꾸고 있었던 모양이야. 벌떡 일어나서는 내 옆에 놓여 있던 검을 뽑았지…… 볼만했나 봐…… 비제녀는 거의 죽을 것처럼 웃어댔지 ─ 그 사람은 지금 벌써 기병 대위야…… ─ 기병대로 가지 않아서 유감이야…… 하지만 아버지가 원치 않았잖아 ─ 만약 그랬다면 즐겁기는 해도 돈이 많이 들었겠지 ─ 지금은 어차피 모든 게 마찬가지야…… 대체 왜? ─그래, 나는…… 나는 알고 있지: 나는 죽어야 해, 그래서 모든 게 다 마찬가지인 거야 ─ 죽어야만 한다고…… 그래서? ─ 이봐, 구스틀, 너는 일부러 프라터까지 내려온 거야, 아무도 방해할 사람이 없는 한밤중에 말이야 ─ 이제 모든 걸 조용히 숙고할 수 있어…… 미국이니 옷을 벗니 하는 것은 모두 다 완전히 바보 같은 소리야. 게다가 너는 뭔가 다른 일을 시작하기엔 머리가 너무 나빠 ─ 그리고 네가 100살이 되었을 때, 누군가 네 검을 부러뜨리려 했고, 너를 멍청한 애송이라고 불렀고, 또 너는 그 자리에 서서 아무것도 할 수 없었다는 것을 생각한다면 ─ 아니야, 깊이 생각할 일은 하나도 없어 ─ 벌어진 일은 벌어진 일이야 ─ 어머니와 클라라에 관한 것도 어리석은 생각이야 ─ 모두 고통을 이겨 내게 될 거야 ─ 사람은 어떤 고통도 극복하게 되어 있어…… 외삼촌이 돌아가셨을 때 어머니가 얼마나 괴로워하셨던지 ─ 하지만 4주 뒤에는 그 일에 대해 더 이상 생각도 하지 않았잖아…… 무덤에도 처음에는 매주 갔지만, 그러다간 한 달에 한 번―그리고 지금은 매년 기일에만 가잖아―내일은 내 기일이야――4月 5日.――나를 그라츠로 데려가 묻을까? 하하! 그렇다면 그라츠의 벌레들이 즐거워하겠군!―하지만 내가 어디에 묻히건 상관할 바가 아니야―거기에 대해선 다른 사람들이 고민해야지…… 자, 그럼 대체 뭐가 내게 중요한 거야?…… 그래, 160 굴덴을 발러르트에게―그게 전부야―더는 정리할 문제가 없어―편지를 써? 무엇 때문에? 대체 누구에게?…… 이별을 해?―그래, 제기랄, 사람이 자살을 할 땐 그게 무슨 뜻인지 너무 분명한 거 아니야!―그러면 다른 사람들은 이별을 했다는 걸 벌써 알아차린다고…… 만약 사람들이 이 모든 일이 내게 얼마나 대수롭지 않은지 안다면―아마 아무도 나를 불쌍히 여기지 않을 거야―나는 불쌍한 게 아니야…… 나는 내 모든 인생에서 무엇을 얻었을까?―죽기 전에 해 보고 싶은 것이 있기는 해: 전쟁―하지만 그렇다면 오래 기다릴 수 있어야 해…… 그 나머지 것은 모두 다 알고 있어…… 한 사람이 슈테피라는 이름을 가지고 있든 쿠니군데라는 이름을 가지고 있든 그건 중요치 않아――가장 아름다운 오페라도 나는 알고 있어―「로엔그린」을 나는 열두 번이나 봤어―게다가 오늘 밤엔 오라토리오까지 봤지―그리고 한 제빵사가 나를 멍청한 애송이라고 불렀어―맙소사, 이제 됐어!―그리고 나는 전혀 호기심이 없어……―그러니 이제 집으로 가자, 천천히, 아주 천천히…… 서둘러야 할 이유는 정말 없어.―여기 프라터 벤치 위 노상에서 몇 분만 더 쉬자―침대에는 눕지 않을 거야 — 이제 잘 시간은 충분히 있잖아 — — 아, 이 공기 — 이 공기가 아쉬워질 거야…….

이거 뭐야? — 이봐, 요한, 신선한 물을 한 잔 가져다 줘…… 뭐? 이거 어디, 내가 그럼 꿈을 꾸고 있는 건가?…… 아, 머리야…… 제기랄…… 빌어먹을…… 눈을 뜰 수가 없군! — 옷을 입고 있잖아! — 내가 대체 어디에 앉아 있는 거야? — 맙소사, 잠이 들었어! 도대체 어떻게 내가 잠을 잘 수가 있지: 벌써 날이 밝기 시작하잖아! — 대체 얼마나 잔 거야? — 시계를 한번 봐야겠어…… 보이지가 않네? 성냥이 대체 어디 있는 거야?…… 자, 불이 붙으려나? 세 시…… 그리고 나는 네 시에 결투를 해야 한단 말이지 — 아니야, 결투가 아니야 — 자살을 해야만 해! — 결투는 전혀 중요하지 않아: 나는 한 제빵사가 나를 멍청한 애송이라고 불렀기 때문에 자살을 해야만 하는 거야…… 그래, 그 일이 그러니까 진짜로 일어난 거야? — 머릿속이 정말 이상해…… 마치 바이스에 목이 끼인 것 같아 — 전혀 움직일 수가 없어 — 오른쪽 다리는 마비가 됐군 — 일어서자! 일어서자! 아, 이렇게 하니 좀 낫군! — 벌써 더 밝아졌어…… 공기는 그때, 내가 전초 기지에 배치되어서 야영을 하던 그때 아침과 똑같아…… 그때는 다른 기분으로 일어났지 — 그때는 다른 하루가 나를 기다리고 있었으니까…… 난 지금 모든 걸 아직도 제대로 믿고 있지 않는 것 같아 — 저기 길이 놓여 있구나, 회색이고, 텅 비었어 — 나는 분명 지금 프라터에 있는 유일한 사람일 거야 — 한 번은 새벽 네 시에 저 아래에 있었던 적이 있어. 파우징거와 함께였지 — 우리는 말을 타고 달렸어 — 나는 중대장 미로비치의 말을 탔고 파우징거는 자기 말을 탔지 — 그게 작년 5월이었어 — 그때만 해도 벌써 꽃이 만발했지 — 모든 것이 푸르렀고 말이야. 지금은 아직 잎이 하나도 나지 않았어 — 하지만 봄은 금방 올 거야 — 며칠 뒤면 봄이 벌써 와 있을 거야. — 은방울꽃, 제비꽃 — 그 꽃들을 다시는 즐길 수 없다니 유감이야 — 모든 건달 같은 놈들은 다 즐기는데 나는 죽어야 하다니! 비참하군! 그리고 다른 사람들은 모두 아무 일도 없었다는 듯 바인가르틀*에서 저녁 식사를 하겠지 — 리파이가 실려 나가던 바로 그 날 저녁에 우리가 모두 바인가르틀에서 식사를 했던 것처럼…… 게다가 리파이는 모두가 좋아했단 말이야…… 연대에서는 나보다 그가 더 인기가 좋았어 — 그러니 내가 죽어 버렸다고 해서 그 사람들이 바인가르틀에서 식사를 하지 못할 이유가 뭐겠어? — 아주 따뜻하구나 — 어제보다 훨씬 더 따뜻해 — 그리고 이 향기 — 벌써 꽃이 피나 봐…… 슈테피가 내게 꽃을 가지고 올까? — 하지만 그녀가 그런 생각을 할 리가 없지! 아마 지금 막 나갔을 거야…… 그래, 아델이 아직 있었다면…… 아니, 아델! 지난 2년 동안 그녀에 대해 더 이상 생각해 본 적이 없는 것 같아…… 우리 둘 사이가 끝났을 때 그녀가 어떤 일을 벌였는지…… 지금까지 살아오면서 여자가 그렇게 우는 걸 본 적이 없어…… 그게 그런데 사실은 내가 겪어 본 것 중 가장 멋진 일이었지…… 나서는 일도 없고, 바라는 것도 없고, 그녀는 그랬지 — 그녀는 나를 사랑했어, 그건 내가 맹세할 수 있어 — 슈테피와는 완전히 달랐다고…… 내가 왜 그녀를 포기했는지 모르겠군…… 그렇게 바보 같은 짓을 하다니! 그녀와의 관계가 내겐 너무 무미건조해졌던 거야. 그래, 그게 다였어…… 매일 밤 똑같은 여자와 데이트…… 이러다 영영 떨어지지 않는 것이 아닐까 하는 두려움이 생겼지 —이런 불평꾼 같으니라고 ——그래, 구스틀, 좀 더 기다려 볼 수도 있었을 거야 —그녀야말로 너를 사랑했던 유일한 여자였잖아…… 지금은 뭘 하고 있을까? 그래, 뭘 하고 있겠어? —아마도 다른 남자와 사귀고 있겠지…… 당연하지, 슈테피와 있는 게 더 편안해 —그저 가끔씩만 만나고 귀찮은 일은 다른 사람이 다 처리해 주니 나는 그냥 즐기기만 하는 거지…… 그래, 이런 상황에서 그녀가 무덤으로 오길 요구할 순 없는 거야…… 꼭 그렇게 해야만 하는 것이 아니라면 대체 누가 함께 와 주겠어! —아마도 코페츠키 정도, 그러곤 끝이야! —그렇게 아무도 없다니 슬픈 일이로군…….

하지만 바보 같은 생각이야! 아버지와 어머니와 클라라가 있잖아…… 그래, 나는 어쨌든 아들이고, 남동생이잖아…… 하지만 그것 말고 우리 사이에 뭐가 있지? 나를 사랑하긴 하지 —하지만 나에 대해 알고 있는 것이 대체 뭐야? —내가 복무를 하고 있다는 것, 도박을 한다는 것, 그리고 사람들과 이리저리 헤매고 다닌다는 것…… 그거 말고는? —내가 가끔씩 나 스스로에 대해 무서움을 느낀다는 것, 그건 가족들에게 보내는 편지에 쓴 일이 없었지 —뭐 그건 나도 전혀 몰랐던 것 같군 —아, 뭐라고, 이제 그런 일들까지 생각하는 거야, 구스틀? 이제 그럼 울음보를 터뜨리는 일만 남았군…… 푸, 제기랄! ─ 제대로 된 걸음걸이…… 그래! 데이트를 하러 가든, 일을 하러 가든, 아니면 전쟁을 치르러 가든…… 누가 그런 말을 했더라?…… 그래 레데러 소령이었어, 구내식당에서, 첫 번째 결투를 앞두고 아주 창백해져 버린 ─ 그리고 구토까지 해 버린 빙글레더에 대해 얘기를 나눌 때였어…… 그래: 데이트를 하러 가든, 아니면 죽으러 가든, 진짜 장교는 그것을 걸음걸이와 표정에 드러내지 않는다! ─ 자, 구스틀 ─ 레데러 소령이 그렇게 말한 거야! 하! ─

계속 밝아지는군…… 이제 책도 읽을 수 있겠어…… 어디서 나는 기적 소리지?…… 아, 저 건너편이 북역이구나…… 테게토프 기념탑…… 저렇게 길어 보인 적이 없었어. 저기 건너편에 마차들이 서 있구나…… 하지만 거리에는 환경 미화원들밖에 없군…… 마지막으로 보는 환경 미화원들이겠군 ─ 하! 그 생각만 하면 나는 항상 웃지 않을 수가 없어…… 이해할 수가 없군…… 확실히 결정을 내린 사람들이라면 누구나 다 이럴까? 북역 시계로 3시 30분이야…… 이제 문제는 기차 시간*으로 7시에 자살을 하느냐, 아니면 빈 시간으로 7시에 자살을 하느냐 하는 거야…… 7시…… 그래, 왜 하필이면 7시지?…… 마치 꼭 그래야만 하는 것처럼 말이야…… 배가 고프다 ─ 맙소사, 배가 고파 ─ 놀랄 일도 아니지…… 내가 대체 언제부터 아무것도 먹지 않은 거지?…… 그러니까 어제 저녁 6시 카페에서 먹은 이후엔 아무것도 먹지 않은 거야…… 그래! 코페츠키가 내게 음악회 표를 줬을 때 ─ 멜랑제* 한 잔과 키펠* 두 개였어. ─ 제빵사가 내가 자살한 걸 알게 된다면 뭐라고 할까?…… 저주받은 개 같은 놈! — 아, 왜 인지 그놈은 그 이유를 알게 될 거야 — 그놈도 결국은 이해하게 되겠지 — 장교라는 게 무엇인지 알게 될 거라고! — 그런 놈들은 대로에서 두들겨 맞는다 해도 별일이 없겠지만, 우리 같은 장교들 은 아무도 보지 않는 곳에서 모욕을 당하더라도 죽은 거나 다름없 는 목숨이란 말이야…… 그런 불한당 같은 놈이 결투라도 할 자 격이 있다면 — 하지만 아니야, 만약 그랬다면 그놈은 더 조심스 러웠을 거야. 그런 상황에서라면 그런 위험한 짓은 하지 않았겠 지…… 그리고 그놈은 계속, 아무 일 없었다는 듯 조용히 계속 살 아가는 거야. 나는 — 비참하게 죽어야만 하는데 말이지! — 그놈 이 결국 나를 죽인 거야…… 그래 구스틀, 알겠어? — 너를 죽인 건 바로 그놈이란 말이야! — 하지만 그놈도 그렇게 일이 편하게 끝나진 않을 거야! — 아니, 아니, 아니야! 코페츠키에게 모든 것 이 담긴 편지를 쓰는 거야, 이 모든 이야기를 쓰는 거야…… 아니 면 연대장에게 쓰는 것이 더 나을지도 몰라. 연대 사령부에 보고 를 하는 거야…… 완전히 업무 보고처럼 말이야…… 그래, 기다 려라, 너는 그런 일이 비밀로 남을 수 있을 줄 알았겠지? — 틀렸 어 — 영원히 기억에 남도록 기록할 거야. 그러고는 지켜보겠어, 그래도 네가 여전히 카페에 드나들 수 있을지! — 하! — "지켜보 겠어"라는 말 멋지군!…… 몇 가지는 한 번 더 볼 수 있으면 좋겠 어, 유감스럽게도 불가능한 일이지만 — 끝난 거라고! —

지금쯤 요한이 내 방에 들어오겠지, 그러고는 지금 소위님께서 집에서 주무시지 않았다는 사실을 깨달을 거야 — 자, 온갖 것을

다 상상하겠지만: 하지만 소위님께서 프라터에서 밤을 보냈다는 건, 그건, 맙소사, 그건 상상하지 못할 거야⋯⋯ 아, 44 헝가리 보병 연대다! 사격장으로 행군하는구나 ─ 지나가게 내버려 두자⋯⋯ 저렇게 우리는 사격장에서 만들어지는 거야⋯⋯ ─ 저 위에서 창문이 열리는군 ─ 예쁘게 생긴 사람인데 ─ 나라면 창가로 갈 때는 최소한 수건으로라도 몸을 감싸겠어⋯⋯ 지난 일요일이 마지막이었구나⋯⋯ 바로 슈테피가 마지막 여자가 되리라곤 꿈도 꾸지 못했어. ─ 그래, 하지만 그것만이 유일하게 제대로 된 즐거움이야⋯⋯ 뭐, 연대장은 두 시간 뒤에 고상하게 말을 타고 따라가겠지⋯⋯ 높으신 양반들은 참 편하지 ─ 그래, 그래, 오른쪽을 봤어! ─ 잘했어⋯⋯ 내가 너희를 얼마나 무시하는지 너희가 안다면! ─ 아, 저건 나쁘지 않은데: 카처잖아⋯⋯ 대체 언제부터 저 사람이 44 보병 연대로 옮겨 갔지? ─ 안녕, 안녕! ─ 저 녀석 저 표정 좀 봐!⋯⋯ 왜 자기 머리를 가리키는 거지? ─ 이봐 친구, 네 머리에 난 관심이 별로 없어⋯⋯ 아, 그렇군! 아니야, 친구, 잘못 맞혔어. 난 프라터에서 밤을 지샜다고⋯⋯ 이제 오늘 석간신문에서 읽게 될 거야. ─ "말도 안 돼!"라고 말하겠지: "오늘 아침 우리가 사격장으로 행군해 갈 때, 프라터 거리에서 그를 만났다고!" ─ 누가 내 분대를 맡게 될까? ─ 발테러에게 넘어가게 될까? ─ 뭐, 그렇게 되면 멋진 일이 일어나겠지 ─ 덜 떨어진 녀석, 그는 차라리 구두장이나 되었어야 해⋯⋯ 뭐, 벌써 해가 뜨나? ─ 오늘은 날씨가 아주 좋을 거야 ─ 진짜 봄날이 되겠군⋯⋯ 하지만 사실은 빌어먹을 일이야! ─ 저 안락한 고급 마차는 오전 8시에도

세상에 존재하겠지. 그리고 나는…… 자, 이건 또 뭐야? 마지막 순간에 고급 마차 때문에 평정심을 잃는다…… 대체 이건 뭐지, 갑자기 이렇게 바보처럼 가슴이 두근거리다니? — 하지만 아마 그것 때문은 아닐 거야…… 아니야, 오 아니야…… 그건 내가 너무 오랫동안 아무것도 먹지 않아서 그래 —— 하지만 구스틀, 그러지 말고 너 자신에게 솔직해져 봐: — 두려워하고 있잖아 — 두려움, 왜냐하면 너는 그런 일을 한 번도 시도해 본 적이 없기 때문에…… 하지만 그건 도움이 안 돼, 두려움이 도움이 되었던 적은 없었어. 누구나 한 번은 해야 하는 일이야. 어떤 이는 조금 일찍, 다른 이는 조금 늦게. 그리고 너는 그저 일찍 차례가 돌아온 것뿐이야…… 넌 어차피 그렇게 가치 있는 사람이 아니었잖아. 그러니 멋진 종말을 위해 최소한 품위 있게 처신해 봐. 나는 그걸 너에게 요구하는 거야! — 자, 이제 깊이 생각하는 일만 남았어 — 하지만 대체 무엇을?…… 나는 끊임없이 깊이 생각해 보려 하지만…… 사실은 무척 간단하다고: — 총은 침대 옆 탁자의 서랍에 놓여 있고 총알 역시 장전되어 있으니 방아쇠를 당기기만 하면 되는 거야 — 특별히 기술이 필요한 일이 아닐 거라고! ——

저 아가씨는 벌써 일하러 나가는구나…… 불쌍한 아가씨들! 아델도 역시 일하러 나갔었어 — 몇 번은 내가 저녁 때 데리러 갔었지…… 저 애들이 일자리를 가지고 있는 동안은 그렇게 타락한 여자가 되지는 않는다고…… 만약 슈테피가 나에게만 속하고자 한다면 나는 그녀에게 모자 디자이너나 뭐 그런 직업을 가지도록 할 거야…… 그녀는 내가 죽었다는 사실을 어떻게 알게 될까? — 신문을 통해서!…… 내가 편지를 쓰지 않았다고 화를 낼 거야……
우리 관계가 얼마나 오래되었더라?…… 1월부터였던가?…… 아,
아니야, 크리스마스 전부터였던 게 틀림없어…… 나는 그라츠에
서 사탕을 가져다주었고, 새해에는 그녀가 나에게 편지를 보냈
어…… 맞아, 내가 집에 가지고 있는 편지들 ─ 태워 버려야 할 건
없을까? …… 음, 팔슈타이너의 편지 ─ 만약 사람들이 그 편지를
발견한다면…… 그놈에게 불편한 일이 있을 수도 있겠지…… 어
려울 거 없지! ─뭐, 그렇게 힘든 일도 아니니까…… 하지만 그
편지를 찾아내지는 못할 거야…… 가장 좋은 건 전부 태워 버리는
거지…… 누가 그런 편지를 필요로 하겠어…… 그냥 폐지일 뿐이
지 ── 얼마 안 되는 내 책들은 블라니에게 넘겨주도록 할 수 있
을 거야─『밤과 얼음을 통해서』…… 그 책을 끝까지 읽을 수 없
다니 아쉽군…… 지난 며칠 책 읽을 시간이 거의 없었어…… 오
르간 소리 ─아, 교회에서 나는 것이로군, 아침 미사야 ─오랫동
안 미사에 가 본 적이 없었어…… 마지막은 2월, 우리 분대가 교
회에 갈 것을 명령받았을 때였지…… 하지만 그건 교회에 간 걸로
칠 수 없어 ─나는 내 분대원들이 경건한지, 올바르게 행동하는지
주의를 기울였지…… ─교회에 가고 싶어…… 어찌 됐든 거기에
뭔가 중요한 게 있다고…… 자, 오늘 식사 후면 벌써 정확히 알게
되겠지…… 아, "식사 후에", 아주 멋진 표현이야!…… 그러니까
뭐야, 가야 하는 거야? ─어머니가 아신다면 위로가 될 거야!……
클라라는 그런 걸 별로 중요하게 생각하지 않지…… 자, 교회에
가자 ─손해 볼 거 없잖아!

오르간 연주─합창─음!─이게 뭐지?─어지러워…… 아,
맙소사, 맙소사, 맙소사! 죽기 전에 한마디를 나눌 수 있는 사람이
있었으면 좋겠어!─그러니까 뭐냐면─고해하러 간다거나 하는
거지! 신부는 눈을 동그랗게 뜨겠지. 만약 내가 마지막에, 안녕히
계십시오, 신부님, 저는 이제 자살하러 갑니다! 라고 말한다면 말
이야!……─저기 돌바닥에 누워서 울부짖으면 제일 좋겠어……
아, 아니야, 그래서는 안 되는 거야! 하지만 울음이 효과가 아주
좋을 때가 있지…… 잠깐 앉자─하지만 프라터에서처럼 다시 잠
이 들면 안 돼!……─결국 종교를 가지고 있는 사람들은 더 행
복한 거야…… 어라, 이제 손까지 떨리기 시작하는군!─저기 저
늙은 부인─대체 무엇을 위해 기도하는 거지?…… 저 여자에게
이렇게 말하는 것도 좋은 생각일 거야: 아주머니, 저도 함께 끼워
주세요…… 저는 기도를 어떻게 하는 건지 제대로 배우지 못했거
든요…… 하, 죽음이란 게 사람을 바보로 만드는 것 같군!─일
어나자!─그런데 이 멜로디가 뭘 기억나게 하는 거지?─맙소
사! 어제 저녁!─나가자, 나가자! 이건 견딜 수가 없어!…… 쉿!
그렇게 소리를 내지 마, 검이 달그락거리지 않도록 해─사람들
이 기도하는 걸 방해하지 말란 말이야─자!─밖이 오히려 낫
군…… 빛…… 아, 점점 더 다가오는구나─차라리 이미 끝나 버
린 거였으면!─그냥 바로 해치웠어야 했어─프라터에서 말이
야…… 절대로 권총 없이 외출을 해서는 안 되는 거야…… 어젯
밤에 권총이 있었더라면…… 제기랄!─카페에 가서 아침 식사
를 할 수 있을 거야…… 배가 고프다…… 예전에는 사형 선고를

306 구스틀 소위

받은 사람들이 아침에 여전히 커피를 마시고 시가를 피우는 게 항상 이상하게 생각됐지…… 맙소사, 전혀 담배를 피우지 않았구나! 게다가 담배를 피우고 싶은 생각도 없어! ─웃기는군: 카페에 가고 싶은 생각이 들어…… 그래, 벌써 문을 열었을 테고, 우리 장교들은 거기에 없을 거야 ─그리고 만약 누군가 있다고 하더라도…… 그래 봐야 기껏 냉정함의 표현으로 이해되겠지. "6시에 그는 카페에서 아침 식사를 했고, 7시에 자살을 했다"…… ─다시 완전히 침착해졌어…… 걸어가는 게 이렇게 편안하구나 ─그리고 가장 좋은 건 아무도 내게 강요하지 않는다는 거야. ─내가 원한다면 아직 잡동사니를 모두 내다 버릴 수도 있어…… 미국…… "잡동사니"가 뭐야? "잡동사니"가 뭐냐고? 아무래도 일사병에 걸린 것 같아!…… 아하, 나는 어쩌면 여전히 꼭 그럴 필요가 없다고 상상하고 있기 때문에 이렇게 평온한 것이 아닐까?…… 그래야만 해! 그래야만 해! 아니, 그렇게 할 거야! ─구스틀, 너 대체 상상이나 할 수 있니? 옷을 벗고 도망친다는 걸 말이야? 미친개가 등이 휘도록 웃겠다 ─그리고 코페츠키조차도 너에게 악수를 청하지 않을 거야…… 나 지금 얼굴이 완전히 빨개진 것 같아 ──야경꾼이 경례를 하는군…… 답례를 해야만 해…… "안녕하세요!" ─지금 내가 "안녕하세요"라고까지 말했어!…… 저런 불쌍한 녀석들은 항상 그런 일에 기뻐하지…… 그래, 나에 대해선 아무도 불평할 필요가 없었어 ─근무를 하지 않을 때 나는 항상 상냥했지 ─훈련을 하고 있을 때, 중대의 장교들과 하사들에게 브리타니카스*를 선물한 적도 있어: ─한번은 한 남자가 총 다루기 훈련 때 내 뒤에서 "지랄 같은 고생이군"이라고 말하는 걸 들었지만, 나는 그를 상부에 보고하도록 하지 않았어—그냥 이렇게 말해 줬지: "이봐요, 조심하시오. 언젠가는 나 아닌 다른 사람이 들을 수도 있고—그때는 아마 신상에 좋지 않을 거요!"…… 성(城)의 광장이로군…… 오늘은 누가 보초를 서고 있지?—보스니아 놈이구나—잘생겼군—그 중령이 최근에 그렇게 말했어: 78년에 우리가 저 아래쪽에 있었을 때에는, 보스니아 사람들이 언젠가 이렇게 우리에게 복종하리라고는 생각지도 못했지!…… 그래, 그런 일에 나도 참여했으면 좋았을 텐데—저기 저 사람들 모두 벤치에서 일어서는구나…… —안녕하세요, 안녕하세요!—우리 같은 사람들이 그런 일에 참여하지 못한다는 건 기분 나쁜 일이야—영예의 벌판에서, 국가를 위해서 쓰러졌더라면…… 훨씬 더 나았을 텐데…… 그래, 박사 양반, 당신은 사실은 잘도 도망친 거요!…… 누가 내 대신 그 일을 해 줄 수는 없을까?—그래, 코페츠키나 뷔메탈이 내 대신 그 자식을 때려눕혀야 한다고 유서를 남겨야겠어…… 아, 그놈 그렇게 쉽게 도망쳐서는 안 돼!—아, 뭐라고! 나중에 무슨 일이 벌어지는지는 내게 중요하지 않잖아? 나는 어차피 알지도 못할 텐데!—저기 나무들에 싹이 나는구나…… 한번은 폴크스가르텐*에서 한 아가씨에게 말을 건 적이 있었어—빨간 옷을 입고 있는 아가씨였지—슈트로치가세에서 살고 있었고—나중에 로흘리츠가 그녀를 넘겨받았어…… 내 생각에 아직도 로흘리츠가 그녀를 차지하고 있는 것 같은데, 그 녀석은 거기에 대해서 더 이상 얘기를 하지 않으니―아마 창피해하는 것 같아…… 슈테피는 아직도 자고 있겠지…… 마치 다섯까지 세지도 못하는 아이처럼…… 잠을 잘 때면 그녀는 너무 사랑스러워 보여…… ―뭐, 여자들은 잘 때면 모두 예뻐 보이지! ―그래도 슈테피에게 한마디는 써야겠어…… 그래서 안 될 게 뭐야? 죽기 전에 편지를 쓰는 건 누구나 다 하는 일이잖아―클라라에게도 아버지와 어머니를 잘 위로하라고 써야지―그리고 사람들이 그런 때 보통 쓰는 말도 말이야! ―또 코페츠키에게도 편지를 써야 해…… 맙소사, 그냥 몇 사람에게 작별 인사를 말로 하는 것이 훨씬 쉬울 것 같은 생각이 드는군…… 그리고 연대 사령부에 보낼 고발장―그리고 발러르트에게 보낼 160굴덴…… 원래는 할 일이 더 많은데…… 아무도 나더러 7시에 죽으라고 명령하지 않았어…… 8시부터라도 여전히 죽어 있을 시간은 충분해!…… 죽어 있다, 그래―바로 그거지―그건 어쩔 수 없어…….

링 거리다―이제 곧 카페에 도착하겠어…… 아침 식사를 먹을 생각에 즐거워하고 있는 것 같기까지 하군…… 믿을 수가 없어.――그래, 아침 식사 후에 시가에 불을 붙이고, 그러고는 집에 가서 편지를 쓰는 거야…… 그래, 무엇보다 사령부에 보내는 고발장을 써야 해: 다음엔 클라라에게 편지를 쓰고―그러고는 코페츠키에게―그 다음은 슈테피에게…… 그 여자에겐 대체 뭐라고 써야 하나…… "내 사랑하는 여인아, 아마도 너는 생각하지 못했겠지"…… 아, 뭐라고, 말도 안 되는 소리! ―"내 사랑하는 여인아, 나는 네게 무척 감사해"…… ―"내 사랑하는 여인아, 내

가 이 세상을 떠나기 전에 꼭 전해 주고 싶은 말이 있어"…… ─
그래, 편지 쓰기는 역시 내 장기가 아니야…… "내 사랑하는 여인
에게, 당신의 구스틀로부터의 마지막 인사"…… ─슈테피는 어
떤 눈을 하게 될까! 내가 그녀를 사랑하지 않는 것은 그래도 행운
이야…… 만약 한 여자를 사랑하고 또 이렇게…… 그건 틀림없
이 슬픈 일일 거야…… 자, 구스틀, 그러지 마. 안 그래도 충분히
슬프다고…… 슈테피 다음에도 아마 몇몇 여자들을 더 겪을 테
고, 그리고 마침내는 좀 더 가치가 있는 여자─지참금을 가지고
오는 좋은 집안 출신의 어린 여자─가 있다면 아주 좋았을 거
야…… ─클라라에게는 왜 내가 그럴 수밖에 없었는가에 대해 자
세히 적어야 해…… "사랑하는 누나, 나를 용서해야만 해, 그리고
사랑하는 부모님을 좀 위로해 줘. 내가 식구들 모두에게 걱정을
끼쳤다는 걸, 그리고 고통을 가져다 줬다는 걸 알아: 하지만 내가
우리 가족 모두를 항상 너무나 사랑했다는 걸 믿어 줘. 그리고 사
랑하는 누나 클라라, 누나가 행복해지길, 그리고 불행했던 동생을
완전히 잊지는 말기를 바라"…… 아, 클라라에게는 차라리 편지
를 쓰지 말자!…… 아니야, 그러면 난 울어 버리고 말 거야……
생각만 해도 벌써 눈이 따끔거리잖아…… 코페츠키에게나 쓰
자─우정 어린 작별 인사를. 그러면 다른 사람들은 코페츠키가
알아서 할 거야…… ─벌써 6시야? ─아, 아니, 아니구나. 5시
반─5시 45분─사랑스런 얼굴이야!…… 플로리안가세에서 자
주 마주치던 그 검은 눈을 가진 조그만 말괄량이로군! ─저 애는
뭐라고 말하게 될까? ─하지만 저 아가씨는 내가 누구인지 전혀

모르잖아—그저 내가 전혀 나타나지 않는다는 사실에 놀라기나 하겠지…… 그저께만 해도 다음번에 만날 때는 말을 걸어야겠다고 생각했는데—이 아가씨, 꼬리는 충분히 쳤거든…… 저렇게 어렸구나—그러니까 실은 순박한 처녀였던 거야!…… 그래, 구스틀! 오늘 처리할 수 있는 일을 내일로 미루지 말자!…… 저기 저 사람도 분명 밤새 한잠도 안 잤어.—그래, 저자는 이제 집으로 가서 눕겠지—나 역시!—하하! 그래, 이제 진지해진다, 구스틀!…… 뭐, 약간 두려운 것만 없다면, 전혀 아무렇지도 않은 걸—그리고 전체적으로 보자면 나 스스로 그렇게 말할 수밖에 없는데. 난 내가 용감하다고 생각해…… 아, 대체 어디로 계속 가는 거야? 내가 다니는 카페가 바로 저기 있는데…… 아직도 청소하고 있구나…… 자, 들어가자……

저 뒤에 사람들이 항상 타로를 하던 탁자가 있구나…… 기이하군, 항상 저기 뒤 벽 쪽에 앉아 있던 그 사내가 바로 그놈이었다는 게 상상이 안 돼…… —아직 아무도 없군…… 종업원은 대체 어디 있는 거야?…… 이봐! 저기 부엌에서 나오는군…… 재빠르게 연미복을 입는군…… 정말 그럴 필요 없는데 말이야!…… 아, 그에게는 그럴 수도 있겠지…… 오늘 다른 사람들 시중도 들어야 하니까!

"안녕하세요, 소위님!"

"안녕하세요."

"오늘은 아주 이른 시간에 오셨네요, 소위님?"

"아, 그렇게 됐어요—시간이 별로 없어요. 그냥 외투를 입은 채 앉아도 돼요."

"무엇을 드시겠어요, 소위님?"

"멜랑제와 하우트*요."

"금방 가져오겠습니다, 소위님!"

아, 저기에 신문들이 놓여 있구나…… 벌써 오늘 신문들인가?…… 벌써 기사가 실렸는지?…… 대체 무슨 기사가? — 내가자살을 했다는 얘기가 벌써 신문에 실렸는지 살펴보려고 했던 것같군! 하하! — 대체 무엇 때문에 난 아직도 서 있는 거야?……저기 창가 쪽에 앉자…… 벌써 멜랑제를 가져다 놓았군…… 자, 커튼을 치자: 사람들이 쳐다보는 것이 거슬리거든…… 아무도 지나가는 사람이 없기는 하지만 말이야…… 아, 커피 맛 좋다 — 아침 식사라는 게 어쨌든 의미 없는 미친 짓은 아니야!…… 아, 완전히 다른 사람이 되어 버리는군 — 정말 바보 같은 일은 내가 저녁 식사를 하지 않았다는 거야…… 저 녀석 왜 또 다시 여기 서있는 거야? — 아, 젬멜*을 가져왔구나……

"소위님, 소식 벌써 들으셨어요?"

"뭐라고요?" 그래, 맙소사, 이자가 벌써 뭔가 알고 있는 건가?…… 하지만, 말도 안 돼, 그건 불가능하잖아!

"하베츠발너 씨가요……"

뭐? 제빵사 이름이 바로 그거잖아…… 이제 무슨 말을 하려는거지?…… 그자가 결국엔 벌써 다녀간 건가? 그자가 결국 어제여기 와서 지껄인 걸까?…… 대체 왜 계속 얘기하지 않는 거야?…… 하지만 얘기하고 있잖아…….

"어젯밤 자정에 뇌졸중으로 쓰러졌대요."

"뭐라고요?"…… 이렇게 소리를 질러서는 안 돼…… 아니야, 아무것도 눈치 채게 해서는 안 돼…… 하지만 어쩌면 내가 꿈을 꾸고 있는 건지도 몰라…… 한 번 더 물어봐야겠어…… "누가 뇌졸중으로 쓰러졌다고요?"—훌륭해, 훌륭해! —완전히 대수롭지 않은 듯이 이야기했어! —

"그 제빵사요, 소위님!…… 소위님도 왜 아시잖아요…… 그러니까 매일 오후에 장교님들 옆 테이블에서 슐레징거 씨하고 또 조화 상인 바스너 씨하고 마주보고 앉아 타로를 하던 그 뚱뚱한 사람 말이에요!"

잠이 확 깨는군—바로 그놈이야—그런데도 나는 여전히 믿을 수가 없군—한 번 더 물어봐야겠어…… 하지만 아주 대수롭지 않은 듯이…….

"뇌졸중으로 쓰러졌다고요?…… 그래, 왜 그랬다죠? 그런데 그걸 어떻게 아세요?"

"아, 소위님, 누가 우리 같은 사람보다 더 빨리 그 소식을 듣겠어요—지금 소위님께서 드시고 있는 그 젬멜도 하베츠발너 씨가 구운 거라고요. 새벽 4시 반에 그 빵을 배달해 온 애가 이야기한 거예요."

맙소사, 내 속내를 드러내선 안 돼…… 소리를 지르고 싶어…… 웃고 싶다고…… 루돌프에게 키스라도 해 주고 싶어…… 하지만 하나 더 물어봐야 해!…… 뇌졸중으로 쓰러졌다는 것이 곧 죽었다는 걸 뜻하는 건 아니니까…… 그가 죽었는지 물어봐야 해…… 하지만 아주 조용히. 왜냐하면 대체 제빵사가 내게 뭐가 중요하냐는 말이야 — 물어보는 동안 신문을 들여다봐야 해…….

"죽었대요?"

"아, 당연하지요, 소위님. 그 자리에서 죽었대요." 아, 훌륭해, 훌륭해! — 결국은 이 모든 것이 내가 교회에 갔었기 때문이야…….

"저녁 때 극장에 갔었대요. 그러고는 계단에서 쓰러졌다네요 — 집 관리인이 쿵 소리를 들었고요…… 뭐, 그러고는 사람들이 그를 집으로 옮겨 놓았는데, 의사가 왔을 때는 이미 오래전에 숨을 거둔 상태였던 거죠."

"그것 참 안됐네요. 그 사람 아직 한창 나이였는데 말이에요." — 지금 아주 멋지게 말했어 — 아무도 눈치 채지 못할 거야…… 정말로 자중해야지. 소리를 지르거나 당구대 위로 뛰어올라가지 않도록 말이야……

"그래요, 소위님, 무척 안됐어요. 참 친절한 분이었는데…… 게다가 20년 동안 저희 카페 단골이었거든요 — 우리 주인 아저씨하고도 좋은 친구였어요. 그리고 그 불쌍한 부인은……."

이렇게 기분 좋았던 때는 내 삶에 없었던 것 같아…… 그가 죽었어 — 그가 죽었다고! 아무도 아는 사람이 없어. 위기를 모면한 거야! — 그리고 내가 카페에 온 것도 엄청난 행운이야…… 그렇지 않았더라면 나는 쓸데없이 자살할 뻔했잖아 — 이건 정말 숙명적인 일이야…… 루돌프는 어디에 있는 거야? — 아, 소방수하고 얘기하고 있구나…… — 그러니까 그가 죽었단 말이지 — 그가 죽었어 ─ 난 아직도 전혀 믿을 수가 없어! 직접 보러 가는 것이 제일 좋을 텐데.──결국엔 분노가, 그 억눌렀던 분노가 뇌졸중을 일으킨 거야…… 아, 이유가 무엇이든, 내겐 아무 상관없어! 중요한 것은: 그가 죽었다는 거야. 그리고 나는 살아도 돼. 이제 모든 것이 다시 내 차지인 거야!…… 웃기는군, 나는 왜 하베츠발너 씨가 내게 구워 준 젬멜을 자꾸만 조각조각 떼어 커피에 넣고 있을까! 아주 맛이 있어요, 하베츠발너 씨! 훌륭해! ─ 자, 이제 시가를 한 대 피우고 싶군…….

"루돌프! 이봐요, 루돌프! 그 소방수는 거기 내버려 두고 여기 좀 봐 줘요!"

"예, 소위님!"

"트라부코* 좀 가져다줘요"─정말 기뻐, 정말 기뻐!…… 이제 뭘 하지?…… 이제 대체 뭘 할까?…… 뭔가 해야만 해, 그렇지 않으면 나도 너무 큰 기쁨 때문에 뇌졸중으로 쓰러지게 될 거야!…… 15분 뒤에 병영으로 돌아가서 요한에게 찬물로 몸을 좀 문지르도록 해야지…… 7시 반에는 집총 연습, 9시 반에는 병사들 훈련이 있지 ─ 그리고 슈테피에게 편지를 써야겠다. 그녀는 무슨 일이 있어도 오늘 밤에 시간을 내야 해! 그리고 오후 4시에…… 자, 기다려라, 이 친구야, 기다려라, 이 친구야! 나 지금 딱 준비가 됐거든…… 너를 크렌플라이슈*가 되도록 두들겨 패 주마!

7   "라이겐": 원래 궁정에서 추던 춤의 일종으로, 남녀 한 쌍이 노래에 맞춰 춤을 추고 지나가면, 다음 한 쌍이 뛰어나와 춤을 추고 지나가고, 또 다음 한 쌍이 뛰어나와 춤을 추며 지나가는 리드미컬한 윤무(輪舞)를 뜻한다.

10   "쉬프가세": 빈에 있는 거리 이름.

14   "프라터": 빈에 있는 큰 공원.
   "부르스텔프라터": 프라터에 있는 놀이 공원.

15   "버지니아 시가": 얇고 긴 시가.
   "스보보다": 프라터에 있는 술집.

18   "포르첼란가세": 빈에 있는 거리 이름.

26   "슈빈트가세": 빈에 있는 거리 이름.
   "트뤼모": 나란히 뚫린 두 개의 창문 사이 벽에 거는 폭이 좁은 거울, 혹은 거울이 달린 장식장.
   "고무공": 향수병에 달린 고무공. 얇은 고무관으로 향수병과 연결되어 있으며, 이 고무공을 누르면 향수가 분사된다.

32   "산업 협회 무도회": 19세기 말 산업 협회에서 주최하던 무도회.

36   "오딜론": 당대의 유명한 여배우.

40 　"카드리유" : 네 쌍의 남녀가 추는 춤.

42 　"코티용" : 무도회의 마지막에 추는 군무.

55 　"리트호프" : 당시 빈에 있던 유명한 레스토랑.

73 　"바이틀링 암 바흐" : 빈 근교의 휴양지.

79 　"카발레리아" : 「카발레리아 루스티카나」. 마스카니가 1889년에 발표한 오페라.

　　"부르크테아터" : 빈에 있는 연극 공연을 위한 극장. 그 역사가 1748년까지 거슬러 올라가는 오스트리아 최고의 극장으로서, 현재까지도 유럽의 가장 중요한 극장 중 하나.

92 　"일시적 기분" : 원문의 'Laune'는 보통 '기분', '좋은 기분'을 의미하지만 '(기분에 따라) 갑작스럽게 떠오른 (조금 황당한) 생각'이라는 의미도 가지고 있다. 독일어로 '귀뚜라미'를 뜻하는 'Grille' 역시 '갑작스럽게 떠오른 (조금 황당한) 생각'이라는 의미를 가지고 있다는 점에 착안한 말장난.

110 　"자허" : 빈에 있는 고급 호텔 겸 식당. 현재까지 빈에 남아 있다.

113 　"슈피겔가세" : 빈에 있는 거리 이름.

119 　"아나톨" : 1888~91년에 쓰인 작품이다. 「이별의 저녁 만찬」은 1893년, 「운명에게 하는 질문」은 1896년, 「크리스마스 선물 사기」는 1898년, 「에피소드」는 1898년, 「아나톨이 결혼하는 날 아침」은 1901년에 각각 초연되었다.

121 　"트리톤" : 그리스 신화 속의 인물. 포세이돈의 휘하에 있는 바다의 신들.

　　"로코코" : 18세기 중반 유럽에 유행했던 건축과 예술 사조. 화려한 장식이 주요 특징.

　　"카날레토" : 18세기에 활동했던 이탈리아 화가 베르나르도 벨로토의 예명. 1759~1760년에 빈에 머물면서 빈의 유명한 장소와 왕가의 여름 궁전을 그렸다.

　　"닉스" : 북유럽 신화에 등장하는 물의 정령.

122 　"큐피드" : 로마 신화에 등장하는 사랑의 신.

"꽃무": 겨자과의 두해살이 풀.

123 "몬지뇨레": 이탈리아 고위 성직자의 존칭.

"아바테": 이탈리아와 에스파냐의 재속(在俗) 신부.

"와토": 화가. 로코코 시대의 거장.

124 "로리스": 열두 살의 나이 차에도 불구하고 슈니츨러와 절친한 친구 사이였던 후고 폰 호프만스탈의 예명. 당시 오스트리아에서는 고등학생이 글을 발표하는 것을 금하고 있었기 때문에 일찍이 글을 쓰기 시작했던 호프만스탈은 로리스란 예명으로 작품을 발표했다. 이 서문을 쓰던 당시 호프만스탈은 18세였고 슈니츨러는 30세였다.

151 "모렌콥프": 빵의 일종.

203 "오스텐트": 벨기에의 지명.

"화이츠테이블": 영국의 지명.

221 "사악한 눈빛의 전설": 사악한 눈빛과 눈을 마주친 사람은 죽거나 저주를 받는다는 전설.

224 "트리에스테": 이탈리아의 도시 이름.

234 "사모바르": 러시아식 차 주전자.

243 "도미노": 모자가 달린 가면무도회용 외투.

245 "여자 파트너": '티쉬다메'를 의미한다. 유럽에서는 결혼식 등의 행사에서 남녀가 번갈아 앉도록 손님들의 식탁 자리가 배정된다. 이때 남성은 자신의 오른쪽에 앉은 여성을 (대화, 시중들기 등을 통해) 배려해야 하는데, 이렇게 (남성의 입장에서) 자신의 오른편에 앉아 있는 여성을 '티쉬다메'라고 한다.

265 "오라토리오": 17~18세기에 가장 성행했던 대규모의 종교적 극음악. 성담곡(聖譚曲).

266 "트라비아타": 베르디의 오페라 「라 트라비아타」.

267 "성악회": 기독교 성악회. 1818년 피아니스트이자 작곡가 안드레아스 슈트라이허에 의해 만들어졌으며, 1920년대까지 활동했다.

268 "가르텐바우게젤샤프트": 빈에 있던 고급 식당.

269 "굴덴" : 14~19세기 오스트리아에서 통용되던 금화와 은화.

"크로이처" : 13~19세기 남독일, 오스트리아, 스위스에서 통용되던 금속 동전.

271 "중국 놈들이 자기들을 덮치면" : 유럽 열강의 탐사대에 대한 중국 인 비밀 종교 집단의 봉기였던 의화단의 난(1899)을 염두에 두고 하는 말.

273 "김나지움" : 고등학교에 해당하는 독일어권의 교육 과정.

275 "라이딩거" : 케르트너 거리에 있던 고급 레스토랑. 슈니츨러가 즐겨 다녔다.

279 "타로" : 카드 놀이의 일종.

280 "자원 입대자" : 병역 의무자들 중 학력이 높은 사람은 자원 입대할 경우 3년이 아니라 1년의 복무로 병역 의무를 마치는 제도가 있었다.

285 "야겐도르퍼" : 게오르크 J. 야겐도르퍼. 당대의 유명한 격투기 선수.

"로나허" : 사업가였던 안톤 로나허가 지은 식당 겸 극장.

286 "스티플-체이스" : 3천 미터 이상의 장애물 코스에서 하는 경마.

287 "프르체뮈즐" : 우크라이나와의 국경 근처에 있는 폴란드 도시.

"갈리시아" : 폴란드 남부 지역.

"잠보르" : 갈리시아의 도시.

"농담" : 독일어 단어 '대단한 도취(ein Mordsrauch)'와 '자살의 도취 (Selbstmordrausch)'에 모두 'Mord(살인)'란 단어가 사용되는 것에 착 안한 말장난. '대단한 도취'에서 'Mord'는 '살인'이 아니라 '대단한'이 라는 의미의 접두어로 쓰인다.

299 "바인가르틀" : 식당 이름. 정식 명칭은 춤 바인가르틀(Zum Weingartl).

301 "기차 시간" : 국제 협약에 따라 정해진 열차 시간용 표준시.

"멜랑제" : 커피와 우유를 같은 분량으로 섞어 만드는 연한 커피. 밀 크 커피.

"키펠" : 빈 특유의 반달 모양 빵.

307 "브리타니카스" : 시가의 일종.

308 "폴크스가르텐": 빈에 있는 공원.

312 "하우트": 우유를 끓이면 생기는 얇은 막. 특히 서민층에게 별식으로 인기가 있었다.

"젬멜": 작고 껍질이 단단한 빵.

315 "트라부코": 중산층들이 피우던 품질 좋은 시가.

"크렌플라이슈": 잘게 썬 소고기를 서양 고추냉이, 식초와 함께 삶아서 만든 오스트리아 요리.

인간과 사회에 대한 문학적 분석

홍진호(서울대 독어독문학과 조교수)

아르투어 슈니츨러(Arthur Schnitzler, 1862~1931)가 작품 활동을 하던 당시 그에게 쏟아진 가장 흔한 비판 중 하나는 그의 작품이 "문학 작품이라기보다 병원 검사 기록에 가깝다"는 것이었다. 이러한 비판이 나온 이유는 무엇보다도 슈니츨러가 인간의 심리를 ─ 마치 의사가 환자의 증상을 진찰하듯 ─ 지극히 분석적인 시선으로 관찰하고, 그 결과를 허구의 틀 속에서 문학 작품으로 재구성하는 경향을 보여 주었기 때문이다. 슈니츨러는 한 특별한 개인의 독특한 성격에 관심을 가지는 것이 아니라, 인간의 보편적인 심리와 행동 양식에 관심을 가졌다. 따라서 그는 영웅적 인간보다는 전형적인 인간을 주인공으로 삼는 것을 좋아했으며, 인간의 보편적인 심리가 가장 잘 드러나는 특수한 상황을 즐겨 묘사했다. 예를 들어 그는 자신의 초기 대표작『죽음(*Sterben*)』(1892)에서 서로 사랑하는 두 남녀를 심리적으로 감당하기 힘든 극한 상황에 몰아넣고는 두 인물의 심리 상태가 어떻게 변화하는지를 섬세한 필치로 묘사했다. 그런데 이때 슈니츨러는 두 인물의 나이, 직업, 가족 상황 등 줄거리에 영향을 미칠 수 있는 다른 모든 요소들을 철저히 배제함으로써 인물의 개인성을 희석하고 이야기의 보편적 성격을 강조했다(불치의 병에 걸려 얼마 살지 못한다는 사실을 알게 된 남자는 여자에게 떠나라고 말하지만, 여자는 함께 죽겠다고 고집을 부리며 남자와 함께 요양을 간다. 점차 병이 악화되는 동안 남자는 점점 여자에게 집착하게 되고, 여자는 죽음에 두려움을 느끼기 시작한다. 죽음의 문턱에 이르자 남자는 오히려 함께 죽자며 여자를 붙잡고, 여자는 공포 속에서 남자를 뿌리치고 도망친다).

그러나 슈니츨러의 작품이 "병원 검사 기록"에 가깝다는 비판이 제기된 것은 그가 실제로 의사이기 때문이기도 했다. 슈니츨러는 1862년 5월 15일 당시 빈의 저명한 후두과 의사였던 유대인 요한 슈니츨러의 아들로 태어났다. 성대 문제로 자주 아버지를 찾아왔던 연극배우들을 통해 일찍부터 연극을 접했던 슈니츨러는 어려서부터 문학에 투신하고자 마음먹었다. 그러나 아버지의 완고한 반대로 뜻을 펼치지 못했고, 결국에는 빈 의대에 입학하여 의학을 전공했다. 대학을 졸업하고 의사가 된 그는 아버지가 발간하던 의학 잡지의 편집인으로 일하는 등 의사로서 꾸준한 활동을 펼쳤다. 그러나 이는 오로지 아버지의 강요 때문이었을 뿐, 그의 마음은 언제나 문학에 기울어져 있었다. 아직 의사로 일하던 시기에 그는 이미 헤르만 바르, 후고 폰 호프만스탈, 페터 알텐베르크 등 '빈 모더니즘' 작가들과 교류를 했으며, 여러 편의 희곡과 단편 소설을 발표했다. 그러나 그가 온전히 문학에만 집중하게 된 것은 1893년 아버지가 세상을 떠난 이후였다.

슈니츨러에게 의사라는 직업은 아버지의 강요에 의한 어쩔 수 없는 선택이었지만, 대학에서의 의학 공부는 그의 정신세계에 중대한 영향을 끼쳤다. 당시 빈 의대는 모든 병의 원인을 물리적·화학적 원인에서 찾는(유물론적 의학) 빈 학파가 주도하고 있었다. 슈니츨러는 의학을 공부하는 동안 객관적이고 과학적인 시선으로 사물을 관찰하는 방법을 배웠으며, 인간을 자유 의지나 신의 뜻에 따라 움직이는 존재가 아니라 전적으로 자연 법칙의 영향권 안에 있는 생물학적 존재로 바라보는 데에 익숙해졌다. 그러나 이러한 인간관을 전적으로 의학 교육의 탓만으로 돌릴 수는 없다. 19세기 중반 이후 자연 과학을 바탕으로 이루어진 눈부신 산업 발달과 전통적인 종교적 세계관의 근간을 뒤흔든 다윈의 진화론 이후 인간은 더 이상 신의 뜻과 자유 의지의 울타리 안에 보호받는 예외적인 존재가 아니었다. 인간의 사고와 행동 역시 자연 현상과 마찬가지로 주변 조건에 의해 결정되는 것이라는 환경 결정론과 여기에서 출발한 실증주의 철학이 광범위한 지지층을 확보했으며, 인간을 더 이상 "신이 자신의 형상을 따라 만든" 특별한 존재가 아니라 여타의 다른 생물과 다를 것 없는 생물학적·자연적 존재로 보는 인간관이 널리 퍼졌다. 물론 만년에 이르러 인간의 자유 의지를 인정하는 ― 자신의 작품 속에서 보여 준 인간관과 모순된 ― 발언을 하긴 했지만, 슈니츨러 역시 19세기 후반의 이러한 시대정신을 잘 보여 주는 작가라고 할 수 있다.

그러나 빈 모더니즘 작가로서 슈니츨러의 이러한 인간관은 예외적이다. 독일어권의 다른 지역에서는 자연주의 작가들을 중심으로 새로운 세계관과 인간관에 적극적으로 부응하는 작가들이 많았지만, 당대의 빈에서는 그와 같은 시도를 하는 작가가 거의 없었기 때문이다. 슈니츨러는 빈 모더니즘의 중심지라고 할 수 있는 (오늘날까지도 남아 있는) 커피 하우스 그린엔슈타이들에 자주 들렀으며, 그곳에서 헤르만 바르, 페터 알텐베르크, 펠릭스 잘텐, 특히 후고 폰 호프만스탈 등과 교류를 했다. 하지만 그의 작품 세계는 유미주의적 성격의 다른 빈 모더니즘 작가들과는 차별되는 경향을 보여 주었다.

동시대의 빈에서 활동했던 지식인으로서 슈니츨러와 정신적인 동질성을 느꼈던 사람은 오히려 다른 분야에서 나왔다. 다름 아닌 정신 분석학의 창시자 지그문트 프로이트였다. 프로이트는 슈니츨러의 60세 생일에 보낸 편지에서 "여러 가지 심리학적 문제와 성의 문제에 있어서 서로의 견해가 비슷하다는 사실을 오랫동안 알고 있었음에도 불구하고 지금까지 개인적인 친분 관계를 맺으려는 시도를 해 보지 못한 것은 도플갱어에 대한 부끄러움(Doppelgängerscheu) 때문이었던 것 같다"고 고백했다. 1856년생인 프로이트에 비해 여섯 살이 적었던 슈니츨러는 실제로 프로이트와 몇 가지 공통점을 가지고 있었다. 부유한 유대인 집안 출신이었다는 점, 빈 의대 재학 시절 빈 학파의 대표적 학자였던 에른스트 브뤼케와 테오도르 마이너르트에게 수학했다는 점, 또 성적 욕망을 인간의 본질적 특징으로 보고 인간의 심리를 치밀하고 섬세한 시선으로 관찰하고 분석했다는 점 등에서 두 사람은 유사했다. 그러나 슈니츨러는 유아기의 성적 욕망을 중요한 전제로 삼은 프로이트의 정신 분석학에 동의하지 않았으며, 프로이트의 편지 이후에도 두 사람은 그렇게 가까워지지 않았다.

슈니츨러는 희곡과 소설 두 장르에서 모두 뛰어난 작품들을 남겼다. 대표작으로는 『죽음』(단편 소설, 1892), 『아나톨』(희곡, 1893), 『사랑 놀음』(희곡, 1895), 『라이겐』(희곡, 1896/97), 『녹색 앵무새』(희곡, 1898), 『구스틀 소위』(단편 소설, 1900), 『외로운 길』(희곡, 1904), 『자유로 가는 길』(장편 소설, 1908), 『베른하르디 교수』(희곡, 1912), 『카사노바의 귀향』(단편 소설, 1917), 『엘제 양』(단편 소설, 1924), 『꿈의 노벨레』(단편 소설, 1924), 『새벽녘의 도박』(단편 소설, 1926/27), 『테레제. 한 여인이 살아간 삶의 기록』(장편 소설, 1928) 등이 있다.

후고 폰 호프만스탈과 함께 빈 모더니즘의 대표적 작가이자 세기 전환기와 20세기 초의 가장 주목받는 오스트리아 작가 중 한 명이던 슈니츨러는 제1차 세계대전이 끝난 후에는 (슈니츨러는 제1차 세계대전에 처음부터 반대한 독일어권의 몇 안 되는 지식인 중 하나였다) 예전과 같은 명성을 누리지 못했다. 1928년 딸의 자살로 큰 정신적 충격을 받은 슈니츨러는 1931년 10월 21일 빈에서 뇌출혈로 눈을 감았다.

라이겐(1897)

『라이겐』은 1900년대 초반 독일에서 가장 커다란 스캔들을 불러일으킨 작품 중 하나다. 라이겐(Reigen)은 원래 유럽에서 가장 오래된 춤의 형태로서, 원형으로 둘러선 사람들이 손에 손을 잡고 경쾌한 음악에 맞춰 추는 춤이다. 슈니츨러는 이 작품에서 이 춤의 형식을 빌려 왔다. 모두 열 명의 인물이 차례로 연인을 바꾸며 사랑을 나누는 열 개의 에피소드로 구성된 이 작품은 첫 번째 에피소드에 등장하는 인물을 열 번째 에피소드에 다시 등장시킴으로써 춤으로서의 '라이겐'과 동일한 순환 구조를 만들어 냈다. 또한 각각의 에피소드는 모두 동일한 구조를 가지고 있다. 우선 두 연인 사이의 대화가 이어지고, 두 사람의 성 행위가 "……"로 암시되며, 다시 두 연인의 대화로 마무리된다. 부부간의 성 관계가 묘사되는 다섯 번째 에피소드를 제외하고는 모두 불륜의 관계를 그린 이 작품은 노골적으로 성을 테마화했다는 점, 당대의 엄격했던 성 윤리에서 벗어나는 관계만을 그렸다는 점, 또 성적 욕망을 도덕으로 간단히 단죄할 수 없는 자연적 본능으로 그렸다는 점에서 당대의 독자들에게 큰 충격을 줬다. 그 결과 『라이겐』은 첫 출판에서부터 많은 문제를 불러일으켰다.

작품이 완성된 1897년 2월, 슈니츨러는 그동안 자신의 작품을 출간해 왔던 S. 피셔 출판사를 통해 작품을 발표하려 했다. 그러나 출판사를 이끌고 있던 사무엘 피셔가 난색을 표하자, 슈니츨러는 결국 자비로 2백 부를 인쇄해 주변의 지인들에게만 배포했다. 이미 이때부터 빈 문화계와 대중의 커다란 관심을 불러일으킨

이 작품은 1903년 빈 출판사를 통해 일반에 공개되었다. 어렵게 출간된 『라이겐』은 8개월 만에 1만 4천여 부가 팔려 나갈 만큼 상업적으로 성공을 거두었다. 그러나 악명 높던 당시 오스트리아의 검열 당국은 1904년 책의 판매 금지를 명령했으며, 독일의 많은 도시에서도 『라이겐』은 금서 목록에 올랐다.

이처럼 출판 과정에서부터 우여곡절을 겪은 『라이겐』은 공연 과정에서 더 커다란 스캔들을 불러일으켰다. 작품이 발표된 1900년대 초반 슈니츨러는 『라이겐』의 공연을 허락하지 않았다. (특히 "……"로 대체된 정사 장면의 연출과 관련하여) 저속한 극으로 변질될 우려가 있다고 판단했기 때문이었다. 슈니츨러가 생각을 바꾼 것은 제1차 세계대전이 끝나고 독일과 오스트리아의 왕정이 무너지고 검열이 폐지된 후였다. 당시 베를린의 도이체스 테아터를 이끌며 독일어권에서 최고의 명성을 누리고 있던 연출가 막스 라인하르트가 『라이겐』의 공연을 제안해 오자 슈니츨러는 자신의 의도에 맞는 공연이 가능하리라는 판단하에 마침내 공연을 허락했다. 그리고 여러 가지 우여곡절 끝에 『라이겐』은 1920년 12월 22일 베를린의 클라이네스 샤우슈필하우스에서 초연을 하게 되었다.

『라이겐』 초연을 위한 주변 여건은 나쁘지 않았다. 검열은 사라졌고, 당시의 문화부 장관은 진보적인 사회 민주당 소속이었다. 그러나 초연 당일 오후 4시에 공연을 금지한다는 문화부의 공문이 클라이네스 샤우슈필하우스에 도착했다. 슈니츨러의 글을 '외설적인 저작'으로 판단하여 판금 조치를 내렸던 예전의 법정 판결이 그 근거였다. 그러나 당시 클라이네스 샤우슈필하우스의 총감독이었던 게르투르트 아이졸트는 공연 시작 전 관객들 앞에 나서서 사정을 설명하고, 사법 처리를 감수한 채 공연을 강행했고, 공연은 무사히 진행되었다. 해당 지방 법원의 판사와 배심원들이 공연을 보고 난 후인 1921년 1월 3일 공연 금지 처분도 취소되었다. 하지만 그것으로 끝난 것이 아니었다. 초연 다음날인 1920년 12월 23일 베를린 경찰청의 '외설 서적' 담당이던 에밀 브룬너 교수가 『라이겐』의 공연진을 고소했고, 이로써 흔히 '라이겐 재판'으로 알려진 일련의 법정 공방이 시작되었다.

비슷한 시기에 빈에서 있었던 공연에서는 더 심각한 사태가 발생했다. 1921년 2월 1일 로텐투름 거리의 캄머슈필에서 초연된 이후 빈의 보수적 신문과 단체들은 『라이겐』의 공연에 강력하게 반기를 들었다. 정권을 잡고 있던 기독교 사회당의 기관지 『라이히스포스트』는 "페스트의 창궐", "민족을 오염시키는 치욕"인 『라이겐』 공연을 중단시키자는 캠페인을 벌이기 시작했으며, 가톨릭 주교들은 이를 지지하는 성명을 발표했다. 국회와 지방 의회에서 격렬한 토론이 벌어졌고, 내무부에서 공연을 금지시키자, 사회주의 정당은 헌법을 근거로 이를 저지했다. 『라이겐』은 '창녀촌 연극'으로 불렸고, 1922년 2월 13일에는 오스트리아 가톨릭 민족 연합이 시청에서 '반 라이겐 집회'를 가졌다. 이러한 움직임은 급기야 극장 안으로까지 번졌다. 1926년 2월 16일, 『라이겐』이 공연 중이던 캄머슈필에 '악취 폭탄'이 투척되었으며, 곧 6백여 명의 사람이 공연에 항의하기 위해 극장으로 모여들었다. 그 중 다수의 사람들이 극장 안으로 난입하여 난투극이 벌어졌으며, 이로 인해 공연은 중단되고 공연장은 아수라장이 되었다. 이 사건으로 인해 공연은 다음날부터 금지되었으며, 우연히 현장에서 이 난투극을 직접 목격한 슈니츨러는 『라이겐』 공연이 오해만을 불러일으킨다고 판단하고 스스로 작품 공연을 영구히 금지시켰다. 이 조치는 그의 저작권을 물려받은 아들 하인리히 슈니츨러에 의하여 계속 유지되었으며, 『라이겐』 공연은 저작권이 소멸된 1982년에 가서야 비로소 다시 가능해졌다.

『라이겐』은 왜 이렇게 적극적인 지지와 극단적인 반발을 불러일으켰을까? 『라이겐』의 성 묘사는 기본적으로 19세기 후반부터 뿌리내리기 시작한 새로운 인간관을 토대로 하고 있다. 인간은 자연의 일부이며, 성적 욕망은 인간의 자연적인 본성을 대표하는 근본적 욕망이기 때문에 엄격한 윤리 의식에 의해 함부로 재단할 수 없다는 생각이 작품의 전반에 깔려 있는 것이다. 이러한 진보적인 성 의식은 당대의 많은 독자들로부터 환영을 받았다. 그러나 엄격한 성 도덕을 주장하면서도 다른 한편으로는 매매춘을 일삼던 당대의 보수적 시민 계급은 슈니츨러의 작품에서 자신들의 모습이 희화화된 데에 분개하는 한편, 자신들의 권위와 품위를 지켜 준다고 믿었던 엄격한 성 도덕이 전면적인 도전에 직면했다는 위기 의식을 가지게 되었다. 또한 당대에 널리 퍼져 있던 반유대주의도 유대인 작가의 '외설스런 작품'인 『라이겐』에 대한 반발을 증폭시키는 데에 커다란 역할을 했다.

『라이겐』은 세기 전환기 독일어권의 성 담론과 이를 둘러싼 사회적 갈등을 살펴볼 수 있는 좋은 기회를 제공해 준다. 또한 작품 속에 담겨 있는 인간의 성적 본능에 대한 성찰은 오늘날의 독자들에게도 시사하는 바가 크다. 『라이겐』이 발표된 지 1백 년이 넘게 지난 오늘날 한국에서 성은 사회·문화적으로 어떻게 다뤄지고 있을까? 『라이겐』은 지극히 다층적이고 야누스적 모습을 보여 주는 현대의 성 문화 속에서 여전히 유효한 질문을 던져 준다.

아나톨 (1893)

『아나톨』은 모두 일곱 개의 독립적인 단막극으로 구성된 연작 희곡으로서, 1889년부터 1893년 사이에 '아나톨'을 주인공으로 쓴 열 편의 단막극 중 일곱 편을 하나로 묶어 발표한 작품이다. 이 작품이 발표된 이후 오랫동안 많은 사람들이 극중의 아나톨을 작가인 슈니츨러와 동일시하는 경향을 보였다. 슈니츨러가 문단 데뷔 초기에 '아나톨'이라는 필명을 사용한 적이 있을 뿐만 아니라, 슈니츨러 본인 역시 극중의 아나톨과 마찬가지로 수많은 여성들과 가벼운 연애를 했다는 사실이 잘 알려져 있기 때문이었다. 그러나 오늘날 일반적으로 받아들여지는 것처럼 작중 인물 아나톨을 슈니츨러와 동일시할 수는 없다. 물론 아나톨이 슈니츨러의 개인적 경험을 토대로 만들어진 인물임에는 분명하지만, 아나톨의 사고방식과 삶의 양식은 특정한 개인의 것이라기보다는 당대의 빈 사회에 수없이 존재하던 시민 계급 출신 젊은이들의 전형적인 모습이라고 할 수 있기 때문이다. 아나톨이 세기 전환기 데카당스적 인물의 전형으로 받아들여지고 있는 것도 바로 이 때문이다.

연작 『아나톨』을 구성하고 있는 일곱 편의 단막극에서 아나톨은 매번 다른 연인과 함께 등장한다. 각각의 단막극은 짧고 독립적인 하나의 에피소드로 구성되어 있고, 전체를 이어 주는 단막극 간의 연속성은 아나톨과 그의 친구 막스에 의해서만 생겨난다. 이와 같은 짧은 호흡, 길게 지속되지 못하는 사랑과 삶의 흐름은 1900년경 독일어권 문학에서 찾아볼 수 있는 데카당스적 경향의 대표적인 특징이다. 아나톨의 데카당스적 성격은 다른 곳에서도 나타난다. 첫째 에피소드인 「운명에게 하는 질문」에서 아나톨은 최면술을 사용해(이 단막극을 쓰던 시점에 의사 슈니츨러는 최면술에 큰 관심을 가지고 있었으며, 같은 시기에 최면술과 관련된 의학 논문을 발표했다) 여자 친구인 코라의 진심을 알아낼 수 있는 절호의 기회를 갖게 된다. 그러나 코라의 사랑이 진실되지 못하다는 사실을 확인하게 될까 봐 아나톨은 결국 그 기회를 포기한다. 진실보다는 순간의 만족을 택한 것이다. 진실한 사랑과 지속적인 사랑보다 순간의 감각적 도취에 몸을 맡기는 아나톨의 태도는 「에피소드」에서 가장 분명하게 드러난다. 아나톨은 곧 도시를 떠나게 될 것이라는 사실을 잘 알고 있으면서도 어쩌면 바로 그 사실을 잘 알고 있기 때문에 서커스단에서 일하는 비앙카와 짧은 사랑을 나눈다. 그리고 그때 아나톨에게 중요한 것은 사랑의 영원함이 아니라, 비록 순간적인 것이라 할지라도 우리를 완전한 도취로 이끄는 감각의 짙은 농도다. 아나톨은 물론 자신의 순간에 대한 추구가 짧은 사랑의 대상이 되는 여성들에게 회복될 수 없는 상처가 되리라는 사실을 잘 알고 있으며, 그에 가슴 아파한다. 하지만 그에게 그러한 희생은 불가피한 것, 열등한 존재가 겪을 수밖에 없는 것이라 생각하며 자신의 행동을 합리화한다. 하지만 그의 이러한 생각은 다시 빈에 돌아온 비앙카에 의해 완전한 착각으로 밝혀진다. 회복할 수 없는 상처를 안고 아나톨을 그리워해야만할 비앙카는 아나톨이 누구인지 기억조차 하지 못한다. 여기에서 우리는 슈니츨러가 아나톨을 비록—애정이라고 할 수는 없어도—어느 정도 호의를 가지고 묘사하기는 했지만, 그가 보여 주는 삶의 태도를 긍정적으로 바라보고 있지 않다는 사실을 알 수 있다. 이는 「이별의 저녁 만찬」과 「아나톨이 결혼하는 날 아침」에서도 잘 나타난다. 아나톨은 이 두 단막극에서 자신의 계획과 상황에 대해 객관적인 판단을 내리지 못한 채 당장 눈앞에 닥친 상황에 지나치게 흥분하거나 눈앞의 어려움을 피하기 위해 도망 다니기에 급급하는 우스꽝스러운 모습을 보여 준다.

구스틀 소위(1900)

『구스틀 소위』의 줄거리는 매우 간단하다. 신출내기 소위인 구스틀은 음악회에 갔다가 제빵사 하베츠발너와 시비가 붙어 크게 모욕을 당한다. 그 사실을 눈치 챈 사람은 없었지만 구스틀은 자신이 즐겨 다니는 카페의 단골인 하베츠발너가 자신이 모욕당한 사실을 소문낼까 봐 고민에 빠진다. 힘에 압도당하여 제대로 겨뤄 보지도 못했고, 그 자리에서 결투를 신청할 수 있는 상대도 아니었기에(미천한 신분의 사람들은 결투를 할 자격이 없었다), 구스틀은 자신의 명예를 회복할 길이 없었다. 이에 구스틀은 설령 하베츠발너가 아무에게도 이야기하지 않더라도 명예를 잃어버린 이상 더 살아갈 수 없다고 생각하고 자살을 결심한다. 구스틀은 여러 상념에 빠져 프라터 공원 벤치에 앉아 있다가 잠이 든다. 다음 날 새벽 눈을 뜬 구스틀은 자살을 조금 미루고 아침 식사를 하기 위해 자신이 즐겨 찾던 카페로 간다. 카페에서 그는 하베츠발너가 지난밤에 뇌졸중으로 쓰러져 죽었다는 사실을 알게 된다. 구스틀은 속으로 쾌재를 부르며 활기차게 하루를 계획한다.

이 소설 속에서 슈니츨러는 구스틀이 마치 '명예'라는 절대적 가치를 위해 자살을 결심하는 것처럼 스스로를 기만하지만, 사실은 다른 사람들의 시선과 사회적 좌절에 대한 두려움 때문에 자살을 결심한다는 사실을 보여 주고 있다. 경솔하고 허영심에 빠져 있던 당대의 젊은 장교들에 대한 비판적 목소리를 담고 있는 이 작품은 또 다시 —『라이겐』처럼 극적이진 않았지만— 스캔들을 불러일으켰다. 『구스틀 소위』 발표 후 오스트리아-헝가리 이중 제국의 군대는 전직 장교 출신인 작가가 군을 모욕하는 글을 썼다는 이유로 슈니츨러의 장교 직위를 박탈하고 만 것이다.

그러나 이러한 사회·문화적 배경보다 더 중요한 것은 『구스틀 소위』의 서술 기법이다. 『구스틀 소위』는 작품 전체가 '내적 독백 (innerer Monolog)'으로 쓰인 최초의 독일 작품이다. 내적 독백이란 1인칭 서술자('나')가 머릿속으로 하는 생각을 그대로 옮겨 적는 서술 기법으로서, 문장은 현재형으로 쓰이며 문법적으로 불완전한 문장이 사용되는 경우가 많다. 이러한 서술 기법은 인물의 심리 상태와 의식의 흐름을 직접적으로 전달할 수 있도록 해 주기 때문에 심리 묘사에 많은 관심을 기울이는 현대 문학에서 주로 사용되었다. 내적 독백으로 쓰인 작품 중 대표적인 것으로는 제임스 조이스의 『율리시스』(1918)를 들 수 있다. 그러나 똑같이 내적 독백으로 쓰인 작품이라 하더라도 상대적으로 일찍 씌어진 『구스틀 소위』와 그보다 18년 뒤에 발표된 『율리시스』 사이에는 차이가 있다. 슈니츨러의 작품에서는 구스틀의 심리와 사고가 직접적으로 전달되고는 있지만 여전히 사고의 논리적 전개가 분명한 반면, 『율리시스』에서는 ― 실제 우리 머릿속의 생각을 그대로 옮겨놓은 듯 ― 전달되는 내용의 논리적 구성이 완전히 파괴되어 있다.

슈니츨러의 작품 중에는 유난히 사회·문화적으로 스캔들을 불러일으킨 작품들이 많았다. 이는 그가 그만큼 적극적으로 당대의 사회·문화·정신사적 문제들과 대결하고자 했기 때문일 것이다. 그리고 그러한 슈니츨러의 작품들이 명작으로 남아 오늘날의 독자들에게도 흥미로운 이야깃거리를 제공해 준다는 사실은 '문학이 과연 무엇이어야 하는가?' 하는 질문과 관련하여 시사해 주는 바가 매우 크다.

판본 소개

　『라이겐(*Reigen*)』은 1900년에 개인 출판물로 2백 부만 인쇄되었다가, 1903년에 오스트리아 빈의 작은 출판사였던 빈 출판사(Wiener Verlag)에서 정식으로 출간되었다. 『아나톨(*Anatol*)』의 단막극들은 1889년부터 1891년에 걸쳐 여러 신문과 잡지에 따로 발표되었다. 이 단막극들이 처음으로 하나의 작품으로 묶여 나온 것은 1893년으로, 베를린의 Verlag des Bibliographischen Bureaus에서 출판되었다. 『구스틀 소위(*Leutnant Gustl*)』는 1900년 12월 25일자 「신자유신문(Neue Freie Presse)」에서 먼저 발표되었으며, 1901년에—슈니츨러의 작품 대부분을 출판한—S. 피셔(S. Fischer) 출판사를 통해 책으로 발표되었다.

　이 작품들을 모두 담고 있는 슈니츨러의 전집은 1912년, 1961~1962년, 1977~1979년 등 세 차례에 걸쳐 S. 피셔에 의해 간행되었다. 본 번역은 이 중 가장 최근에 출판된 전집인 *Gesammelte Werke in Einzelausgaben. Das erzählerische*

Werk (7 Bde.) u. Das dramatische Werk (8 Bde.)(Frankfurt a.M.: Fischer Taschenbuch, 1977~1979)를 대본으로 사용했다.

아르투어 슈니츨러 연보

1862 5월 15일 빈에서 후두과 의사 요한 슈니츨러(1835~1893)
　　　와 루이제 슈니츨러(1840~1911)의 맏아들로 태어남.

1865 남동생 율리우스 태어남.

1867 여동생 기젤라 태어남.

1871 아카데미 김나지움(중고등학교)에서 1879년까지 수학.

1879 1885년까지 빈 대학에서 의학 전공.

1882 1883년까지 1년짜리 자원 입대 장교로 군 복무.

1886 1893년까지 빈 폴리클리닉에서 아버지의 보조 의사로 일함.
　　　아버지가 발행하는 의학 잡지인 『인터나치오날레 클리니
　　　셰 룬트샤우』에서 편집인으로 일함.

1886 올가 바이스닉스(1862~1897)를 알게 됨. 정기적으로 문
　　　학 작품을 발표하기 시작.

1889 여배우 마리 글뤼머(1873~1925)와 사귀기 시작.

1890 후고 폰 호프만스탈, 펠릭스 잘텐, 리하르트 베어-호프만,

혜르만 바르 등 빈 모더니즘의 대표 작가들과 친분을 맺음.

1893   『아나톨』 연작의 첫 판본 발표. 아버지 사망.

1894   성악 교사 마리 라인하르트(1871~1899)와 사귀기 시작.

1895   「사랑 놀음」 초연. 단편 소설 『죽음』을 S. 피셔 출판사를
       통해 발표.

1899   마리 라인하르트 사망. 여배우 올가 구스만(1882~1970)을
       처음으로 만남. 바우어른펠트 상 수상. 「녹색 앵무새」 초연.

1900   「베아트리체의 베일」 초연. 『라이겐』을 자비로 인쇄하여
       친구들에게 배포. 『구스틀 소위』 발표.

1901   『베르타 가를란 양』 발표.

1902   아들 하인리히 태어남. 「생생한 시간들」 초연.

1903   올가 구스만과 결혼. 『라이겐』 초판 발행.

1904   「외로운 길」 초연.

1905   「간막극」 초연. 단편 소설집 『춤추는 그리스 여인』 발표.

1907   단편 소설집 『황혼의 영혼들』 발표.

1908   그릴파르처 상 수상. 『자유로 가는 길』 발표.

1909   딸 릴리 태어남.

1910   빈 슈테른바르테 거리 71번지의 집 구입. 오페라 「사랑 놀
       음」, 「젊은 메다르두스」 초연.

1911   어머니 사망. 「광활한 땅」 초연.

1912   「베른하르디 교수」 초연.

1913   단편 소설 『베아테 부인과 그녀의 아들』 발표.

1914   라이문트 상 수상. 「사랑 놀음」을 각색한 덴마크 무성 영

화 「엘스코브슬레그」 개봉.

1915 「말들의 코메디」 초연.

1917 단편 소설 『그레슬러 박사』, 『휴양지 의사』 발표.

1918 『카사노바의 귀향』 발표.

1920 폴크스테아터 상 수상. 「자매들, 혹은 온천의 카사노바」, 「라이겐」 초연.

1921 올가 구스만과 이혼. 베를린과 빈에서 있었던 「라이겐」 공연을 둘러싸고 스캔들이 벌어짐. 미국에서 『아나톨』을 각색한 무성 영화 「아나톨 사건」 개봉.

1923 무성 영화 「젊은 메다르두스」 개봉.

1924 「유혹의 희극」 초연. 단편 소설 『엘제 양』 발표.

1925 『판사의 부인』 발표.

1926 『꿈의 노벨레』 발표.

1927 딸 릴리가 이탈리아 장교 아르놀도 카펠리니와 결혼. 무성 영화 「사랑 놀음」 개봉. 『새벽녘의 도박』, 『말 속의 정신과 행동 속의 정신』 등 발표.

1928 딸 릴리 자살. 『테레제』 발표.

1929 무성 영화 「엘제 양」 개봉.

1931 10월 21일 빈에서 뇌출혈로 사망. 『새벽녘의 도박』을 각색한 미국 영화 「새벽」 개봉. 『암흑 속으로의 도주』 발표.

새롭게 을유세계문학전집을 펴내며

을유문화사는 이미 지난 1959년부터 국내 최초로 세계문학전집을 출간한 바 있습니다. 이번에 을유세계문학전집을 완전히 새롭게 마련하게 된 것은 우리가 직면한 문화적 상황에 적극적으로 대응하기 위해서입니다. 새로운 을유세계문학전집은 세계문학의 역할이 그 어느 때보다 중요해졌다는 인식에서 출발했습니다. 오늘날 세계에서 타자에 대한 이해는 우리의 안전과 행복에 직결되고 있습니다. 세계문학은 지구상의 다양한 문화들이 평등하게 소통하고, 이질적인 구성원들이 평화롭게 공존할 수 있는 문화적인 힘을 길러 줍니다.

을유세계문학전집은 세계문학을 통해 우리가 이런 힘을 길러 나가야 한다는 믿음으로 만들어졌습니다. 지난 5년간 이를 준비하기 위해 많은 노력을 기울였습니다. 세계 각국의 다양한 삶의 방식과 문화적 성취가 살아 있는 작품들, 새로운 번역이 필요한 고전들과 새롭게 소개해야 할 우리 시대의 작품들을 선정했습니다. 우리나라 최고의 역자들이 이들 작품 속 한 문장 한 문장의 숨결을 생생히 전하기 위해 심혈을 기울였습니다. 또한 역자들은 단순히 번역만 한 것이 아니라 다른 작품의 번역을 꼼꼼히 검토해 주었습니다. 을유세계문학전집은 번역된 작품 하나하나가 정본(定本)으로 인정받고 대우받을 수 있도록 최선을 다했습니다. 세계문학이 여러 경계를 넘어 우리 사회 안에서 주어진 소임을 하게 되기를 바라며 을유세계문학전집을 내놓습니다.

을유세계문학전집 편집위원단
신광현 (서울대 영문과 교수)
신정환 (한국외대 스페인어과 교수)
최윤영 (서울대 독문과 교수)
박종소 (서울대 노문과 교수)
김월회 (서울대 중문과 교수)